理解他者　理解自己

也人

The Other

胖子美食家

索文——著

上海书店出版社
SHANGHAI BOOKSTORE PUBLISHING HOUSE

目　录

饺子馆里的
失恋联盟

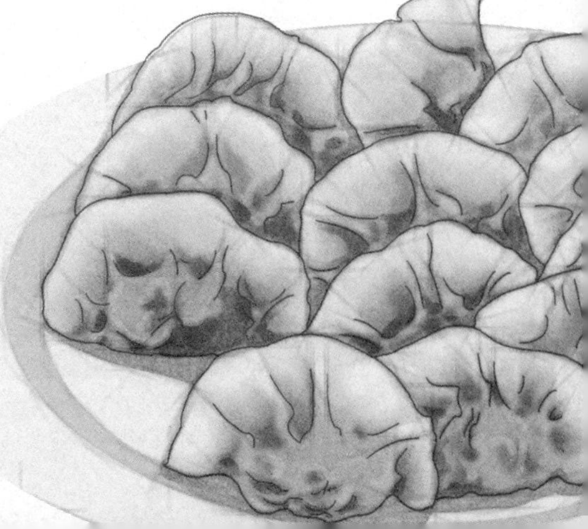

湖南人写面食，难免跑偏。可南人北胃，湖南人对面食也有珍爱。它不像米饭与炒菜汇聚而成的一日三餐，又因不常吃，就更显得珍贵，让人觉得每吃到一样，都是一种缘分。

张文今年四十岁，是个吃货，他觉得，在过往的岁月中，每一样味道都值得回味，一些清淡，一些浓厚，互为补充。味觉里寄托的情感，就像张文对于食物的态度，米饭如常，面食如稠。

2007 年初，未到春节，一个冬夜，张文去吃了一顿饺子。

他一年前回到了单身状态，住在长沙桔园的一个小区里。近一年的时间过去，他还没有走出来。冬天很冷，比寒风更冷的是张文的心情。

在朋友面前，张文总是强撑面子、故作淡然地说，三十岁结婚的努力终于被现实打败。那段时间，朋友老五经常叫他出去玩，叫着“总算分手了，还以为你不跟我们玩了”，好像在张文分手这件事情上，他是受益者似的。

张文知道老五是怕他孤单，带他散心，但凡老五约，他都去，多数时间沉默着听安排，话少喝得多。偶尔喝高了，会摆出一副王者归来的架势，吹牛打屁，回到快乐的样子。

又有一位朋友，人称飞爷，老五也时时叫他。飞爷倒没那么应点（应约及时），他与女友处了一年了，很是上心。三人常去的是解放路的酒吧一条街。朋友们的玩乐有流程，吃晚饭、打牌或泡吧，最后以一顿宵夜散场。张文常常缺席宵夜——晚餐三分醉，酒吧到八分，宵夜不单纯吃，还会上啤酒，再补一枪，让人彻底醉翻——于是他常常选择先走，但也不回家，打车去滴水井吃上一碗水饺。

滴水井曾是张文的据点，张文爱吃水饺，那里有个水饺摊，水饺好吃。

彼时的滴水井尚未开发，大多数房子还保留着 20 世纪80年代甚至更早一些的样子。桂花宾馆旁边一条小巷，曲里拐弯通向桂花公园，巷里有许多低矮的平房。不知几时起，这里也渐渐沾染了商业气息，各种小店、肉菜档开了起来。脑筋活泛的居民们，甚至在自家门前搭起了简陋的棚屋，租出去，巷子更逼仄，人气也更旺。

再往前上溯七八年，张文初到长沙时，便租住在那里。这条小巷，就在桂花深处。农历八月，夜间出门闲走，巷子里的烟火气中，长久地弥漫着一股淡淡的桂花香。后来张文搬离了那里，住的地方离得也不远，散着步就到了，张文依旧常来走走。

饺子馆是张文偶尔发现的，就在巷子的拐弯处，一个不起眼的棚屋，将将摆得下三张桌子，往里探，是一个小柜台，旧木板拼装的，隔开了灶间，柜台上一排不锈钢盆，盛着凉拌菜。

店主是两口子，约莫三十来岁。女人高鼻大眼，细眉入鬓，人也精致，挽着发髻，围裙、袖套穿戴整齐，客来三分笑，招呼得极热情，糯软的腔调像微风吹过风铃，又清又脆。“来了，老样子？”连招呼带点菜，一句话就说齐全了。客人点点头，入座。男人是个莽汉子，个高，眉眼粗犷，只是坐在角落里闷头包饺子，偶尔与女人搭两句话，话音像掉在地上的破罐头，锵锵地冲。

此前，张文经历了一年的减肥，那是他觉得自己胖得有碍观瞻时才下定的决心。

他的体重突破一百九十斤时，有朋友笑他，“你发现没，你每次进门都是肚子先进来”，“低头看得到鞋不”。去内蒙旅行，想要骑马观光，本是积极揽客的马主，看到他，竟相互谦让起来。而恰恰他又住在七楼，没有电梯，每次回家，都似一场跋涉，上了楼，就不愿意再下楼。而更重要的是，分手之后，生活空出来一块，需要新的事情来填补。

有个深夜，他坐在卧室里玩游戏，伸手去够放在桌子顶架上的香烟，两次都被伸出的键盘护板挡着肚子给推了回来。张文心下恻然，撂了游戏，推开椅子站起来，恼怒地向空中虚打了几拳，然后点上一根香烟，下定决心减肥。

张文的减肥粗暴又直接：节食加运动。节食没有过渡期，第二天就过上了水果顶餐的生活，早中晚各吃一个苹果，其余什么都不吃。怕维生素缺失，还去药房买了一盒复合维生素。

至于运动，更是简单，每天在住的地方上下楼几个来回，运动量就到了。张文自觉不够，把尘封已久的沙袋重新挂出来，每天打半小时，久未练习，初时无力，久了也沉沉作响了。

然后是慢跑。那一阵，夜晚八点左右，从雨花亭到滴水井，总能看到一个大胖子跑在路上，气喘吁吁、挥汗如雨，两根白色的耳机线从耳朵垂到腰间，一身肥肉颤巍巍地甩来甩去。有朋友曾给他照过一张相，他看后自嘲，“像一只无毛的龙猫，跑起来一颠一颠的”。跑得久了，还会跟着耳机唱起来，歌曲优美，但看路人诧异的眼光，心想自己唱得恐怕也不是那个味。

第一个月下来，张文瘦了二十五斤，第二个月，又瘦了十五斤。成功甩掉了四十斤肉以后，所有的衣服都大了，可谓小有成就。

一天夜里，一位久不见面的朋友约张文出去喝茶，二人天南海北地聊，忽然说起了张文的前女友，“好像订婚了”。张文听了，愣了半晌，叫来服务员，撤茶换酒。一瓶红酒端上来，朋友陪着喝，张文喝了两杯，撂了杯子。他忽然发现，心情不好的时候喝酒，味道是苦的，借酒浇愁简直是胡扯。

再往后，张文就有些懈怠了。他开始偷懒，虽然节食仍在进行，但跑步就没有那么勤了。并不是不想运动，实在是因为小街小巷里，小馆太多，多是敞门或露天，浓郁的油盐味、各种菜香顺着小巷一路飘散，对于数月不见荤腥的他，着实是一种折磨。

每次闻到菜香，张文都会不由自主地停住步子，仿佛有一根无形的绳子，拉着他看向馆子的方向。各样的食客在吃着各样的美食，津津有味、啧啧有声，而张文只能驻足在路灯下，伸直了脖子打望，口水满溢。

半年后，张文恢复了吃早餐，九个月后，又恢复了午餐，体重从最低时的一百三，反弹到了一百五。再之后，张文恢复了晚餐，而那家饺子馆，就是他减肥后的第一顿晚饭。

张文发现这家饺子馆有段时间了。吸引他的，是在小巷拐角路灯光线所及的最远处，顺着房顶漫出来的水蒸气，以及空气中似有似无的麻油香。

这天晚上，张文终于循着味进了店。“吃点什么？有饺子、有面、有凉菜。”在老板娘的招呼声中，张文径自朝厨下打望，灶上的大锅里煮着饺子，水已经烧沸，饺子将将要熟，在水面沉沉浮浮，像一群缺氧的鱼。偏头一望，柜台上的大盆里，凉拌菜在昏黄的灯光下泛着淡淡的油光，有盆凉拌长豆角，切段拌匀，根根青绿，用香油拌的，又香又惹眼。

张文决定开戒，“只当今天晚上没跑步”，施施然在桌前坐下。“二两香菇猪肉，一份长豆角。”张文点着单，老板娘应了，麻利地忙开来。

长豆角用巴掌见方的小碟盛，堆得高高的端上来。“慢吃，饺子在煮。”老板娘嘱咐着。张文谢过，自顾夹了一根，放进嘴里细细咀嚼。豆角过水焯过，刚刚断生，放了生抽与盐，镶嵌其中的姜蒜辣再次提味，入口脆，嚼来咸香，辣味在后，回味清甜。

张文再伸筷，夹了一点。吃着吃着，辣劲上来，刚刚收的汗，又出来了。

饺子上桌时，一碟长豆角已经吃光了，“再来一份！”张文说道。

老板娘笑着应了。

又吃饺子。面皮是老板手工擀的，比机压的多一份筋道；肉馅用的五花肉，煮熟有汁，镶嵌着极少的香菇丁。一口咬下，浓郁的滋味随着汁液溢满口腔，咀嚼开来，汁热、肉香、菇鲜、面甜，味道相互交织，再加上张文一年禁晚餐的饿，那一刻，似乎口中的每一个味蕾都在狂欢。

恍惚间，张文听到了一声腹鸣，是他的胃在喟叹，晚间不见荤腥的日子，终于过去了。

第一个饺子吃原味，第二个饺子才蘸辣酱。老板娘的酱料也别致，用的不是油辣子，而是油浸剁椒，颜色是鲜艳的红，其间嵌着蒜碎与一两星黑豆豉。饺子蘸一蘸，像披上一层红衣，咬到嘴里，原来的味道上，又加了一层鲜辣。

长豆角五元一份，饺子五元二两。那一晚，张文吃了两份长豆角，六两饺子，最后还请老板娘舀一碗面汤，慢慢喝，“原汤化原食”。

老板娘微微一笑，眼神中带着赞许。

发现了饺子馆后，张文就带着飞爷、老五去吃。飞爷也喜欢，凉拌菜对他的胃口，韭菜馅的饺子，他也极爱。老五不爱去，总招呼大家去他公司楼下的私房菜馆吃，那家私房菜馆是一对姐妹花开的，两个老板娘都挺漂亮。

飞爷是个帅哥，与张文是同事，后来慢慢成了好友。张文不知道他这个外号的由来，实在不是个飞天蜈蚣[①]的

---

① 长沙俗语，说一个人好乱来，捣蛋。

角色。飞爷文静老实，是那种不觉得自己帅的帅哥，也因此存在感不强，性情粗看恬淡，细看卑微。

飞爷的女友换得勤，都处不长，其中原因多半要怪他的个性极其慢热。老五说他有三不，“不积极、不主动、不拒绝”。张文倒觉得他有谦谦君子之风，与女友相处守之以礼，心里很中意了，面上仍淡淡的。温吞水般的恋爱进程，女孩子不甚理解，一来二去，心就淡了。

张文跟飞爷说过，这样不行，就像《重庆森林》里餐馆老板对金城武说的，“越等越会晚，越晚越担心”。飞爷没听进去，往往到女孩要“飞掉”他，才恍然大悟，热度瞬间提升，可事已至此，“他心里没我”和“原来只是不珍惜”都成了罪过。就像补枪，反倒让女孩彻底死心。

每次失恋时，兄弟们照例要醉一场酒，飞爷喝醉了，脸由红到白，从一开始的沉默不语到碎碎念，眼里噙着泪，哽咽地说，“我爱她咧”。

张文便与老五连连称是，“她不对”，“她瞎了”。

张文重启晚餐一个月后的一天下午，快下班时，飞爷到张文的办公室，讨烟抽，然后呆坐着，一根接一根，帅气的脸上尽是颓丧。张文开了窗，陪他抽，看着飞爷抽空烟盒，才小心翼翼地问：“又分手了？”

飞爷点点头，随即忽然恼怒起来：“为什么要说‘又’？”

那天晚上，张文约上老五，三人去了酒吧，照着流程走一遍。飞爷又醉了，使劲地拍着张文，“咱俩同病相怜”。张文哭笑不得，老五在旁边哈哈笑，叫过服务员，付钱点歌。一会儿，服务员把钱退回来，说歌旧了些，歌手不会唱。“让 DJ 放碟啊。”老五大声说。

又过了好一会儿，草蜢的《失恋阵线联盟》响彻了全场。飞爷已经歪在沙发上睡着了。

这一次，飞爷的恋爱时长最长，用情最深。女友挺强势，对飞爷呼来喝去，好在他原本存在感就不强，倒也习惯。直到某一个休息日，飞爷突发奇想，去给女友送早餐，拎着蛋糕、牛奶在小公寓门前站了小半天，女友才来开门，接过了早餐，催他快走，并没有让他进去。飞爷没有走，坐在门口等着。半小时后，一个男人走了出来，手里捏着飞爷买的牛奶，喝得津津有味。飞爷站起身，迎上去，问：“好喝吗?”男人瞪他，飞爷抬手一拳，拳头顶着牛奶盒子打到对方脸上，血红奶白。

“真男人。”听罢，张文与老五齐齐向飞爷竖起大拇指。

一个礼拜后，飞爷又开始相亲了。张文佩服他的洒脱，来得快去得快，像只受尽挫磨的流浪狗，依然等待着新主人的收留。

老五独自在姐妹花的私房菜馆磨了一段时间，终究还是加入了吃饺子的行列。饺子馆渐渐成了张文哥仨的据点。

饺子馆就三张桌子，入夜时常常坐满了人，有住在旁边的老汉，有美发店的姑娘，还有戴着金链的大哥，大家都是就着凉拌菜吃着饺子，有人喝酒，有人不喝。老汉吃饺子先戴上假牙，细细咬慢慢嚼；姑娘左手扶右肩，按住长发，吃起来却不斯文，也不怕花了妆；大哥一口一个，一顿能吃八两，有时候带两个兄弟，拎瓶白酒，二两下肚，就开始海聊，吹起牛来长沙市都是他的。固定的是这几位，还有散客，多是踅进店来，默默点单，吃了就走的。

有时候客不多，老板娘又心情好，会拌些芹菜，过水焯，洒少许盐、干椒粉，放生抽、芝麻油拌匀。干椒粉增辣不抢味，生抽提鲜，芝麻油提香，一碟芹菜端上来，透明的嫩绿色夹杂点点艳红，表面一层油光，像阳光下的花丛。芹菜要根根掐筋，咬起来才爽脆，批量卖做不来。老板娘偶尔做来卖熟客，也是五元一盘，算 VIP 待遇了。

内心里，张文还是喜欢一个人去吃饺子，不喝酒，点上凉菜饺子慢慢吃，有人聊天就听一耳朵。日子久了，他知道假牙老汉的老伴瘫痪在床，又有阿尔茨海默症，已经很严重了，子女一个都不识，只认得他，每天早上叫他名字，能亲热说两句，其余时间，也当他是个路人。老伴爱吃猪肉韭菜饺子，老汉常常给她打包二两。

他知道姑娘真的只是美发店的洗头姑娘，她化妆不过是让自己精致些。她打电话时，铿锵的普通话里偶尔会冒出一句常德腔。姑娘有一股子暴烈脾气，电话里骂骂咧咧，带朋友来时也时常冒痞话，带着江湖气，唯有纯用常德话打电话时，才带着小女人的温柔，初时以为她打给男友，后来才听到在对着电话喊爸爸。

他知道金链大哥原来给歌厅看场子，兄弟很多，打过无数场架，最后被从小一直欺负他的远房堂姐收服，结了婚，从此江湖再见，开了个小超市，两口子一起打理。孩子上小学了，大哥如今最怕的事是班主任告状。

还有老板两口子，河北人，因为宅基地纠纷，多年和睦的邻居被老板在暴怒之下打伤了，两口子连夜跑了出来。其实老板家人早已出面与对方和解，赔钱道歉了事。本可以回去的，老板娘却不让，说老板总是喊打喊杀，怕回去再闹出事端，在哪都是赚，总等他把这口气消了。

有一日，洗头姑娘带来个男伴，穿着紧身裤，瘦得像只猴，左耳朵上打了个耳钉，眉眼倒也周正。两人点了一大盘饺子，几个凉菜，你侬我侬地吃。后来，洗头姑娘但凡过来，都带着潮男。两人从开始坐一边都嫌宽，到隔桌对坐，只花了两个月不到的时间。

不久之后，姑娘与潮男分手了，分手的地方，就是饺子馆。

那天张文没在，据说二人的分手酒越喝越僵，姑娘利嘴不饶人，潮男也不是个省油的灯。两人唇枪舌剑，鸡毛蒜皮都翻出来讲，好不热闹，最后潮男终于被激怒，打了姑娘一耳光。

金链大哥正好在场，当即走过去站墙子（帮忙），拎着潮男的头发将他按在地上。平日寡言少语的饺子馆老板也来帮忙，黑壮的汉子手里掂着茶杯口粗的擀面杖，让潮男给姑娘道歉。潮男硬矜着不肯，老板举棍要打，被老板娘喝住。老板娘说，不如请潮男吃饺子，难得请客，不吃完不准走。

金链大哥与老板虎视眈眈，姑娘冷眼旁观，店里店外还围着看热闹的人。饺子一盘一盘地上，潮男一个一个地吃，人人都憋着一股子劲，吃到第五盘时，潮男道歉了。店内外哗然，“没鸡鸡的人。”一人起哄，众人都笑。潮男扶着墙走的，走时，金链大哥送他一句话：“女人打不得，会倒大霉的。”

可能人处久了都有黏性，因一家饺子馆的相遇，本无瓜葛的人，都能够成为朋友。

张文是与金链大哥先混熟的。江湖人江湖气，张文请他喝酒，一小瓶炸弹二锅头下肚，就跟你掏心窝。大哥姓宋，喝醉了总说，“长沙妹子讨（娶）不得，我吃足了亏”。好像家里养着个母夜叉，“有时候气得老子，恨不得推在地上踩两脚”。转身接到老婆的电话，声音立刻又低下去，“带点饺子给你，什么馅的？要不要长豆角？”问明白了还要再殷勤一把，“饿不，想吃不，我就买回来？”挂了电话又把腔调调回来，“看看，出来不得，出来就策①老子。”

假牙老汉姓刘，两口子都是南下干部，在长沙扎根，直到退休。老汉能说一口标准的普通话，只是不戴牙时嘴不关风，说起话来滋滋漏气，像大着舌头。

洗头姑娘姓林，年轻的脸上缀着几颗青春痘，金链大哥给她起了个外号叫“小豆子美女”，起初金链大哥一个人

---

① 长沙话，编排的意思。

这样叫她，到了后来，大家都跟着叫了起来。林姑娘再没带过男友来吃饺子，倒看起来似乎对金链大哥上了心，常掐着饭点来店里，跟金链大哥拼桌子。

老板与老板娘话不多，二人似乎也不需要说话，各干各的。老板娘嘴殷勤，老板嘴木讷，偶尔冲老板娘嚷嚷，老板娘不接话，像是没有听见。只是常常到了傍晚时分，老板娘会跟老板算总账，各种烦心事，条条数落，遇着心情特别不好时，能骂上半个小时。老板不接话，随她骂。

2007 年初，长沙下了一场雪，并不大，在那个雪夜，张文与飞爷、老五又去吃饺子。老五带了一罐黄酒，请老板娘放在灶上热了，切了些姜丝放在里头，三人用大杯子喝。那天店里的人不多，除了张文这桌，只有金链大哥一人独坐，就着饺子凉菜，喝着闷酒。

飞爷说起了他新交的女友。“先处着，人挺好，可我总是不得劲的样子。”他叹着气说。张文猜他是被前任打击得太重。

“要不我们去学车吧，”张文说，“三十岁前，学车、结婚总要搞成一样吧？”

“你们真的自由咧，”老五在一旁打趣说，“我堂客就看得我死啦，等下就会来电话。长沙妹子讨不得咧。”老五装模作样地叹着气。

“冇[1]错一点，长沙妹子恶得要死咧。”金链大哥在那边桌接话，冲老五举杯，“兄弟敬你。”

老五莫名其妙地喝了一杯。

张文请金链大哥过来坐，大哥端着杯子就过来了。他已经有酒了，搂着老五说掏心窝子的话，“长沙的男子汉苦咧”。大哥的话匣子打开了，就关不上。

原来大哥与洗头姑娘玩暧昧，被老婆知道了，老婆把二人约出来，当着姑娘的面甩了大哥两耳光。“她还跟小豆子讲对不起咧，讲她的男人少管教，”大哥喷着酒气，愤愤不平，“又不是我惹的小豆子，是她惹我啦，再凭良心讲，我俩清清白白。把我赶出来，我就不回去，我要她来求我。我清清白白……”说到后来，大哥的话像磨盘一样，就绕着“清清白白”转了。

那夜，张文喝着酒，听着大哥发牢骚。其间老五接了几个电话，都是老婆打来的。“还在吃，就回，就回。”他对着电话那头唯唯诺诺，后来陡然大声，“吵死，莫总是打电话！”

---

① 方言中的说法，表没有的意思，也常见于粤语中。

“绝对是等老婆挂了电话才吼的。”飞爷笑他。

“莫戳穿要不?”老五讪笑着，“让我硬气一回。”

张文又请老板娘现做了一盘拌冬芹，嫩嫩脆脆，正好佐酒。四人正要举筷，金链大哥老婆来电话了。“堂客，气消了?”大哥声音低得发腻，脸上堆起笑，“还不是怕你看着我烦躁，就躲出来咯。你要吃饺子不?”说着，大哥撂了筷子，屁颠屁颠地回去了。

张文正吃着，收到了一条短信:“你还好吗?”张文看着发信方熟悉的名字，愣了好半天，默默地把短信删了。

那天夜里，雪慢慢大了，酒不知温过几壶，黄酒喝多了上头，张文不知深浅，把自己灌醉了。

在张文的印象里，2007 年过得特别快。飞爷和女朋友的交往依旧半死不活的，张文看他学车的兴趣倒大过约会，好心劝他多陪陪女朋友，“别搞得又跟从前一样”。“放心咯。”飞爷倒显得不耐烦。

张文也相亲不断，好女孩挺多，他心里却总不得劲。“没遇到合适的。”张文安慰自己，可合适是什么，他也不知道。

一日，张文独自去饺子馆吃宵夜，看到金链大哥与一妇人坐在店里，张文本想笑大哥死性不改，又看他不一般的殷勤样，蓦然醒觉，这只怕就是夫人了。妇人长得富态，珠圆玉润，浑不似大哥口中的母老虎。

张文走了过去，笑着问："这是嫂子吧?"

妇人微微一笑，大哥拼命点头。

张文在别处已经喝了酒，一股豪气上来，便要拼桌子喝酒，大哥拦着，嫂子却同意了。那一席酒喝得畅快，大哥浅尝辄止，嫂子手到杯干。张文得意，看着大哥带着小媳妇一样的神情敬陪末席，想着原来江湖儿女，英雄气短，也有死穴。张文喝得兴起，又把自己干翻了。

又过得两日，张文回到饺子馆，老板娘见他就笑。平日里不迎客的老板都开了根烟给他："你晓得你那天怎么回去的不?"

"断片了……"张文言语讷讷。

"你打电话给一个朋友，开大众的，来接的你。"老板说。

那是老五了，张文想。

"老宋要送你的，你不让。他昨天还来了，说你仗义，变着花样夸他，不该说的一句没漏。"

老板娘过来，送上一叠钞票，一张整的，几张零的。

“抢着买单也要记得找钱啊。”老板娘吃吃地笑，“还多给了。”

张文尴尬得不行，点了三两饺子，闷头吃完，又喝了一碗面汤。正是傍晚时分，老板娘又数落起老板来，老板仍是闷不作声，任她说。

张文终究还是忍不住问了：“你怎么总是选这个点骂他？”

老板娘听了好一通笑，老板一脸讪讪。

“卯时不喝酒，酉时不骂妻，是他家家训。”老板娘说，“嫁过去好几年，他娘才告诉我。不逮这个时候骂他，得什么时候啊？”

又一日，张文散完步，去小店吃饺子。饺子下了锅，凉菜先上，那天有凉拌香菜根，这道菜费工，光是洗泥就得花许多工夫。老板娘手工精致，伺弄得恰到好处，菜根脆，一股清香，咸辣中带着独有的甜，十分爽口。张文夹了一筷，就停不下来了。

店外踅进一位中年男人，五十岁上下，戴着金丝眼镜，文质彬彬。“四两香菇猪肉的，打包。”他轻声点着单，顺势坐下了。“你这不好找。”他对老板娘说。

“也没什么名气啊。”老板娘接着他的话。

“我家老头非要吃你这的。”男人说。

“老刘?”老板娘问。

男人点了点头。

“有日子没来了，还好不?”老板娘问。

“摔了，躺在床上。”男人皱着眉，摆出一副牙痛的表情，“人老了还逞强，洗澡非要站着洗，这回倒好，摔了一跤狠的。”

“没伤着骨头吧?”老板娘面带关切。

“还好，骨裂，没断。”男人说，“会要躺一些日子。”

“他身子骨倒是硬朗，我看他平日里还自己照顾老伴呢。”老板娘啧着嘴。

“那是，我妈现在只认他，其他人都不认得。”男人摇着头苦笑。

“说是（你妈）每天早上能清醒一会儿?”老板娘小心翼翼地问。

“我爸每天早上给她梳头，结辫子。”男人笑了，“他们刚结婚那阵就养成了这个习惯，一直到现在。如今一梳头，我妈就认出我爸来了，能喊出他的名字。”

男人走了，老板娘倒犯了愣怔，撂了手里的活，搬张小板凳坐在屋外发呆。

张文扭头望去，红日西落，在梧桐树的叶子间嵌上一抹红，树下的女人，身形有些落寞。

飞爷的恋情虽然仍在继续，可有好事的给他介绍新对象，他都去见，只当好玩，回来跟张文说。

“这个漂亮，不过像是常在外面玩的。”

“这个一般般，家里背景好。”

张文没有作声，隐约能理解飞爷。他时常说着与女友相处的琐事，表现出厌烦的神色，但张文知道他其实喜欢，若不在乎，连说的必要就都没了。在张文看来，飞爷不过是已接受了眼前，却不知道怎么安慰从前，从前的伤口还在，就像丧家之犬对于新主人的爱与防备。于是他的新恋情，就像半熟的饺子，在水面之下，沉不下去，也浮不上来。

这一年过秋入冬，有一天，飞爷又失恋了，还是若即若离的态度，终于耗尽了女友全部的耐心。仿佛是痛定思痛，女友斩钉截铁地分手，迅速地另觅良人、确立关系，不过花了一个月的时间。

“我想看《重庆森林》。”某个周末晚上，飞爷失魂落魄地将外出散步的张文拽回了家。张文在影碟堆里一通找，找到了那张 DVD。这张碟片张文看过很多遍，已经花了，影碟机放起来老卡，二人就着卤味，喝着啤酒，磕磕绊绊地看着影片，每句台词都经典。“那句台词，就在金城武吃过期的凤梨罐头后边。”张文告诉飞爷，飞爷嗯嗯地应着，猛点头。

断断续续的影片和一杯接一杯的酒，飞爷在酒精的麻醉里回忆过往，“她做的扬州炒饭好吃，火腿肠、黄瓜都切得碎碎的。”

“那是杂烩炒饭好吧。”

“她爸妈关系不好，去她家吃饭，总是提心吊胆。”

“嗯嗯，以后不用去了。”

“我其实爱她咧。”

“你是情种咧。”

“我都是奔着结婚谈的咧。”

“为什么要说‘都’？”张文被他逗乐了，“谈过这么多朋友，你怎么像还吃了亏似的？”

“每一个我都没有碰过，崽骗你，我好尊重她们的。”飞爷立起身子，认真地说。

“情圣！”张文举起杯，“先干为敬。”

飞爷没有等到那句台词，当金城武给林青霞捏脚时，他瘫坐在沙发上，响起了鼾声。张文撂了杯子，接着往下看，看金城武吃掉了30罐5月1日过期的凤梨罐头，在厕所里狂吐。以前看到这一节时，张文总觉得作，现在想想，这不过就是他想要的一种仪式感，彻底地告别过去。

张文看着熟睡的飞爷，心里想着，他又何尝不是呢？

越往冬天走，天气越发冷了。冷天里最暖胃的，不外乎一碗热气腾腾的饺子配上一碗加了葱花的面汤。小巷的饺子馆，张文越发去得多了。

洗头姑娘早不来了。老刘自摔伤后，也再没露过面。金链大哥来得也没有从前那么勤了，听说是老婆怕他闲着，给他派了工，做起了外送，每日忙得不亦乐乎，小超市的生意陡然变好，两口子都有劲头。

饺子馆的顾客又换了一茬，新人新面孔，张文倒觉得无趣，一来二去，饺子的味道，似乎也是淡了。他心想，原来一口吃食，也要地利人和。人合适，有味之余才又多了一层有趣。

或许是饺子养人，张文的体重在嗞嗞增长，一年的时间，又回到了一百七。胖时的衣服送人了，瘦时买的衣服穿不进，又要重新添置。张文发觉，老这么增增减减，自己迟早破产。

2008年初，快过年了，长沙城连日罕见的大雪冰冻。月余不见的老五谈了个大单回来，请张文和飞爷吃饭泡吧。张文不想去，请他俩到家吃，捯饬了一桌饭菜，三人推杯换盏。“项目年后就启动，有的赚。”老五笑嘻嘻的。

飞爷又谈了一个女友，这一次，他一改往日风格，积极主动，早晚请安。

“过了，过了，”张文说，“谈恋爱不是做奴才。”

“以前吊着卖，现在打折处理咯。”老五笑他。

“是兄弟不？这样讲老子。”飞爷嗔怒着。

“莫找长沙妹子。”老五说。

“她就是的。”飞爷梗着脖子，“何解咯（怎么样）？”

“冇事、冇事，”老五声气弱了下去，“我晓得，你爱她。”

转眼就过小年了，家家团聚，张文独自在长沙，仍要上班。有天晚上，他很想吃顿饺子，有日子没去了，打车去小店，远远看见雪压塌了棚屋，到近前，残垣间朝里望，内里一片狼藉。张文暗忖，老板两口子许是回家过年了，房东也不知过来收拾收拾。

别的店子不愿去，张文去了超市，执念让他决定自己包一顿饺子。超市有机压的面皮，张文买了一块五花肉，请店员现绞成肉泥，买了一把葱，一颗白菜。冰灾未过，蔬菜都贵，他原本还想做个凉拌芹菜，寻了半天没寻着。

回到家，张文在厨房里捯饬开来，白菜剁碎，挤出水分，与肉泥、葱末置一盆，加盐、生抽、白糖搅拌均匀，点几滴料酒去腥，放半小时入味。再转到客厅，在茶几上摊上报纸，边看电视边包，饺子皮有些干，怕散，倒一小碗饮用水，蘸着水捏口。

包饺子时，张文接了几个电话，多是朋友们慰问孤寡。老三、老五在家吃过晚饭，邀他出去玩，张文一一拒绝了。年近三十，他越来越清晰地明白了感觉孤单与享受孤独的区别。

电话里，张文告诉老五自己包了饺子，哪天得空，可以过来吃。老五高兴地应了。他不知道那是张文的恶趣味作祟——张文包了十个特别的饺子，馅料里放上了家里所有能找得到的辣酱，剁椒、干椒、海南黄椒酱，专候着他来。

最后一个电话是飞爷打的，他和女友买了票，准备看电影。“你来不？你肯定有空。”飞爷在电话那头自说自话。“有空，我就来。”张文笃定地说。挂了电话笑笑，去厨房里煮饺子。

九点多，张文终于吃上了饺子，客厅很空，除了窗外的风声、室内的电视声，还有张文的咀嚼声。一大盘氤氲着热气的饺子，一碟老抽香油拌干椒，一碗葱花面汤，夹一碟坛子萝卜，又煎了个葱花蛋饼做菜，一个人的晚餐，也显得丰盛。萝卜咸脆，煎蛋焦香，蘸了酱的饺子吃在嘴里，最先感到蘸料的咸辣。细细咀嚼，馅鲜、面软、汁甜，张文慢慢地吃着，自觉并不输小店的味道，只是少了那份热闹。

其间张文收到一条短信："小年快乐！"张文不假思索地回了一条："同乐同乐。"撂了手机，继续吃。

那天饺子煮得有点多，张文吃撑了，不想下楼，在房间里踱步，只当消食，踱到阳台，沙袋在黑暗中吊着，不敢打了，声响太大，楼下投诉了。

他在窗边静立了一会。七楼望去，窗外万家灯火，夜空是阴沉的黑，远近楼房屋顶上的雪仍没有化，一片灰白。他伸手打开窗户，寒风扑面，吹得他一个激灵。他猛然想起刚刚收到的那条短信，以及短信上方的那个熟悉的名字，还有他波澜不惊的应对方式，心里忽然感到释然，原以为千难万难的坎，就这么悄没声地过去了。

糖盒子里，
藏着母亲的爱
与秘密

人的味觉像个孩子，有着不知足的天性，食物越多元，它就越挑剔。

半生的时间，张文觉得，有很多食物在他的心中，都会经历这样的演变：当初很喜欢，后来很寡淡。从前的味道永远停留在从前，与那时的阳光、暖风、落叶，还有人在一起，成为记忆的背景。即使多年以后重新遇见，找回了那份味道，也找不回那份喜欢。

这是第二篇面食的故事，它的起点，在张文的童年。

张文对于面食的喜爱，缘于一个糖盒子。那是三十年前，张文上小学四年级时，母亲带他去吃的，在母亲单位旁的国营饮食店。

那天，张文在学校的书法比赛中得了二等奖，领奖后，班主任老师将他拉到走廊上，严肃地问他，知不知道为什么只得了二等奖。张文老实地回答，自己也不知道——其实内心里，他对自己能得奖已经十分开心，奖状拿回家，可是能换实实在在的奖励的。

班主任是个戴眼镜的男老师，一头自来卷，脾气火爆，火气上来，会体罚学生。张文不止一次看见他踢人，还将班上最皮的一个拎起来，作势要从二楼扔下去。他当然没有扔，可一班同学都吓得不轻。可以想见，在这样的老师面前，张文不自觉地露了怯，突然觉得没拿第一是自己的错，羞耻地低下头去。

班主任仔细地跟他分析着："毛笔字我不太懂，但是他坐着写占了优势，手肘放在桌上，下笔就稳些。你站着写，写的悬手，当然就差一些。"

张文惊住了，倒不是因为老师的分析，而是他的语气，好似将自己当平辈人一般。张文很惶恐，但还是想解释一下："妈妈教的就是悬手，后来请了师傅，也要我练悬手。"

老师愣了愣，伸手拍了拍他的肩："那就接着练，一次输赢不重要。功架打好了，以后字就好看了。"

中午放学时，张文径自去了母亲单位，头一天母亲嘱咐了，单位开订货会，没工夫回家做饭，让他去单位吃。

母亲所在的单位，卖日用杂货兼鞭炮烟花，深具浏阳特色。许多年前，鞭炮烟花就是小城的一张名片，行销全国，当电视里开始有零星广告时，“省优、部优”的广告语成为小城人辨别货品的标准。单位领导决定变通形式，扩大影响，开订货会，请各地同行过来，产品现场试放，当面订货。

那一年，是订货会的第一年。

从小学到母亲单位五分钟的路，母亲的办公室在一楼，一棵桂树掩映，遮住了阳光。母亲就在屋里拿食堂的大碗打好了饭菜等他。订货会期间，食堂菜品丰盛，平日需餐票购买的饭菜，这几天可以不花钱。母亲给张文盛了一大碗饭，几样荤菜在碗上堆起了尖，暗沉泛油光的扣肉，喷香的炸鱼，切得薄薄一片和着干椒、豆豉蒸的香肠，菜顶居然还嵌着两颗蒸肉丸。张文的心里，顿时像过节一样的欢快。

“晓得你馋肉，小菜都忘了给你打。”母亲望着他，爱怜地摸了摸他的头。

张文端起碗就吃，将嘴里塞得鼓鼓囊囊，都是过年才吃得到的东西，让张文头一次对母亲加班充满好感。“原来订货会是这么好的事情。”他啧啧称叹。

吃到一半，张文才想起把奖状拿出来，母亲的眉眼立刻笑到弯，拿着奖状看了又看，摊平在办公桌上，珍而重之地轻轻掸了掸。

“有奖励，”母亲问，“想要什么？”

“好吃的。”张文贱兮兮地笑，看到母亲望向碗里，“这个不算！”他大喊。

“好，好。”母亲的眉头皱了皱又舒展开来，笑着答应了。

“小万带儿子吃饭咯？”窗户外头有人说话，张文抬眼一看，是母亲的同事秦伯伯。他站在树荫下，两手各拎两个铁皮饭盒。

“是啊，今天没法给他做饭。”母亲表情尴尬地讪笑着。

“好好，我也打了，家里人也吃点。”伯伯举起手来，将四个铁皮饭盒举得高高的。

“明天别来了，你去大外婆家吃。”等伯伯转身离开，母亲推了推张文。

“伯伯也给家里人带饭啊。”张文嘟囔着。

“占公家便宜，跟做贼似的。”母亲摇着头，“我心里慌。”

真正得到母亲的奖励，是在订货会结束的那一天，各地的订货商都走了，母亲叫张文过去吃午饭。她仍要忙，做着一些会议的收尾工作。

她仍是在食堂里打好饭菜等张文。食堂又恢复了餐票制，母亲打了一荤一素，大碗盛着，放在办公室等他。一份火焙鱼，一份蒸南瓜，盖在饭上，火焙鱼咸鲜，肉有嚼劲，豆辣蒸的，特别下饭。南瓜糯软，筷子一掐即碎，汤汤水水地拌进饭里，米饭被汤汁洇软，带着淡淡的清甜。

“南瓜好吃呢，”母亲在一旁碎碎念，“食堂里起抢，老秦最有意思，只打了一份南瓜，家里带一瓶腐乳，蘸着下饭吃。”

饭吃到一半，张文突然想起了前几天的奖励母亲仍旧欠着，嘟嘟囔囔地表示不满。

“哟，忙起来不记得了。”母亲拍了拍额头。

张文停了筷子，巴巴地抬头看着母亲，等她给个说法。

母亲也望着他，似乎在思考着，好一会儿才似下定决心，站起来，嘱咐张文端着碗，跟她走。

母亲公司的隔壁，是一家国营餐馆，名字起得好听，叫“汀兰酒家”，早餐、正餐都卖。在张文的印象里，那里是大人吃饭的地方，听说那里的东西死贵，在此之前，张文从未奢望过自己有一天能坐在里头吃点东西。

可那一天，母亲就领着张文进了餐馆。母子俩在正堂里的小桌坐定，母亲起身去买吃食，好一会，才端来一笼蒸饺，一个用油纸包的糖盒子。“尽着你吃，好不好？”母亲笑眯眯的。

此前，张文只吃过水饺，那是自家过节时包的，很大一个，张文挺爱吃。这里的蒸饺一小笼，暗沉的面色，松松垮垮、没多少肉的样子，张文虽然仍是爱，心里却暗忖：“只怕还得配饭吃。”

倒是那个糖盒子吸引了张文，油炸的，似刚出锅，还冒着热气，黄灿灿的酥皮层层包裹、收口呈麻花状，像一个大个的饺子。此前无数次经过汀兰酒家，一堆炸好的糖盒子就摆在临街玻璃橱柜里。看到有人买来吃过，一口咬下，酥脆的面皮沙沙下落，得摊手接住。隔得老远，张文似乎都能听见吃客香甜的咀嚼声。如今一个糖盒子摆在面前，张文倒舍不得下口了。

张文就着蒸饺，吃光了带过去的半碗饭。糖盒子用纸包起，揣进了书包。“我要慢慢吃。”他对母亲说。

母亲笑着摸了摸他的头，“随你，上学去吧”。

上学的路是一条林荫道，法国梧桐掩映，阳光从树叶的缝隙中照下，在地上投射出一个又一个的光斑。平日里，张文常常跳房子一般地踩着斑点，这一天，他走得小心翼翼，生怕太大的步伐会将书包里的糖盒子震碎了。

快到校门口时，张文打开书包，掰了一小块糖盒子，边走边吃，炸透了的面皮，嚼起来又酥又脆。他又掰了一块，糖盒子中空，中间有少少的馅料，是芝麻和白糖熬的，冷了，又复结晶，咬在嘴里沙沙的甜。那天下午，张文像只护食的小老鼠，时不时地伸手进书包，掰一块糖盒子吃。到放学时，只剩一书包底的碎渣了，他仍伸手进去捞摸着，撮一撮，塞进嘴里。

此后很长一段时间里，糖盒子成为了张文讨赏的标配。为了那一口吃食，他想尽了办法，不放过任何争取表现的机会，班级、校方给的荣誉，都可以作为邀功的筹码，最后变现成一个个有着酥脆外皮与芝麻糖馅的糖盒子。

每次听到老师或校领导慷慨激昂的表彰词，但凡与他有关，他的鼻头都会倏地盈起一股幽香。美食在望的快感超过了荣誉感，他不得不略微地抬头，至 45 度仰角，不是因为骄傲或感动，而是为了咽下满溢的口水。

然而荣誉难得，吃到糖盒子的机会总是寥寥可数。

自那一年订货会之后，或许是鞭炮烟花的生意越来越好，母亲也越来越忙，加班的时候变多了，没工夫回家做饭，张文时常去母亲单位吃。

食堂在公司的后院，一栋二层小楼。各样的菜式用小钵装着，凭餐票购买，自带餐具，或者到食堂领一个大瓷碗，打好饭，菜就倒在饭上，一荤一素、二荤一素，或几荤一素，丰俭由人。母亲常常给张文打一荤一素，自己打份素菜，从张文的荤菜里扒拉两筷子下饭。

那些菜里，顶好的是小炒肉，肉多、汤汁多，下饭又饱肚。最差是排骨，骨头多、肉少，价钱却是一样。每次打排骨，张文老嚷嚷："妈妈，买这个菜，我们吃亏呢。"

"吃这个，长得高啊。"母亲总说。打到这个菜，母亲一筷子都不夹，只倒些汤汁来拌饭。

张文在食堂吃饭，扒着碗里的，眼睛却乱睃，看着别人桌：孔姨吃的两荤一素，真好啊；雷叔没打素菜，三个荤菜，小钵子放在桌上，夹着吃，也不汤汁拌饭，真浪费，给我拌一下啊。内心各种戏码，却也老老实实吃完，老老实实收碗。

母亲常说，小小年纪，不要有比较心。他记住了，可总管不住自己。只能偶尔在秦伯伯身上找找平衡。秦伯伯的朋友送他一瓶桂林腐乳，从启封那一天，他到食堂吃饭就只打一份素菜。几个月了，腐乳吃完了，只剩小半瓶汤汁，仍是如此，筷子在瓶里点一点，伸到嘴里嘬一口，扒一口饭。看得多了，母亲发现了，拉着张文快走。

“不要盯着别人望啊，不礼貌。”母亲有些愠怒，“你秦伯伯家负担很重的。”

张文不太明白，默默地随母亲走开。他记得，秦伯伯那一瓶腐乳，从夏天一直吃到了冬天。

那年入冬早，母亲出差，一去半个月，父亲带着他。某一日晨起，张文忽然感觉到困倦，自此起，饭量开始减少，做作业偶尔会觉得头晕。初时，父亲只当他偷懒，笑话他：“你也学青蛙，要冬眠吗?”

过得几日，母亲回来了，见到张文就冲父亲嚷起来：“孩子病了，你带他看了没?”

“病了吗?”父亲诧异地说着，“白白胖胖的，挺好的啊。”

“我崽我不知道？那是浮肿！”母亲叫道。

张文确诊了肾炎，医生嘱咐卧床休息，母亲向学校办了半年的休学，并向校领导陈情，不要让儿子留级，他能跟得上班。听说那一天，卷头发的班主任在一旁也帮了腔，他也认为张文不需要留级，书可以在家里自己看，有不懂的他可以上门教。

“不用留级，但你要参加期末考。”母亲回家宣布她争取的结果时，张文开心坏了——在他的理解里，不论出于什么原因，留级终归是一件很丢脸的事情。待到复学了，从前的同学成了自己的学长，他难以接受。

于是，张文有了一个漫长的假期。每日上班时，母亲会将门反锁，张文每日循例吃药、学习、做作业。空闲时间里，只有书做伴。

一个人的日子里，他将一本《小飞人三部曲》翻烂了，直到能清晰地背诵其中的某些章节，还对着书里的插画，用白纸描那个背上装着螺旋桨的小胖子，同时也画上自己。长日的无聊让他有时间设计各种场景与对话，画满几个格子本，好像自己家的屋顶也住着个这样的朋友，常常飞下来跟他玩。

张文时常趴着窗户看窗外，家在一楼，窗户焊着铁条，他攀着铁条朝外打望，看玉兰树的光影，看窗外行走的人。偶尔他会折一只纸飞机扔出去，飞机的尾巴上穿个小孔，绑根线，飞出去，拽回来，再接着扔。

那一段时间里，张文就像只小狗一样，盼着母亲回家。母亲也总会变着花样给他做好吃的，这是张文在漫长的孤单时日里，唯一的盼头。不单如此，母亲陡然大方起来，每周都会给他带一个糖盒子，不定时日。这让张文的盼头显得越发清晰，好像没吃到一个糖盒子，这周就不算过完。他开始对生病的日子又爱又恨起来。

某一日晚上，母亲回家，神秘兮兮地带回一个纸包，在厨房里鼓捣了半晌，端出一碗酱色的肉汤。“猪肺汤，吃吧。”母亲说，“吃了对身体好。”

张文连汤带肉尝了一口，汤咸，肉质沙沙的，并不好吃，母亲盯着他吃完了，长吁了一口气。

张文的身体逐渐向好，期末时，由母亲陪同去了学校参加期末考。

过得几日，成绩出来了，母亲带回来两个糖盒子和几本童话书：“成绩还可以啊，老师说了，三好学生不好评，学习积极分子能评上。”

张文“嗯嗯啊啊”地应着，糖盒子塞满了嘴，既然奖励已经兑现了，评什么似乎也没有关系了。

张文现在还记得，那一次母亲奖励给他的书里，一本

《长袜子皮皮》最吸引他。那天剩下的时间里，他都抱着这本书在看，直看到月上梢头，四周静寂才酣然睡去。

第二天醒来，父母已经上班去了。母亲给他做了面条，放在灶上，张文起得晚，面条已经发稠了。

张文不想吃，昨天的糖盒子只吃了一个，还剩下一个，张文珍而重之地用纸包了，放在抽屉里，正好掏出来吃。放了一夜，糖盒子的面皮有些发软了，吃起来又是另一番味道，张文正吃着，门口传来了敲门声。

“谁啊？”张文大声问着。

一个陌生又苍老的声音在门外回应，话说得又软又急，带着浓重的外地口音，张文听不明白。

“门反锁了，我打不开。”张文换成普通话，冲着门外嚷，“你到窗户这边来咯。”

张文转身去了里间，搭着椅子攀上窗，贴着窗上的铁条往外喊：“这里，来这里。”

不一会儿，墙边蠕蠕走来一个老汉，衣衫褴褛，斜背着一个大布袋，拄着根木棍，头发、胡子久未修剪，在冬日的阳光下白得刺眼。老汉的右手牵着一个小孩，孩子似乎比张文小，也是长长的头发，一双乌黑的眼珠透着灵动，衣衫单薄，脏兮兮的脸冻成苹果红，鼻子下方还挂着一溜清鼻涕，似乎腿有残疾，走得踉踉跄跄。

“你家大人呢?”老汉在窗前站定，问张文。他放缓了声调，张文倒是听得懂了。

“上班去了。”张文说。

“给口吃的吧，昨天到今天，我们只喝了水。”老汉皱着眉，伸手摸着孩子的头。

张文愣了愣，想起母亲煮的面条还在灶上，跳下凳子，往灶间跑。端着面出来，才发现大碗伸不出窗外，又回头去寻筷子，老汉包里摸了个搪瓷碗出来，张文用筷子挑，老汉拿碗接了。长发小孩在一旁仰着头看，静静地吞着口水，眼里闪着光。张文瞥见了，心里油然腾起了一股满足感。

爷孙二人坐在玉兰树下吃的面条，张文站在窗户边看。

老汉吃了小半碗，剩下的给了孙儿，孙儿大口扒着，扒两口，就拿眼睃一睃张文，好像怕他会要回去一样。阳光当空照下，玉兰树宽大的叶子熠熠发光，院里无风。也许是吃出了热劲，老汉还敞了衣，左右看看，包里摸出一个搪瓷杯，到院里的水龙头下接水喝。

“你们从哪来啊?”张文问。

“远呐，河南。”老汉笑着回答。

“怎么出来了啊？”

“地里刨的不够吃啊，”老汉放下水杯，激动地挥着手，半晌，又自失地笑了，“我也想吃商品粮呢。”

张文听不太明白，隔着窗户看着二人发呆。

小孩吃光了面条，用手扒着碗底的面渣，小手在碗底抹一圈，扒拉到碗沿，凑近去舔，舔干净了，将碗撂一旁，接过爷爷的杯子，喝了两口水。许是吃饱了，也发起呆来。

“你多大啊？”张文冲小孩喊。

小孩不作声，老汉冲张文笑，一只手比画，“八岁咯。”

“娃娃你调皮了，被家里人关起来？”老汉问。

“我病了。”张文解释着，脸上没来由地发涨。

老汉笑眯眯的，没有多问，站起身来，朝张文作了个揖：“娃娃心肠好，再给点米吧。”

米缸在厨房的角落，张文来来回回地跑，给老汉舀了几饭碗米，老汉张开布袋接了，米粒沙沙落下，长发小孩在一旁仰头望着，眼中尽是喜色。

张文还待去舀，老汉唤住了他：“娃娃，可不敢再要了，被你家大人发现了，你要挨打的咯。”

张文也不确定父母会不会为这件事情打他，倒有些迟疑了。

“走咯走咯，好吃好喝就不想走咯。”老汉立起身，招呼孙儿，孩子正趴在地上捡拾散落的米粒，脸都快凑到地面了，小手一粒粒地拈着，捡得极认真。

二人朝院外走，张文仍爬在凳子上，靠着窗看他们，长发小孩回头，冲他摆了摆手，张文也摆了摆。一会儿，小孩松开了爷爷的手，噌噌地跑了回来，到了窗边，怀里摸出一个物件，踮起脚，递给张文。是一个竹蜻蜓，见张文迟疑，小孩双手一搓，竹蜻蜓旋转着飞到远处，小孩过去捡了，又跑回来，再次踮脚，递给张文。张文接了，孩子挥了挥手，冲张文笑了笑，转身朝爷爷跑去。

张文攥着竹蜻蜓，愣愣地看着小孩渐渐跑远的背影，忽然跳下凳子，跑到书桌前，拿起那个吃了一小半的糖盒子，再攀回去。他张目打望，老汉与小孩都不见了，张文隔着窗户“哎……哎”地喊着，没有人回应。

起风了，玉兰树叶婆娑，院内一片寂静。

张文怅然回身，跌坐在椅上，拿起那个竹蜻蜓小心地摩挲。许是玩得久了，竹蜻蜓的表面光滑，转角的支茬都被磨平了。他双手轻轻一搓，竹蜻蜓轻盈地飞上了天花板。

张文的病情转好，比医生预计的要快，转过年来，张文复学了。因为身体仍在恢复期，在那个学期，他得到了一项特殊待遇：不用做课间操，也不用上体育课。

班上和他一同享受这项待遇的，还有一个同学，是因病休学留级下来的一位学长，瘦津津，卷头发，一副营养不良的样子，薄薄的嘴唇总是乌的，人常常显得很慵懒，总是坐在自己的座位上不愿意动弹。

教室里只剩二人时，张文就找他玩。学长比他大两岁，看张文的眼神却像一位长辈。张文总觉得他的眼睛里有一种与年龄不相称的成熟。他会打响指，会合掌按压发出放屁一样的声音，还会让耳朵自己动起来。

张文觉得很神奇，求着学长教他。学长便不厌其烦地教。久教不会，有时候，学长会忽然停下来，愤怒地说：“这些没意思的，要出去玩才好啊。”

“我这里有病啊，生出来就有。”学长指了指胸口，“说做了手术就会好，手术做了，还是不能跟大家玩。”学长显得很委屈。

好几个月过去，张文终于学会动耳朵了，手掌按压也能发出轻微的声响了，响指仍不会打。

学长又休学了，一天下学时，他告诉了张文这个消息，显得有些无奈。

“再回来，还是上这一级，小学几时才毕业啊。”他有些丧气地对张文说，“说不定又会想出一些新玩意啊，到时候教你。”他又高兴起来。

张文拉着学长去了汀兰酒家，买了个糖盒子送他——他攒了一点钱，硬币攒进家里存钱罐，放进去就取不出来了。纸币藏在书包内衬里，准备过年买火子枪的，咬咬牙，拿出一点来了。学长打开包装，咬了一口，面皮沙沙而下，来不及用手接，都掉在了地上，张文看着心疼。

“好吃。”学长嘟嘟囔囔地说。

“胖子，再见啊。”学长冲他摆了摆手，转身离开。张文看他一路走一路吃着，书包吊在背上，佝偻着身体，像个病弱的老人一般，消失在街的拐角。

张文转身望向酒家的食品柜，许多糖盒子像堆元宝一样堆在里头，他吞了吞口水，决然走开。

过了夏天，张文的身体彻底好转了，撂了一年的习武又恢复了，他又渐渐恢复成一个灵活的胖子。

此间张文又参加了一次校内的书法比赛，还是第二名，这一次，班主任老师又找他聊天。

“怎么练的怎么写，不要那么在意名次。”班主任说，倒像在宽慰他。

张文把奖状抱回家，没有再问母亲要吃的，要了一套书作为奖励。

那一年里，秦伯伯在家里晕倒了，被送去了医院，诊断出营养不良。母亲回到家，饭桌上当新闻讲，与父亲讨论。

“老秦不容易，弟弟是精神病，三十几岁了靠他养，父母没工作，身体又不好，长期住院，都是他一个人扛。”母亲啧啧说。

“我们家除了没个精神病的老弟，其他也差不多。”父亲说，“家家有本难念的经。”

“那倒是，”母亲叹了口气，话题又绕回去，“单位领导去看他，他老婆站在病房里哭，说跟了老秦，一世倒了血霉，家里买小菜都要算计，一年到头吃不得两回肉。”

父亲也啧起嘴来：“我们家还算好的噢。”转身夹了一筷子小炒肉给张文。“身在福中要知福，你要好好学习啊。”他对张文说。

“考试考得好，妈妈给你买糖盒子吃，好不好？”母亲笑眯眯地问他。

“不好，奖别的吧。”张文回答说。

不知道从几时开始，张文没那么喜欢吃糖盒子了。也不记得从几时起，市面上的食品开始多了起来，糖盒子反而不见了，好像食物也有敏感的心，知道不受人待见了，就自己躲了起来。

但张文心里清楚，对面食的喜爱，那个糖盒子是发端。

之后，张文随父母搬过几次家，从小城的中间搬到东边，又从东边搬到西边。河对岸开发了，一家人买了新房子，搬到了天马山下。

依然有夏夜风凉，依然有冬日艳阳，小城四季流转，时间似一弯波澜不惊的浏河水，平平淡淡间就过去了十来年。小胖子长成了大胖子。

再往后，山城的孩子离开了家，去了长沙，求学、工作。现实生活渐渐对他揭开世俗的一角，他一头闯了进去，开始学着入世，终日营役。他知道这种日子自己没有多喜欢，只是渐渐地，生活的庸常成为了习惯。

在长沙定居的十来年里，张文依然时时回乡，一为父母，二为朋友，三为看小城的变化。他仍练着毛笔字，不过闲时写写，却好像越来越没有长进了。

某一天夜里，张文在家里看日剧，看到日本人将饺子当菜吃，突然想起他吃过的第一笼蒸饺，在汀兰酒家，味道早已经忘了，却也是就着饺子下饭的。记忆的画面依然清晰，而母亲的单位早已经破产关停，汀兰酒家也早就不见了。

某一年秋天，母亲原单位的同事收媳妇，在浏阳的西湖楼摆酒，叫张文回乡。那一阵，张文正被工作与生活的琐碎缠身，情绪很丧，正好借着由头请了假，回乡陪母亲。酒宴上，客人多是老同事，母亲进门就开始打招呼。人群里，张文看到了秦伯伯，一头白发，原来的瘦弱倒不见了，晚年发福，满面红光。

“老秦发得狠，早早出来自己做生意，家里倒越搞越好了。”母亲告诉张文。

二人在桌前坐定，仪式未开始，桌上只有四样凉菜，每人面前摆一盒喜糖和一个四四方方的盒子。张文伸手打开来，仿佛看到一个久违的朋友——糖盒子！

“早就是这样了，这几年又作兴吃这个了，”母亲笑着，“你小时候最喜欢吃的。”

“这个也给你吃啊。”母亲将她面前的那个也递给了张文，她仍将张文当个孩子。

张文笑眯眯地接了。

“有一回，我煮了碗肉给你吃，你说沙沙的不好吃，”母亲似乎想起了什么，忽然神秘兮兮地问张文，“知道那是什么吗?”

“我后来知道了。”张文笑着，“那是胞衣（胎盘)。”

他没有告诉母亲，早几年朋友花皮在家炖了一个牛胞衣，请他去吃，就是那个味。他吃了一口就停了筷子，循着味道的线索往前回忆，倒确认了母亲当年给自己做的那份肉汤的原料是什么。

“我求了医院的朋友好久，请她帮我留意的。”母亲说，“你吃了，身体果然好些了。”母亲伸手摸着张文的头，手不够长，得欠起身子，张文低着头，任她摸。“你长多大，都是我的老儿子啊。”母亲轻声说，“有什么不开心的跟妈讲，别憋着。”她看出来了。

张文摇了摇头，没有作声，避开母亲的眼神，拿起糖盒子吃了一口，依旧是酥酥脆脆的，中间半空的，有着少少的芝麻糖馅。张文吃了一口就放下了，味仍是那个味，吃着它的人却像不再是从前那个人了，曾经的最爱，如今却勾不起半分食欲。

张文心里有些难过，他有些妒忌从前的那个自己，那个有一个糖盒子就能开心一天的小孩。仿佛那个拥有简单快乐、内心充实又悲悯的小胖子，仍滞留在记忆中的童年里，而另一个自己却浑浑噩噩地长大了，长成了让他无可奈何的样子，终日惶惶然不知所以。

张文记得，许多年前，他路过汀兰酒家，曾经看过一次炸糖盒子：最初糖盒子就是包成饺子的形状，内里充实，填满了馅料；放进油锅里炸时，表皮越炸越膨，白糖融化，洇进面里。

糖盒子炸成了，心就空了。

后来，
一吃馄饨
我就想起了你

一个人的成长，总会伴随着一些心境的变化，对某样食物的好恶也是如此。在物资匮乏的年代，吃饱是第一要义，而量少，难免显得轻薄。有所取舍的，大多不过是食物的多寡。

可到了后来，懂得了取舍，才发现许多事，原来自己也是无力左右的。

这个故事，讲的是馄饨，在张文的家乡，它叫“饺饵”。

在四次“落地成盒”后，张文无奈地放下了手机，起身去洗澡。最近一段时间，他疯狂地爱上一款手游，耽误了不少事情。洗完澡，点了根烟，他下决心戒了游戏。

这种励志的事情张文经常干，每次都无比真诚，可总是决心下得越狠，开戒开得越快。

“不玩了，”张文踱到厨间，认真地对太太说，“我怀疑有人作弊，刚枪都刚不赢。”

“四十岁了，还天天玩游戏？”太太笑他。

“你不理解英雄的孤独。”张文一嗤。

“衣服洗好了，去晒一下。”太太不接话。

张文撂了手机，去了阳台，“昨天晾的还没收！”他在阳台上喊。

“你收一下啊，我在煮馄饨。”太太在厨下回着，“你要不要胡椒？”

端上桌来，周日在岳母家打包的自制鲜肉馄饨，馅料实在，太太又熬了一锅骨头汤，调好了味。馄饨出锅，直接舀进碗里，碗底早已放好虾皮、酸菜、葱末和少少的干椒，一勺骨头汤浇上，点几滴香油，胡椒碾子转出几星，汤热、肉香、面甜，几味中和，辣上提鲜。

一海碗馄饨，填不满张文的胃。

馄饨，在张文的家乡，叫饺饵，小城的人们用这种称谓将它与饺子区分开来。

在幼时的张文看来，饺饵和排骨一样，实属轻薄的吃食。母亲若用它作儿时努力的奖赏，张文的内心是拒绝的——彼时张文的心里，有一样执念：不能吃到饱的肉食，都是耍流氓。

不过，张文幼时仅有的两次关于馄饨的记忆，都与大外婆一家有关。它不关乎奖励，吃时的氛围也各有不同，一次欢快，一次沉闷。

张文犹记得，幼时第二次吃馄饨时的沉闷与压抑。那是在大外婆家的堂屋，一家人围坐，主位反常地空着，摆上了碗筷，大外婆在侧旁坐着，下手是表舅，大人们各个表情严肃，孩子们不明所以。隔着馄饨的升腾蒸汽，张文望向大外婆表情复杂的脸，好像为了调节气氛，大外婆轻轻地说着一些俏皮话，可摆在她面前的一海碗馄饨，却几乎没有动。也是过了许多年以后，张文才明白大外婆那些看似调侃的话语背后的辛酸。

相比起来，第一次吃馄饨就要愉快多了。

那是在三十多年前的某个清明前。那一年，张氏族群重修了族谱，祖父特意捎信给父亲，这年的清明祭祖要隆重些，族人都要帮忙的，嘱咐张文父母提前回乡。张文要上课，回不得，便去胡家巷的大外婆家小住，大外婆是张文外公兄长的妻子，大外公在上世纪三十年代末去广州做生意，至死未归。大外婆只得带着独子住在小城，靠小叔（张文外公）家的接济养大了儿子。

住在大外婆家，张文每日跟着辉表哥（大外婆的孙子）一同上学。辉表哥在三兄妹中行二，最宠张文，去哪儿玩都带着他，打板儿、买吃食，连鸡窝里掏的鸡蛋，悄悄煮熟了，都会分给张文大半个。

辉表哥比张文大三岁，一张圆脸，门牙有些凸。脸上天生带着笑，又会讲话，每次带着张文出去玩，见人便喊，“哥哥、姐姐、叔叔、婶婶”，嘴巴津甜。张文在大外婆家住的那一周，恰逢清明。节前最后一天是周六，彼时大家周六还不休，表舅、表舅妈上班了，辉表哥便带张文上学，早上大外婆将二人叫到房里，“今天寒食，家里不开火，你们去外面吃”。说罢从怀里掏出装钱的小布包，层层打开，拈出角票，一人给了五毛。

刚出家门，辉表哥就望着张文笑起来。“钱不要花啊，”辉表哥冲张文挤了挤眼，“留着干点别的。看录像可以看得好几场了，武装部对面的录像厅，卖票的我熟，买一张票，我俩都能进。”

“可是会饿啊。”张文嘟嘟囔囔，平时也没有零花钱，他心里还想着今天能吃顿好的。

“当然要吃饭啊，去我妈那吃。”辉表哥拍了拍张文，让他安心，“中午在学校门口等我，我带你去。”

表舅妈在城西车站边的一家国营小吃店上班，店子属于供销社下的食品公司，统共四五个人，为进出站的旅客提供些简单餐饮。店子虽小，各有分工，忙起来却也脚不沾地。张文头次去，进了店，取餐窗口排着队，心急的吃客扒着窄窄的木窗，冲里喊：“师傅麻烦快一点，我要赶车。”

“赶车吃什么面啊，煮不熟谁负责啊？”窗口里传来一个怒气冲冲的女声。

辉表哥听出来了，便冲张文挤着眼：“那就是我妈。”他插到队前，扒着窗子冲里喊：“姆妈！”

“哎——”窗里传来一声悠长的应答，一会，旁边的小门开了，瘦津津的表舅妈站在门口，身上系着的白围裙油渍斑斑，皱着眉望着辉表哥，“你怎么来了？”

“我来吃饭。”辉表哥嬉皮笑脸的。

“奶奶给了你钱吧！”表舅妈叉起了腰，怒目直视。

“给了的。”张文从人群中挤出，站到表哥身旁，“辉哥哥说带我来吃你做的。”

看到张文，表舅妈眉头才舒了舒，朝二人招了招手：“进来！”

窗外等急了的客人开始叫唤了，表舅妈慢条斯理地捞出面条，一碗碗地放。汤底怕是冷的，放入面条才有了热气，再从灶上一个铁桶里舀出肉丝浇头，连汤带料地浇上。大铁勺一捞小半勺，表舅妈像乐队指挥一般，抖着腕，勺子在每碗面上一倾一收，肉汤裹挟着几星肉丝悄悄落下。窗口收了票，食客自取。有时候手重了，汤汁溅出来，也没有人作声。

张文从前就知道，表舅妈的面条做得好吃，原来是这里练的。她做的干拌面让张文多年来一直记忆犹新。面煮得将将熟，猪油做底，加酱油，干椒粉一小勺，放入面条后，滴几滴陈醋，拌匀，什么浇头都不放，闻着喷香，吃起来带着些许韧劲，咸辣中有丝丝清甜。

应付了一拨客人，表舅妈才终于有几分钟空闲应付张文二人，“吃点什么呢？”表舅妈擦着额头的汗，在自己的一亩三分地前思量，“饺子不行，前天做的，不新鲜了（彼时没有冰柜）。面条？也不好。不如吃饺饵吧，昨天做的，我督着老郑剁的馅。”表舅妈一拍手，像是为自己的决定洋洋得意。

“表舅妈，为什么吃面不行?”张文小声问。

“你想吃面吗?”表舅妈问。

“不是，就是不明白。”

“一点点肉，有什么吃头啊。”表舅妈哈哈笑着，“这里不比家里，几根骨头熬一个礼拜，味精兑汤，有什么味噢。”

馄饨煮好了，两人就在灶间吃，厨房一角有一个放杂物的小方桌，二人将桌上的瓶瓶罐罐往里推一推，腾出些地方，一人一个大瓷碗，埋头吸溜。碗里满满的是酱色的汤，漂浮在其中的馄饨小巧轻盈，像成群畅游的银鱼，一勺能舀上两三个，吃到嘴里，面皮是软软的甜，纯肉的馅儿虽小却入味，汤中的胡椒与干椒更是提辣提鲜，吃得二人满头汗。

张文着实饿了，起初吃个新鲜，到了后来，越吃越大口，也越吃越觉得欠，眼看着碗里的馄饨越来越少，心里有些着慌。“这么不经吃咯。”他暗忖着。

辉表哥已经吃完了，撂了碗喊表舅妈，“姆妈，没吃饱咧。”

“还没吃饱？都是下的两人份，饭钱从我工资里扣的咧……”表舅妈仍在灶前忙碌，头也不回地嚷嚷，“把奶奶给你的饭钱给我。”

辉表哥噤了声，低头老实喝汤。

一会儿，表舅妈走过来，一只大碗往桌上一墩，“吃咯，吃完了上学去”。

张文一看，碗里两根油条，许是早上炸的，已经冷了，软软地耷拉着。“掰碎了，泡汤吃。”辉表哥教他。

张文赶紧吃完碗里的馄饨，有样学样地掰起了油条，油条浸在汤里，饱吸了汤汁，吃在嘴里，糯糯软软的，带着甘甜，十分饱肚。

“要上课了咧，一顿饭吃这么久，迟到了看老师罚你们站不？”表舅妈又嚷起来。

大外婆给的饭钱，辉表哥带着张文第二天就花完了。第二天是周日，放假，二人跑出去看了两场录像。辉表哥果然认识卖票的，买一张票，两个人都能进，不单如此，放完一部片，大人们都起身了，他俩还缩在角落椅子中间的过道藏着。录像厅里本就阴暗，检场也敷衍，片子开映了，二人才嘻嘻哈哈坐起身子。那一天，除了中午回家吃饭，他们差不多一整天都在录像厅里厮混。

晚上回家时，在巷口遇见一个卖甜酒的，小瓷碗盛着卖，五分钱一碗，甜酒兑了水，喝起来无甚酒味，很清甜。二人买来喝，辉表哥喝了四碗，张文也喝了四碗，喝成个大红脸。卖甜酒的见到豪客，还奉送一碗，他们是真喝不下了。晚上吃饭时，酒劲上来了，张文晕忽忽地扒着饭，吃着吃着，一头栽在桌上，睡了过去。

第二天，父母回来了，张文便回家住了。

此后，有那么几天，辉表哥在学校见到张文总是阴着脸，张文觍着脸叫哥哥，他总是不理。没过几天又好了，课间主动来找他玩，给他带了表舅妈炸的红薯片，用报纸包着一大包。二人跑去操场角落的大樟树下，打开分食，像两只小老鼠，将薯片嚼得嘎嘣响。

“我爸打了我咧。”辉表哥皱着眉，嗔怒地搡了张文一下，“说我带你喝酒，明明你自己要喝的。”

张文一愣，又嬉皮笑脸地凑近去，“好喝啊”。

“不喝那么多就没事了，醉了吧。”辉表哥啧着嘴，“你就是懵里懵懂，不知道饱足[①]，害我挨打。”辉表哥从报纸里拈出薯片，吃得满嘴喷渣：“我爸解了皮带抽我咧，屁

---

① 浏阳土话，不节制的意思。

股上都是痕，前几天坐椅子都痛，老师说我不老实，又罚我站。”

“你跟老师解释解释啊。”张文急道。

“说什么咧？挨了打，屁股痛？丢人不？”辉表哥摇着头，像个大人一样地叹气，“做哥哥真没劲，老受气。”

张文低头吃着薯片，不作声，表舅妈炸的薯片又脆又甜，课间休息时间短，他想多吃几片。

“都给你，我妈炸了好多，这些是给你带的。”辉表哥将薯片原样包上，塞到张文怀里，立起身，“回教室吧，等下敲钟了。”

二人的教室不在一栋楼，张文抱着薯片就走，心里可得意了，走出几步又返身，大声喊着辉表哥，“我礼拜一走的时候你还好好的啊，（表舅）没打你啊”。

本已转身的辉表哥返身跑过来，面带愠色，瞪着眼睛，“再喊大点声嘍，全校都听见了”。辉表哥举起手，作势要打，张文缩着肩，原地不动。

“我还骗你噢，”辉表哥举着的手轻轻落在张文头上，揉了揉，“礼拜一晚上打的咧。”

辉表哥搔着头，有些不好意思，“头一天晚上，我也喝醉了，我爸就没打”。

二人哈哈地笑起来。

在张文的日记里，那天是晴天，天很蓝，张文在日记里写道“碧空万里无云”。后来看从前的日记，张文也曾细想过，清明时节，本该是阴雨连绵的，也许是幼时的张文爱用新词，哪怕现实并非如此。

没多久，张文就又吃到了馄饨。那是在大外婆家，辉表哥叫他去的。说大外婆忽然起意想吃，就让辉表哥跑腿，喊表舅妈带回，辉表哥绕了道，到张文家把张文也叫出来尝鲜。

久不下厨房的大外婆，特地扭着小脚去肉铺买了大骨，发了海带，煮了一锅海带大骨汤。表舅妈从单位买回大包馄饨，煮好了，浇上骨汤，一人一大碗。

表舅家一张圆桌，众人围坐，主位却空着，摆了一副碗筷，放着一海碗馄饨，大外婆坐在侧边。大人们表情严肃，表哥表姐们也闷不作声。张文不明所以，也没心思去问，眼睛直直地盯着眼前的大碗馄饨，酱色的汤底，是货真价实的大骨海带，腾腾地冒着热气，碗底的葱末、干椒末漂上来，星星点点，青红相间，游鱼般的小馄饨如浪里白条，鲜肉馅熟了，裹着白袍，若隐若现。

"吃吧，吃吧。"大外婆摆着手，众人才拿起勺子。

张文舀了一口吃进嘴里，烫，呵着气嚼，面甜肉鲜之余，又多了一层骨汤的鲜美，不似味精汤般浅薄，它厚重、黏稠又实在，好食果然要配好汤，才能交相辉映。

"你爷老子[①]就好这一口，广州管这个叫云吞。"大外婆吃了两口，对着坐在一旁的表舅碎碎念，"当年生下你，我带着你去广州找他，住了半个月，他带我吃过两回，就是路边的摊子，那边人叫那是什么'走鬼档'，'走鬼档'吃多了，自己也成了走鬼。"大外婆碎碎念着，眼里慢慢泛起了泪光，面前的馄饨一口没动。

表舅轻轻放下勺，低着头，闷不作声。

许是达成了某种和解，那一年的秋天，表舅南下广州，迎回了大外公的遗骨，葬入祖坟，张文随母亲参加了仪式。

小小的骨殖盒，放入大大的棺木，八大金刚（八个壮年男人）抬棺上山。表舅带着子女着孝服跟在后头，几步一跪，规矩做足，表情木讷，或许是对这位陌生的至亲实在提不起悲伤。

倒是一路上，一直有一个陌生的妇人，不远不近地跟

---

① 浏阳土话，父亲的意思。

在孝眷后头，五十多岁的样子，小巧板直的身形，慢慢地跟着走，没有人回头看她。妇人抿着嘴，一双少见的杏眼里透着倔强。旁人的目光落在她身上，有人指指点点，她恍若无睹，一步一步地走着，走到一半，泪水到底涌了出来，缓缓流过她紧绷的冷峻的脸。

"那是你如外婆，"母亲叹道，"你大外公在广州的老婆。"

张文后来才知道，大外公与大外婆自小定亲，婚后大外公远赴广州打理当铺，在彼处娶了小，妇人出身青楼，名字里有个如字。大外公初时是不愿回，留恋着名利场温柔乡，又染上了鸦片，后来想回又不能回。解放后，他成分不好，财帛散尽，又被仇家打瞎了双眼，在路边摆摊为生，好在如外婆不离不弃，才在凄苦中度完余生。上世纪六十年代末，大外公在广州身故，因与如外婆无子女，身后事都是如外婆一手操办的。

表舅迎骨回乡，如外婆又跟着回来送一程，落葬翌日，独自回了广州。

小学毕业，辉表哥考上了一中，那是小城顶好的学校，得成绩拔尖才能进。张文去看过，原是一座孔庙，旧址仍在，殿前台阶上有精美的龙纹浮雕，只是龙头被破坏了，铲去了鼻子。

校内大树掩映，校舍古朴，操场极大，还有很大的一个饭堂，厨师都有十几个，开餐时菜色琳琅，令人向往。听说这里很早就是学校，张文只是不明白，为什么学校要建在庙里。

表舅奖给辉表哥二十元钱，辉表哥同学朋友请了一圈客，最后想到了张文，到家里找他，带他出去玩，还是看录像、下馆子。

依然是两个人一张票，那天二人倒是没有蹭场，看了一部就出来了。那是一部武侠片，名字叫《广东铁桥三》，男主角功夫很好，可长得很路人，没有李连杰帅。张文越看越眼熟，想起之前看过的一部电影《南拳王》，好像也是他演的。

“我也要学功夫，会打了，就没人欺负我了。”张文说。

“以后你受了欺负，就去找某某某，我跟他说了。”辉表哥郑重地对张文说。二人坐在冯家面馆里吃面，一人一碗牛肉面，辉表哥加了钱，给张文盖了双码，浓酽的汤汁，加上扎实、筋道的牛肉，张文吃得欢快。

“昨天我爸又要打我咧。”辉表哥吸着面条，嘟嘟囔囔说，“说奖我钱是买文具的，我拿来请客。”

“打了没？”张文担心地问。

“没打成，”辉表哥咽下面条，嬉笑着，露出兔牙，得意地说，“我跟他讲道理，奖给我的钱，不是应该随我怎么花吗？老打我，小心我以后不养他。他就笑了，我奶奶也笑，就没打了。”

“你发狠读书吧，考上一中，我奖你一把火子枪，铜的，打不烂。”辉表哥一本正经地说，“再过三年，我们又同校。”

张文再次吃到馄饨，已经是十多年后了，在张文工作单位旁的一家小餐馆，同事请他吃的。也是酱色的汤，也是游鱼般的小馄饨，同样放了干椒，同样吃不饱。

“在我们那里，这个叫饺饵。”张文告诉同事。

“噢，”同事漫不经心地答应着，“你们那里什么都怪，明明在长沙边上，讲的话我们都听不懂[①]。”

张文不接他的话，转身又喊老板下一碗面条。

此时辉表哥早已经出来讨生活了，他没有考上大学，复读了半年后，放弃了。辉表哥因此与表舅大吵了一架，

---

① 浏阳话偏赣方言。

决然出户。他做过各种营生，初时打工，后来创业，开过饭馆，积累了人脉后开始接些小工程做。张文回乡时，偶尔约他出来坐坐，他挂在嘴巴边上的一些名字，听来都是赫赫有名的大人物。“我熟，我很好的朋友。”辉表哥得意洋洋地说，“做生意还得靠朋友们帮衬。”

辉表哥生意做得杂，开销也大，好交朋友，过手无余财，辛苦赚下的又轻飘飘地花出去，张文劝他存点钱，别到要用时手里又没有。

“我奶奶说的，万般带不走，只有业随身。”辉表哥说，“将来的事将来再说，不用想太多。”

大外婆的老宅子，也早已在 1996 年拆迁，没有补偿金，分了三套房。分房的前一天，大外婆着人请张文的外公进城吃饭，商量了半昼。“房子本是你的，拆迁你拿主意。看在我帮你大哥带大孩子的分上，留一套给我们。”大外婆第一次因为房子的事，恳请这个自己要叫小叔的老人。

张文这才知道，胡家巷的老宅，原是外公的产业。大外公留给大外婆的宅子早已在 1954 年的洪水①中被冲毁，

---

① 1954年，浏阳宝盖水库垮坝，洪水灌入浏阳城，冲垮房屋无数，死亡数百人。

外公不忍看兄长的妻儿流离失所，腾出自家大宅给了他们，自己携家眷住到了城郊的集里乡。大外婆一家在胡家巷一住四十年，直到拆迁。

据说，在那天的商量中，张文的外公一直静静地听着，临到末了，才期期艾艾说：“少杰（外公的小儿子，张文的小舅）现在困难，给他拿一套。”外公要走了一套房子。

大外婆名下的两套房，表舅自住一套，给了参加工作的大儿子一套，到辉表哥，什么都没得着。

“我死了，自己这套房就给你。”大舅或许心怀歉意，曾经把辉表哥叫到跟前说，“要我帮你买，我是帮不上了，我没钱。”

彼时表舅妈早已下岗，表舅本是供销社的干部，平生清廉，在旁人看来，却是胆小怕事，违反政策的事一律不干。后来被挤兑下派到社下的实体单位，已是半垮不垮的厂子，软弱内向的表舅做不起色，办了提前退休。

此后，辉表哥也结婚了，初时买不起房，住在岳父家里，每月交付生活费，两年后，生下一个脑瘫女儿。许是婚后知道积攒了，三年后辉表哥买了新居，搬离了。辉表哥的生意逐渐向好，又生了二胎。大哥下岗了，辉表哥给他盘下一个书报摊，解决了生计。大外婆没医保，晚年医药费用，辉表哥一力承担了，连带着赡养父母的花费他也包圆。“大哥生活紧，妹妹嫁出去了，也不好总向家里开口。我能多出点，就多出点，大家出力。”辉表哥说。

张文知道，辉表哥的生意不过是表面光鲜，各方应酬，仍是债务难清。辉表哥偶尔跟张文抱怨，“比开饭馆时要艰难，工程账款最难要，今天欠明天，今年欠明年。”每到年底，表哥总要四处求告，结些账款好过年。一辆丰田开了七八年，松松垮垮做烂响了，也不见换。

日子再往后过，随着年岁越长，张文反倒越来越喜欢吃馄饨，他自己也不明就里。

想着许是物质丰富了，人们开始不在意多寡，而在乎精致。特别是张文不时心血来潮节制饮食的时日里，到点吃饭，馄饨是首选，对张文来说，这是一种能吃到肉又没有饱胀感的吃食。

在长沙，吃到一碗馄饨不是难事，但是吃一碗当初在表舅妈家吃的那种馄饨，已是不可能。撒了胡椒、干椒末的大骨海带汤，银鱼般的小馄饨，虽不丰盈，但吃在嘴里那种扎实的瘦肉、甜中带着些许韧劲的口感，再也遍寻不见。张文找遍了长沙的馆子，后来发现，四川的龙抄手或有几分当初的味道，但是汤口太浓，又有花椒，麻味一冲，味觉就少了一半。

时日一久，张文便时常自嘲，为一口吃食，实在不必这么纠缠。一碗馄饨不如当初，是时间的变数，时易事易人易物易，到了最后，岁月会让你忘记最初的味道。

在张文看来，时间在解开一些疑惑，又增添另一些，过往的问题，在未来寻找答案。成长的时日里，张文知道了孔庙原来就是旧时的学宫，也知道了蓝天为什么叫碧空。在第 N 次看徐克导演、李连杰主演的《黄飞鸿》后，他终于认出了其中饰演那个猥琐奸邪的沙河帮帮主的，就是张文心目中曾经的英雄“广东铁桥三”。某一日，张文心血来潮，在网上查找这个演员，知道了他叫邱建国，已于 1998 年死于癌症。

大外婆去世后，张文的外婆也走了，几年后，外公离世，一个又一个的亲人成为记忆的背景。曾经的少年们，也在妥协中成长，又在成长中妥协，无力感与日俱增。

一日，张文去省图书馆看书，翻到一本画册，其中的题诗让张文怅然：“故人笑比庭中树，一日秋风一日疏。”（清金农诗）

2016 年初，张文回乡，特地邀辉表哥喝酒。张文早已不是当年那个四碗甜酒就醉翻的少年，而辉表哥依旧量浅，喝醉了，迷蒙着眼睛，搂着张文回忆过往。“你晓不晓得，那年送你的那把铜的火子枪，花了我一年的压岁钱。”辉表哥笑嘻嘻的，露出被烟熏得淡黄的兔牙，“哪晓得那么贵咯，早知道不给你许愿了。”

辉表哥也发福了，头有些微秃，依然爱笑，掩不住一脸的疲态。

辉表哥告诉了张文一件事，迎大外公回乡后，每年清明，辉表哥一家去上坟，总发现有人提前祭扫了。坟前贡着三牲，空地上有新的香烛茬与纸灰，坟头的花也换了新的[①]，二十多年年年如此。

“我爸说那八成是如奶奶，我想着也是。”辉表哥叹道，“我爸是独子，除了她，还有谁来扫墓呢？”

“四五年没来了，不知道她怎么样了。”辉表哥叹着，又喝下一杯酒。

张文费力地回想，仅见过一次的如外婆在他的脑海里终是模糊，唯记得那双流泪的杏眼。小时候，张文总以为

---

① 旧时礼法，坟头插花，表示故土；坟头压纸钱，表示葬在异乡，向土地神捐钱买地。

那眼泪是因为不被接受的委屈，如今想来，那是不舍。

而大外婆的样貌却依然清晰，张文想起她穿着夏布黑衫，拖着臃肿的身形在房间里蠕蠕行走的样子，保持着家长的威严，偶尔又露出老人的慈爱。没有人知道，她看似波澜不惊的一生中，内心有过几番暗涌。所有的心事，大概都在菩萨那里吧。

不知不觉，张文在长沙这座城市已经生活了十多年，移风易俗，跟着大家管饺饵叫馄饨叫顺了口，反倒常常忘了它从前的名字。

近两年，张文时常会和太太包一些馄饨，放在冰箱里冻着，一个人时好对付。自己煮馄饨，不过切一些葱花，碾几星胡椒，用速食汤包煮一碗汤，汤里滴几滴老抽，张文还是喜欢酱色的汤底，显得厚重。馄饨只煮二十个，节食惜福，颗颗珍贵，吃得慢，嚼得久，仍觉着欠，那就欠着吧。

他早已明白，自己其实一直喜欢吃馄饨，所谓的不爱，只是对量少的怨念。从前的张文，总是贪多，得到了年长才知道，人间事，哪有饱足，本来就是欢聚少，离别多。

我怀念的，
从不只是那碗
疙瘩汤

寻常的食材，做出的菜肴往往却是至味。食物会承载记忆，而记忆，经过岁月的蕴藏与发酵，会成为最好的辅料与调味剂。

这是面食故事的第四篇，说的是一碗疙瘩汤。

张文刚刚知道，一家开遍全国的面食馆去年已开到了河西，慕它的名，在一个周末，带着一家人去吃。面食馆里人挺多，三人随着引座员入座点单，老婆、儿子点了面，张文自己点了碗疙瘩汤，端上来，味道却与从前吃的大相径庭，面有些硬，张文吃了两口，放了筷子。

“我妈做的好吃得多。”张文对着太太叹气。

“面条不错，你吃这个吧。”太太把她的碗推过来。

张文没有接，盯着眼前的疙瘩汤发呆。

张文记得那个味道，面疙瘩应该是糯糯软软的，撒了胡椒，连汤带料，又鲜又香。

大碗里倒小半碗面粉，水多加些，搅成均匀的糊状；再烧一锅水，放一勺盐，等到水沸，小勺舀着面糊滴入；不关灶门，依旧烧大火，直到一粒粒形状不一的面疙瘩浮在水面；等面疙瘩颜色变深，关火，倒些酱油，滴几滴芝麻香油，碗底备好葱花与干椒末，然后将面疙瘩连汁带料舀进碗里；汤水一冲，粉白的面疙瘩顶着星星点点的红绿，卧在酱色的汤里，汤面上热气蒸腾，碾几星胡椒撒入，闻着喷香，吃着咸中带甜。

这就是母亲做的疙瘩汤，卖相平常，食材平常，味道却极好。

在张文记忆里，幼时的疙瘩汤是一种候补吃食，是贫瘠日子里的花样。那个年代，各家的主妇们都各有神通，能变着法子在有限的食材上想办法，好让孩子们吃一口不一样的。她们对于一家人肚肠大事的谋划，通常从早上就开始了。

张文的母亲此前做过许多努力，比如起个绝早，发面剁馅，自己做包子卷子，可效果却总是不如人意——母亲不大会发面，面点蒸熟了就成了发硬的“死面”，张文吃得胀肚子。

在彼时的张文看来，母亲是在跟自己较劲：张文总想出去吃早餐，母亲却总想他在家吃，“外面不卫生咧，你以为我高兴起那么早噢”。

互相妥协的结果便是，母亲不再尝试繁复的花样，早餐就给他做面条，张文也舍弃了去外面吃的想法，老老实实在家吃早餐。

每日一碗面，吃多了总会厌，何况多数时候都没有码子，酱油汤底，面上不过撒些干椒，漂几星葱花。张文偶尔会大声嚷嚷：“姆妈，炒点肉给我做菜啊。”可抱怨归抱怨，胖子的自觉依然会让他把面吃得干干净净。

或许是母亲也觉得亏欠，某一日早晨，便给张文做了碗疙瘩汤。那碗热腾腾的疙瘩汤端上桌，张文的眼睛就亮了，舀一勺吃嘴里，面汤带着浓浓的胡椒味，晨起的困顿一下就醒了，顾不得烫，连吹带吸，一会儿工夫，大半碗疙瘩汤就进了肚，“好吃咧，姆妈！”

“好咯，你吃咯。”母亲笑得眼弯弯，又皱了眉，“不会天天做啊，富强粉金贵咧，只买了那么多，留着包饺子啊。”

张文读高小，搬了一次家，仍在机关里，不过从从前的平房搬进了单位新建宿舍楼的五楼。那是宿舍的顶楼，两室一厅，打开门，半层楼梯通往楼顶小阁楼，成了天然杂物房，门对门的两户在那里堆满了藕煤，中间用一片木板隔开。

张文终于有了属于自己的卧室，而且是通往阳台的房间。这里离河不远，站在阳台上，能从前面的楼房缝隙里瞥见一湾绿水。母亲在阳台上种了茉莉与太阳菊，夏夜里，河风吹来，隔着纱窗送进缕缕幽香。

有自己独立空间的日子并没有维持多久，很快，张文的大表哥就因上学的关系，搬来与张文同住了。大表哥有狐臭，张文很快忘记了茉莉的香味。

张文家的对面，住着一位寡妇，姓王，是个医生，丈夫过世五六年了，独力带着一双儿女。姐姐随母姓，单名一个倩字，年纪比张文略长，上初中了，成绩很好；弟弟随父姓，单名一个锐字，比张文小，瘦津津的，一年四季鼻头挂着清鼻涕，常和张文玩。

王医生长得小巧精致，一直没有再婚，家里总收拾得整洁利落。孩子的衣衫虽不新，却也干干净净，弟弟的口袋里总有一条小手绢，只是他常不记得用，玩高兴了，鼻涕拖长了，用力一吸，又吸回去。

张文家住的这个单元，每一层都有小孩，四楼有个卷毛的小矮子叫重庆，三楼有一对姐妹花，二楼有张文的同学雁子，一楼住着张文大表哥的同学眼镜哥。

姐妹花有些孤傲，跟张文无甚交集，她们的父亲去了乡下办扶贫工作队，一周回来一次。那是个瘦高瘦高的中年人，刀刻般的脸，戴着一副黑框眼镜，声音洪亮，每次回家到了楼下就会开始喊，喊的都是小女儿名字。妹妹若是在家，就会高声应答，冲下楼去，扑进爸爸的怀里。妹妹与张文同岁，大大的眼睛，小小的脸，剪着齐肩短发，经常戴着时髦的头箍，说话还是嗲嗲的。

眼镜哥常来张文家，不过都是叫上大表哥出去玩。起初和张文玩在一起的，是重庆、雁子、倩姐姐和锐弟弟。

一群人里，倩姐姐是孩子王。在大人们外出的夜里，孩子们会聚到王医生家做作业，倩姐姐督促兼辅导，家长们都乐意。作业写完，就开始玩“鬼抓小孩”了。关了灯，孩子们钻到桌子底下，在薄薄的桌布后面蜷成一团，倩姐姐当鬼，举着手电筒左照照，右照照，惨白的光透过桌布照进来，孩子们又怕又兴奋，尖叫着，冲着光亮处挥着拳头。多数时候，倩姐姐掀起桌布大叫一声，孩子们像炸了窝的老鼠四散奔逃，有时候倩姐姐会伸手进来拖人，多半抓到雁子和锐弟弟，看到他们惨叫着被拖出去，张文和重庆就会发出幸存者的大笑。

玩得累了，大家开了灯，坐在桌前休息，吃点东西，各人都不吝啬拿出自己的私藏——张文的私藏永远是山楂片和红薯片；重庆的父亲是单位的司机，经常跑外地，倒没亏待儿子，他拿出来的东西也是五花八门，除了各色的饼干和糖果，偶尔还会有威化饼；雁子拿的都是素食，紫苏梅子姜之类越吃越饿的东西，有一回，她还带来一罐干豆豉，“好吃咧，我都是当零食吃的”。倩姐姐和锐弟弟没有零食，总是蹭吃。许是不好意思了，某一次，二人打开了卧房床下的酱缸，切了一个酱菜头分给大家吃，辣得冲、咸得齁，咬了一口，大家都放弃了。

第二天，姐弟俩挨了一顿好打，隔着门，张文都听见了，倩姐姐哭得斯文，锐弟弟叫得豪迈，王医生的声音又尖又急。

原来那缸酱菜新酱的，早早开缸跑了气，就都坏了。

彼时邻里间都亲近，虽是楼梯房，也不耽误串门，谁家做了好吃的，楼上楼下都会送一碗。

张文家与重庆家、雁子家要好，因着大表哥，与眼镜哥家的热度也陡然提升，唯独和对门的王医生家，倒有些不冷不热。

在张文的印象里，王姨有些冷，从不愿麻烦别人，大事小事一人扛。别人家自己和泥做藕煤，她做不了，也不央人帮忙，宁愿去买，花钱雇人搬上楼。孩子之间再玩得好，她却始终与邻居间保持着距离。

张文、重庆、雁子与锐弟弟在同一个小学，每日上学却是各走各的。各家的饭点不一样，张文的母亲性子急，总是早早做了早饭，催着张文赶紧吃了出门去，生怕他迟到。每日上学，张文总是第一个出门，在清晨的凉风中往学校走，到了学校，教室里都是空的，让他自己都怀疑：来这么早干嘛？

不久，单元楼里的小孩都知道了，张文是个乖孩子，每天上学最早，从来不迟到。再后来，四楼的重庆早上偶尔会来班上找他，手里总是挥着一张钞票："我妈给……给……我钱了，让我在……在外面吃，我请你啊。"

重庆笑嘻嘻的，张文又是感激又是妒忌，二话不说地跟他出去。

“你每……每……每天起这么早干嘛？我都……都……睡不够。”

“你以为我想起，我妈天天掀被子。”张文没好气地应着，“我要吃肉包子。”

重庆的父亲早年在重庆当兵，母亲随军，在那里生下他，便给他起了这个名字。甫一断奶，他便被送回给爷爷奶奶带，爷爷有轻微的口吃，重庆跟着学，也学成了小结巴，快要上学时，父亲才转业回地方，想再纠他说话，就难了。

吃得多了，张文也想回请，又舍不得花私房钱，便问母亲要，理直气壮地说了缘由，被母亲怼回来：“小小年纪就学着请客了，自己能赚钱了吗？”

张文不作声，站在母亲面前不挪步子。

“我们家负担重些啊，没有那么些闲钱。”母亲叹了口气，又说，“我不羡慕人家有钱，我只羡慕人家孩子懂事，成绩好。”

不久后的一个周末，张文的母亲组织了一次秋游，叫上楼里与张文相好的孩子们，倩姐姐、锐弟弟、重庆和雁子，一起去了城东的水陆码头，在岸边的竹排上捞小鱼、小虾。小伙伴们开开心心地玩了一下午，张文的母亲特地买了一大袋鸡蛋糕和两个苹果，给孩子们分食，鸡蛋糕一人一个，苹果用小刀切开来，每人一瓣，大家吃得很开心，张文心里得意。

“我妈妈昨天特地去买的咧。”他骄傲地向朋友们反复地说。

再次吃到疙瘩汤，是在那一年的稍晚些时候，张文在一次书法比赛上拿到第二名，母亲奖励了张文一套书，还和他约定，周末包饺子。

到了周末，母亲带着张文一起上了菜市场，在国营肉店称了一斤肉。回程时，张文喜笑颜开，拉着母亲的手叽喳地说笑，可又见母亲的脸渐渐阴了，她抓着包肉的纸包捏了又捏，走到一半，又折了回去。

母亲再次从肉店出来时，手里已空，拉起张文就走。

“姆妈，肉呢?”张文看着母亲嗔怒的脸，小心翼翼地问。

“不买了，肉里头包了好大一块骨头，我要换都不肯咧!”母亲愤愤地说。

那天中午和晚上，母亲就用富强粉煮面疙瘩汤喝，晚上还炒了两个荤菜，请来了对门一家人。“我崽写字得了奖，本来想包饺子给他吃的，卖肉的黑心咧，包了这么大一块骨头在里面，不买他的，我们煮疙瘩汤吃，一样的。”母亲貌似生气、实则炫耀地说着，她热心地给王姨布菜，“多吃点，不要客气啊！”

“得了奖啊，好厉害啊。”王姨夸张地应和着，“我崽也要学写毛笔字。”

“就是，让他学，字写得好，将来能撑门面咧。”母亲点着头，笑眯眯的。

许是没吃过疙瘩汤，倩姐姐和锐弟弟吃得欢快，吸得滋溜作响。张文看在眼里，心里不由得涌上一股自豪感，好像与朋友分享了一样好吃的东西而感到了莫大的满足，吃不到饺子的怨念早忘没了。

这之后，两家大人的串门次数多了起来。王姨手巧，是织毛衣高手，家里还有缝纫机，电视机罩都是自己织的，带着繁复的花纹与蕾丝边。张文的母亲也会织毛衣，但不会那么多花样，经常去她家请教，头次去，带回来好几本书，进屋夸张地说着：“原来这东西还有书教的！”

孩子们也更加热络了，经常相邀上学。锐弟弟和重庆都起得晚，雁子姑娘家家越发憨慢，起初是他们约张文，后来是张文想着法子约他们，定好时间，母亲也就不好催促了。一时得计，张文终于能睡睡懒觉了。

三楼的姐妹花，妹妹也跟张文在一个学校，同级不同班。妹妹长得好看，张文也想约她上学，跟她说过一回，妹妹盯着张文看了半天，好像看个陌生人。

“我住你家楼上，五楼！”张文自己先怯了，面红耳赤地申辩。

“我知道，”妹妹轻轻地说，“我姐姐送我。”妹妹扭头走开，张文臊红了脸。

那一年的年底，发生了一件事情：张文在楼下玩耍时，被院子里的大孩子欺负了。

正是放学后的空档，各家各户都在准备晚餐。张文与重庆在橘子树下挖蚯蚓，大孩子欺过来，愣说他们挖了他埋的“宝藏”，一人被暴打了一顿。重庆一溜烟跑了，大孩子就揪着张文，逼着他把挖出来的土埋回去。大孩子上初三了，又高又胖，骂骂咧咧地督着工，时不时用手重重地拍他的头。张文默不作声，头被打疼了，想哭，终究觉得是件丢脸的事，忍着，闷头填土。

这一幕正好被下楼挑水的大表哥瞅见——那年月，许是水压不够，宿舍楼三楼以上常常停水，挑水是张文母亲派给大表哥唯一的活——大表哥撂了桶，吼了一声，赶将过来。胖子起身抡拳，大表哥右手一拔，捞着他的拳头，抢上一步，左手搭上大孩子的颈，往回一带，搓陀螺般将大孩子转身锁手，按在了橘子树上，膝盖一顶，大孩子就动弹不得了，大表哥将他锁在背后的手往上提，大孩子吃痛，哇的一声哭了。

张文看得目瞪口呆，都忘了给大表哥叫声好。重庆带着他父亲赶过来救场，正好将人拉开了。

当天晚上，大孩子的母亲找上门来告状了，那个矮矮胖胖的妇人进门就起了高腔，张文母亲好一通劝，张文梗着脖子嚷嚷："是他先打我的。"

母亲拿眼瞪他，厉声斥责着："大人说话，小孩插什么嘴？"

"我崽回家一直哭咧，喊肩膀痛。"妇人愤愤说着。

"大姐你消消气，要是他表哥没在跟前，还不是你孩子接着和我家文伢耍，你也不会来我家，是不是？"母亲许是劝乏了，神情淡淡地说，"孩子打架难免，我孩子在外面打没打架，打过多少，吃没吃亏，我是真不知道，他不告状的。"

胖妇人讪讪地不作声了。

大孩子的父亲是机关领导，第二天，张文的父亲终是买了水果，邀着重庆的父亲一起上门慰问，张文的父亲叙述事情经过，重庆的父亲作旁证，说明原委。大人们商量的结果，“哪有孩子不打架，由他去”。

“以后有人欺负他（张文），拉开就是了，不要打。”没有人责罚大表哥，只有张文的母亲不咸不淡地轻轻拍着大表哥的肩，嘱咐了一句，神情中怜爱多于严肃，“更不要打狠了，听见没?”

大表哥点了点头。

那以后，三楼的姐妹花也时常拉张文一起上学了，姐姐领着，张文与妹妹并排跟在后头，姐姐时常和张文聊天，貌似漫不经心地打听着大表哥的事情。送到了学校门口，就离开了。

“我姐可能喜欢你哥。”某次上学，妹妹跟张文聊着，“那天你哥打架，她看到了，回来就跟我说，终于有人收拾胖子了，那个胖子可讨厌了，经常欺负人。”妹妹嘟着嘴，皱着眉，“她说你哥真帅。”

“我爸爸昨天回来了，给我带了这个，”妹妹将书包解下，抱在胸前，打开，掏出一把山楂条塞给张文，“给你，可好吃了。”她自顾着从张文手里拈了一根来吃，“我爸带我去‘友谊’（一座新建的商厦）楼上玩，他还说，等‘办队’回来，带我去长沙烈士公园玩，那里有碰碰车。”妹妹头微微地摇着，憨憨地笑起来，大大的眼睛眯成了月牙。

张文吃着山楂条，心里有些不平——自己的父亲从来没有许过这种愿，他总是忙，总是加班，总有数不清的材料要写。最近一次陪自己玩耍，还是有天晚上母亲外出时，张文随父亲加班，写完作业后，父亲陪他去活动室打了一会儿乒乓球，就赶他回家睡觉了。

渐渐地，单元楼的四人组变成了五人组，三楼的妹妹也加入了进来。放学回家，大家就聚在王姨家学习、玩耍。王姨到了晚上时常外出，有时候是去上课，有时候是去跳舞，有时候是去看电影——周围的热心人不停地给她介绍对象，她常常去见一见。

“我妈又跳舞去了。”某次学习后，大伙一起吃零食，锐弟弟突然显得有些生气，说，“整天出去，不落屋（回家）。”

“怎么这么说，妈妈哪次不是十点钟就回了。”倩姐姐斥道。

“我不想我妈给我找后爸。”锐弟弟不接话，自顾自地接着说，“妈妈整天出去，哪天给我领一个爸爸回来怎么办呀？”

看弟弟忧心忡忡的，倩姐姐没有吭声。

“爸妈都是好的，只要他们肯要你，就跟亲的一样啊。”一旁啃着饼干的雁子突兀地反驳，饼干渣子从嘴里喷出来，落在地上。

“不一定啊，听说有些后爸打人可狠了。”妹妹摇着头，轻声地说。

“亲爸也打啊，不听话就打。”张文笑了。

“你爸打你吗？”妹妹诧异地问。

“打得少，他没空儿啊。”张文哈哈笑着。

“我爸打……打咧，发……发……发起火来穿……穿着皮鞋把……把……把我作泥巴踩。”重庆瞪着眼，夸张地说。

“我们玩抓小孩吧。”倩姐姐岔开话题，孩子们纷纷叫好，女孩已经先进入氛围，咯咯笑着、尖叫着。

张文倒觉得“鬼抓小孩”无趣，每次他都躲在最前面，可倩姐姐总不抓他，他随着姐姐进里屋找手电，认真地向倩姐姐询问心中的疑惑。

“你那么胖，要我拖得动噻。”倩姐姐一嗤。

转眼放寒假了，过完小年，就往除夕走了。

大表哥回去了，王姨也早早带着一双儿女回了乡——她会先去娘家住一阵，农历二十九去看公婆，在那里过年。重庆与雁子也都跟着父母回乡了，张文父亲要随领导慰问，一家人买了二十九回乡的火车票。

原本热闹的宿舍楼忽然变得冷清起来，张文去三楼找妹妹玩，她也没空，她爸爸回来了，她像个跟屁虫，整天黏着他。百无聊赖的假期难以打发，有时候张文甚至觉得，还不如上学算了。

张文待在家里看电视、看书，家里有一台黑白电视，调节目的旋钮坏了，露出里头一根金属支杆，要换台，得用钳子夹着杆头拧。然而来来去去几个台，看得乏味。偶尔走出家去，踅到河边，河边的菜地光秃秃的，黑土向西连绵，眼前的一湾寒水载着冬季的肃杀与萧索，流向远方。

后来，母亲抱回了一箱烟花，张文才有了排遣孤单的玩物。他时常提着袋，装上几个花炮，点根香下楼去玩，小蜜蜂、降落伞、天女散花，放一会儿就没有了，偶尔能吸引不相熟的孩子来看，花炮放完了，孩子们一哄而散。烟花只有一箱，张文得省着点玩，才熬得过正月十五——

玩伴们还没有回，张文想放给他们看。

有一天，张文在院子里玩，被欺负过他的胖子拦住了，胖子手里拿着根香，刚从单元门出来，“你哥回去了?”他瞪着张文问，张文下意识地点了点头，“我们炸水去吧，一起玩。”

胖子拉着张文就走，还翻了翻口袋给张文看，鼓鼓一口袋的“雷鸣”。他们去了河边，一路上胖子都在喋喋不休，张文默默地跟着，不作声。

“你哥打架厉害啊，我打不过。”

“你怎么不跟他学一学啊?”

“几时让他教一教我啊。”

……

胖子喋喋不休。

“我的‘雷鸣’是水引（防水引线）咧，点燃了就往水里扔啊，可别炸了手。”胖子嘱咐道。

胖子大方，给了张文五个“雷鸣”，二人一起点了往水里扔，炮仗在水底发出声声闷响，张文放松了，渐渐开心了起来。一个疑问涌上心头，他脱口问道：“你在树下埋了什么宝藏啊?”

“去年冬天埋的啊，”胖子得意地笑，夸张地用手划着圈圈，“这么大的一块冰！”

临近年关，家里桌上的伙食越来越好，张文吃得开心，偶尔会对着桌上的菜指指点点，跟母亲说着，这个菜雁子爱吃，那个菜在倩姐姐家吃过，“平肚[①]重庆妈妈秋天就做了，没有你做的好吃。”他很狗腿地拍着母亲的马屁。

“我崽想朋友了。”母亲轻拍了拍他的头，笑着说。

张文一愣，他自己并没有意识到，果然是想朋友们了。

“过完节，他们就会回来的。”母亲安慰张文，“我崽性格好，以后你还会交不少朋友的。”顿了顿，又说：“可是，没有人会陪你一世啊。”

“可惜了，”母亲轻叹着，“当初没给你生个妹妹，现在不准了。”

转过年来上学了，大家都回来了，朋友们又玩在了一起。忽一日，雁子的母亲赵姨特地到张文家，拜托张文：“这一阵子你陪我家雁子上下学啊，你要保护她啊。”

“要是有人拦着她，你就拉她走。”张文母亲在一旁交待。

---

① 炸猪皮的浏阳叫法。

“怎么了?”张文有些疑惑。

“没怎么，做就是。”大人们都没有解释。

从此，张文每天陪雁子上下学，学校到家不过二十分钟脚程，一直平安无事。一天，他甩开雁子，一个人去转八砣（一种转糖游戏），那天运气特别好，转到一条龙。师傅还在画糖，就听到了雁子带着哭腔大声喊着张文。张文挤出人群去，看到前面不远处、校门左侧的小卖铺门口，一个矮瘦的妇人，拉着雁子的手，抓着一包东西往她怀里塞，雁子迭迭后退，哭喊着，一脸的惊恐。

“你干什么?!”张文大吼一声，妇人松了手，张文跑过去，拉着雁子就跑，妇人在背后急急地喊着，喊的什么，张文没听清。

张文回到家，把这天的经历告诉了母亲，他说得眉飞色舞，好似刚从万分惊险的场面中出来。母亲静静地听着，蹙着眉，她甚至没有戳穿张文添加的那些夸张的细节，只是摆了摆手。

“她也可怜，”母亲叹道，“你看好雁子就行了，她不会对雁子怎么样的。”

那以后，张文老老实实地陪着雁子上下学，却再没有见过那个妇人。

时间过得飞快，转眼过夏入秋，某天深夜，一声女人的尖嚎响彻楼道，张文迷迷糊糊地爬起床，听见开门的声音。

“我去看看，”母亲在客厅说着，开门出去了，好一会儿才回来，带来一个消息——姐妹花的父亲去世了，报丧的人连夜赶来了。男人是急症去世的，晚餐时还好好的，夜里十二点多，忽然喊了两声，同屋的人开灯起床，见他脸色惨白，一头汗，已经说不出话了，在送去卫生院的途中就断了气。

姐妹花随母亲回乡办丧事，几天后回来了。张文邀妹妹一起上学，这一次，姐姐没有送他们，人行道上，张文、妹妹、雁子并排走着。妹妹手臂别着黑纱，告诉张文，那是戴孝。

“我妈说，是表示我们在想他，”妹妹皱着眉，有些着恼，“不戴我也想他啊，他还要带我去长沙玩的。”

妹妹瘪着嘴，大颗的泪珠在眼眶里打着转，眼泪还没掉下来，人就被雁子抱住了。雁子比妹妹低一个头，费力地搂着她，轻声地劝着。

“不哭啊，我们买东西吃好不？”雁子的眼睛也红了，“吃麻团好吗？”

“我要吃油糍。”妹妹哽咽地说着，使劲地瞪着眼，不叫眼泪掉下来。

雁子掏出小手帕，帮她揩掉眼泪：“好啊好啊，吃油糍。”

此后，五人组的夜间聚会，妹妹没有再参加，张文叫她，她总说不得空，要帮姐姐做事。

“姐姐说爸爸宠我，以前都是她做事，”某日二人一起上学，妹妹对张文说，“她说家又不是她一个人的，要我也学着做。我会洗碗了，还会洗衣服。”妹妹言语中带着骄傲，“呀，就是手起皮了。”她伸手给张文看，“姐姐说开始都是这样的，以后就好了。”妹妹轻轻摇着头，“姐姐脾气好大呢，老冲我嚷嚷，还说我不懂事，我哪有呀？真是的。”妹妹笑了起来。

张文想了想，自从那家男人去世以后，姐姐就再没有送过妹妹。

几个月后，又一次夜间聚会，四人埋头做着作业，张文先做完，愣愣地坐在椅子上发呆，把一根红薯条嚼成了糊。

“倩姐姐，人没有老，怎么就会死啊？”他忽然问。

正在辅导弟弟的倩姐姐一愣，望着张文，好半天没有说话。

“我外婆说是寿元到了，她说，每个人能活多久，都是命里注定的。”倩姐姐皱着眉，又舒展开来，眼睛放空，像望着张文的身后，艰涩地说着，“可我觉得不是，我信我奶奶说的。”

“她说什么了？”

“我奶奶说，一个人太好了，老天爷就想要他，一个人太坏了，老天爷就想收他。”倩姐姐盯着张文的眼睛，笃定地说，“我爸爸就是太好了。”

张文默默地点了点头，没有再问，哪怕心里仍有疑惑：“好人和坏人老天爷都要，那人间还剩下什么呢？”

转眼又过了一个夏天，吃完大人们允许的最后一根冰棍，就入秋了。

一天，张文放学回家，刚到楼底就听到了哭声，他循着哭声上楼，三楼姐妹花家的门敞着，门里哭声凄厉，张文在门口踌躕良久，还是没进去。

几天以后，妹妹又出现在夜晚的聚会上，她有半年没来了。

妹妹一个劲地掏包，掏出许多好吃的，兴高采烈地说：“我姐又让我跟你们玩了。”

“那一天，你们一家怎么哭了啊？还敞着门，我都听见了。”张文懵懵懂懂地问。

倩姐姐拍了张文一下，张文莫名所以。

“那天啊，我进门喊了一声爸爸，”妹妹瞪着眼睛望着张文，并不以为忤，“妈妈在厨房做饭呢，她先哭了起来，姐姐也跟着哭起来，我就跟着她们一起哭啊。”

“那天是星期六啊，爸爸都是这时候回家的。”妹妹倾着头，轻声地说着，“我想爸爸了。”

时间悄没声地流淌，院子里的小孩慢慢长大。

大表哥当兵去了，张文又闻见了窗台上的茉莉花香。上初中了，到了过年，母亲给张文准备的烟花从一箱变成了两箱——那是张文要求的，母亲想着法子满足了他。张文一家，仍是最后一个回乡，他却早已经摆脱了孤单的假期——他在学校里交了新朋友，能时时邀约着玩。

几年来，五人组的聚会仍在继续，王姨也依旧常常外出，仍准时十点回家。几年过去了，也没有给倩姐姐姐弟俩找个后爸。

直到张文上初三了，父亲的单位在城东新建了宿舍，张文一家要搬走了。

张文告诉了五人组这个消息，重庆说，新址离机关不远，走得快的话，十五分钟脚程。“几……几脚路，我……我会找你玩的。”

“以后找人给你辅导吧，数学不要落下啊。”倩姐姐说。

张文皱着眉，一脸愁苦，这一科始终是他的弱项。

“我永远也学不好啦！”他大叫着。

倩姐姐牵头，在某个周日的下午，给张文做了一场道别宴，重庆腾空了家里的库存，提来了一篮子鸡蛋，妹妹拿了一球大白菜，张文偷拿了母亲的富强粉。大家要在倩姐姐家里包饺子，剁好了白菜，将一篮子鸡蛋都磕在里面，磕到最后，白菜都漂面了。他们笨手笨脚地碾着面皮，大小厚薄不一，用面皮包鸡蛋馅，筷子夹不起馅料，用勺舀，蛋液漏出来，又包上一张面皮，包一层、漏一层，最后做成了三个巨大的渗着蛋液的面疙瘩。在灶上蒸熟了，张文咬了一口，费力地吞下，再不肯吃第二口。

“还有面粉，倩姐姐做别的吃吧。”张文艰涩地说。

四个小孩期待地望着姐姐，人人脸上有面粉，讪笑着，贼兮兮的，包饺子失败了，都丝毫不以为耻。

倩姐姐给大家做了一顿疙瘩汤。她倒记得做法：开火煮水，水中加勺盐，放一把干虾米，面粉兑水搅稀，用勺舀起滴入，面疙瘩全入了锅了，在沸水中漂散成形，用漏勺翻搅，直到面疙瘩粒粒漂面。

碗已经摆好了，五个大碗，葱花做底，浇了酱油，舀起的疙瘩汤一氽，葱花都浮了上来，滴几滴香油，点几星胡椒，就是一碗热腾腾的疙瘩汤。

倩姐姐重新刷了锅，热在灶上，锅里舀一勺猪油。待猪油升温冒气，挖一勺剁辣椒放进去，沙沙的油爆声中，倩姐姐将剩余的大半盆鸡蛋白菜馅料倒进锅里，不停翻搅，蛋香四溢，勾得人垂涎欲滴。起锅，海碗盛得冒尖尖，端上桌来，大家围着桌子埋头吃着，吸溜的声音此起彼伏。面疙瘩糯软甘甜，汤鲜咸，炒鸡蛋焦香，还有大白菜的甜脆，那一顿，五人组都吃胀了肚子。

张文搬到了城东，又结交了一帮新朋友，重庆来看过他，雁子也来过，来了就高高兴兴地一起玩，不来也不甚想念。

日子在懵懵懂懂中继续过着，或许是年少不知思念的味道，茶余饭后偶尔谈及某个名字，才会让张文猛地想起那个院子、五个人和那段过得天真无邪又没心没肺的日子。

后来，张文与母亲聊天，说到了雁子。母亲告诉张文，那个小学时在路上堵雁子的妇人，是雁子的亲妈。家里不见得多困难，不知道什么原因，生下雁子就把她送人了，雁子没断奶就被抱到了赵姨家。赵姨两口子将雁子带到十岁，妇人大约是想女儿了，找到赵姨单位，想看看雁子，被赵姨拒绝了。赵姨请张文陪雁子上下学，不过是怕她亲妈会吓到她。

“果然吓到了，你也是，只知道耍，”母亲嗔怪着，“其实你赵姨也没有瞒雁子，早告诉她了，她还是吓到了。她妈妈后来还来找过，雁子很倔的，不肯认她。”

“又不是日子没法过了，条件再不好，粗茶淡饭也能养啊，身上掉下来的肉，怎么就舍得送人呢？”母亲啧啧叹道。

时间做着生活的主角，小城不停地变化，原本三四条街的小城，渐渐有了自己的公路网与环线。伴随着旧城改造与城市扩张，小街小巷难以苟存，纷纷拆迁，五人组原来住的那栋五层的宿舍楼，也列入了拆迁之列。

知道旧楼要拆迁了，张文找了天晚上回去看过，站在楼下仰望。楼里黑着灯，好像在玩一场大型的“鬼抓小孩”游戏，张文从下向上逐层数，一楼左边是眼镜哥家，二楼左边是雁子家，三楼左边是姐妹花家，四楼右边是重庆家，五楼右边是王姨家，对面就是自己家，阳台上空荡荡的，再没有茉莉花。

那一晚，张文在楼底下站了许久，眼前人来人往，行脚匆匆。临河的房子早拆了，无遮挡的河风从远处吹来，带来丝丝清凉，张文在昏黄的灯光下抽着烟，烟气随风飘散。他忽然想起幼时母亲讲过的那句话："没有人能陪你一辈子的。"

他想，岂止是人，物也是一样，当承载着记忆的地标消失了，记忆就真的变成了回忆。

如今，离张文搬离旧宿舍已经过去了近三十年，慢悠悠的童年、少年还恍如昨日，张文却觉得自己在懵懂中长成青年，继而中年。

旧宿舍早已经拆除，在原址上建成了小城最大的商场，五人组也早已各奔东西。

雁子在长沙工作，有一个幸福的家庭，生了二胎，始终没有认回亲妈，却对赵姨夫妇近乎宠溺地孝顺。

重庆考上公务员，做了一个机关派。他在高中后期忽然发力，噌噌长个，长到了一米八。口吃的毛病也矫正了，除非逼急了，说话很流利，二人相聚，张文常常以逗他急眼为乐。

倩姐姐和锐弟弟在浏阳，日子过得平和安稳，王姨如今已是头发花白，仍旧没有再婚。

姐妹花早已经失去了联络，听说妹妹嫁到了长沙，不知道有没有人陪她去烈士公园，坐上一回碰碰车。

中年张文时常有放空的时间，不是刻意为之，而是性情使然，他越来越像一个拒绝变化的小孩，总想着给自己留一些私密安静的空间，能让他捋一捋过往，想一想将来。在他的想法里，时间不是恒定的，它总是或快或慢。张文有些抱怨现在的生活，五彩斑斓，时时变幻，像空气里的肥皂泡，让人疲于追逐，却一触就破。

于是，在消沉的时日里，张文总会回想那些旧时光，如同在回忆中寻找能够片刻喘息的避风港。

因为他知道，真实的美好，就像一碗疙瘩汤。原来好味道的样子，从来都很寻常。

靠干拌面度日的青春，
曾是如此温柔

中午快到饭点时，办公室里闯进来一个胖子，先是望着张文默默地笑，然后就起了高腔，声音尖尖的："你不联系我，只好我来看你咯，怎么办吧？"

胖子扮不了恶，越说音量越低，话语中带着柔和与一丝丝怨怼："不记得我了咯？我崽的名字都是你起的，请我吃饭不咯？"

"请请，请都请不到！"张文站起身，一把抱住胖子，"想吃龙都现杀，不吃冷冻的——我叫上威别①。"

胖子是张文的前同事浩哥，多年前，曾在长沙城郊的

① 长沙话中在名字后加"别"字，用于年轻熟悉的朋友间彼此称呼，表示亲昵。后文中的"文别""东别""品别""覃别"同此。

一个小镇上一起共事过。小镇上的旧房鳞次栉比，单位建在一个斜坡上，后面是一个半停工的国营厂。彼时的浩哥和现在一样胖，过去显老，如今鼓腮的肥肉撑平了皱纹，倒显年轻。

张文总会想起浩哥第一次敲开自己宿舍门的情景——他眯眼笑着，好像在做一件请人赏光的事情："文别，来我屋里吃早饭不？我下筒子面吃。"

那一年，张文刚刚参加工作。单位有座小院子，框起前后两栋楼，前栋办公，后栋是宿舍。

老镇子只一条小街，旧屋旧楼，留在镇上的年轻人不多。有太阳的日子，各家各户的老人们搬着椅子出来晒太阳，凑在一起聊天、打骨牌，懒洋洋的风，吹着懒洋洋的人。

张文到单位报到时，院子里的玉兰花期快过了，花瓣渐次枯黄。同事们的住家大多在县城，一到周末便呼啸而去，三层、两个单元的宿舍楼，便只剩三四户人家。乡下夜间寂寥，空荡荡的院子，窗外是幽深的黑，呦呦的虫鸣就在楼外的密草中。夜里无甚活动，张文就索性躲在房间里看书。

上班的头一个月，张文就给自己买了个 BP 机（传呼机），虽然号码广而告之，但常扩（呼）他的人只有两个：母亲和师兄花皮。母亲是想崽了，无论是张文外出求学还是就业，母亲总是又喜又忧，恨不得一天一个电话，说得最多的一句话就是："在家千日好，出门一日难。"对于母亲的念叨，张文唯唯诺诺，内心却总是不以为然。花皮是张文一同练武的师兄，入门早，年岁却比张文小，彼时他在长沙体校上学，他扩张文，多半是缺钱了。

张文初时住在办公楼的二楼，除了来时买的行军床，别无长物。一个月后，对面宿舍靠东头的三楼腾出了一间房给他，两室一厅中通阳台的卧室是他的，隔壁锁着门，据说是一位调走的同事的，走了大半年了，一直没来清理东西。

宿舍有家人要换席梦思，旧床没地方摆，张文寻着去商量，作价买了来，将床搬回房间。木床卸下来好多配件，从西边单元二楼，到东头单元三楼，张文跑了一趟又一趟，搬得汗流浃背。搬到一半时，楼道里蹿出一个胖胖的汉子，看到张文愣了愣，然后笑眯眯地问："搬床啊？"

"是啊。"张文站定了回道。

"哪个屋里的？"胖子又问。

张文扛着物件，又重又沉，几欲抓狂，但仍旧老老实实地说：“×× 卖给我的。”

“我帮你搬。”胖子又笑，“你住在我隔壁呐，喊一声嚜，这么怕丑咯。”

张文费力地将肩上的配件扛上楼时，胖子也到了。他斜扛着最沉的棕绳床板，噔噔噔地上楼，走得很轻快，进门时眼一拿，就瞅准了角度，略低了低身子，肩再些微倾一点，毫无阻滞感地就将床板扛了进来，直送到卧室。

“这床我会装，等我来装咯，”胖子在张文钦羡的目光中走出门去，脸不红气不喘，声调轻而柔和，“你冇搞过，就不会咯。”

那是浩哥与张文的第一次交集。

那个周三的下午，等浩哥帮张文拼完床，张文要拉他去吃顿饭作答谢。出了门下了坡，张文想去西边，要上国道的地方有家饭店，炒菜还不错，小钵子炖鸡是一绝。浩哥却拉住了张文，指了指路旁的小吃店。

“吃碗蛋炒饭咯，好久冇吃了。”他笑着，两颊的肉往中间挤，大鼻头挤得毛孔毕显，“再来两笼蒸饺，我敞开了吃。”

小吃店味道很一般，胜在便宜。浩哥吃得津津有味，一边吃一边教育张文："细伢崽子，有什么钱咯，莫学着大手大脚。"

浩哥的饭量果然大，满满一盘蛋炒饭、两笼蒸饺风卷残云般地就下了肚。吃完了，抹了抹油嘴，兜里抠出一包皱兮兮的烟，弹出一根，让一让张文，见张文摆手谢绝，便自己点上，深吸了一口："等我堂客回来了，来我屋里吃饭，她也是浏阳人，搞的菜好吃。"

"你有堂客？"看浩哥和气，张文也轻松，笑着逗他，"我都来了个把月了，没见你堂客啊？"

"乱讲，你才冇堂客！"浩哥声音高起来，嗔怒着。

"我是没有。"张文又一本正经。

浩哥不接话，抽着烟，半晌，才闷闷地说："吵架了，她就不来。"然后就不好意思地笑了："她什么都好，就是脾气大啊，没办法。"浩哥摇着头，咂着嘴巴，声音低了下去。

单位的食堂提供早、中餐，食堂师傅是个眼上有刀疤的中年男人，还兼着门卫和保安。据说年轻时好惹事，被人用刀劈瞎了一只眼。

初时每日下了班，张文都会去门口的小吃店吃饭。若是舍得走，走上十来分钟，可以去农贸市场门口吃煎肉饼，薄皮厚馅，油汪汪的，闻着喷香，吃着香甜。

后来，与同事们处熟了，到得饭点，住在院子里的几家都会来招呼，张文就各家蹭食了。一单元一楼的郝会计在楼下扯着嗓子喊："文伢子，下来吃饭了，今天铁哥搞了梅菜蒸肉。"郝会计做饭的手艺一般，做出来的菜常常咸得齁，但她老公铁哥做菜倒是一把好手，啥都会做，也都做得好吃。有时候二单元一楼的于姐会上楼来敲门："去我家吃饭吧，陪你刘哥喝杯酒。"于姐是个精致人，女儿刚满四岁，小名丫丫，理着齐肩的短发，嘴巴顶甜，见人就叫。于姐做的饭菜偏清淡，偏偏她老公老刘口味重，家里常备着剁辣椒和豆腐乳，老刘好喝两杯，就着这两样下酒。

宿舍搬好了，一天早晨，浩哥来敲门，请张文去吃面。张文没有睡醒，跟着浩哥迷迷糊糊地到了隔壁。房间就像单身汉的屋子一般零乱，桌上还有喝剩的啤酒，宽口的大白瓷杯装着隔夜的陈茶，杯口一圈茶垢。

"大哥，我还是到食堂吃吧……"张文艰涩地扯着谎，"讲真的，我还是比较喜欢吃米粉。"

"莫客气咯！"浩哥十分热情，进了厨房，"细伢子，这么讲礼性咯。我堂客屋里作坊做的面咧，别处吃不到啦。

坐一下咯，一会就有得吃了。”

张文嘴上连连称谢，手上却先拈着兰花指撩开靠背椅上的臭袜子，勉为其难地坐下了。

一会儿浩哥就端着面出来了。两个大海碗，干面，嫩白的面条在碗里盘着，堆起了尖，面上各堆了两个煎蛋，蛋心搅散了煎的，黄灿灿的，周围一圈散乱的白。面上浇了酱油，洒了干椒粉，又各舀了一勺剁椒。

“快点拌，等下稠了。”浩哥嘱咐着，将筷子伸进面里，不停地翻搅。张文有样学样，搅拌均匀后，面条呈浅褐色，夹着星星点点的红。因为没有葱花，煎鸡蛋的焦黄格外扎眼。

“懒得死，买把葱噻。”张文笑撑着。

“你不懂咯，”浩哥已经开始吃了，腮帮子鼓动着，嘟嘟囔囔地说，“葱花抢味咧。”

“承认自己懒又不会死。”张文撑回去，看浩哥吃得欢，也挑了一筷子吃进嘴里。

一口吃下，张文就停不下来了——碗底放了猪油，拌进面里格外的香，面条煮得将将断生，糯软中带着丝丝韧劲，久嚼释放甘甜，酱油的咸拌进面里和鸡蛋的鲜互为辉映，加上干椒丝丝渗透的辣，剁椒里放着蒜碎，再度提味。

吃了一口，张文就觉得胃醒了。

早晨的日头从窗户斜照进来，给眼前的面碗提了亮，也给对面的浩哥脸上罩上一层绯红，张文忽然觉得，这个邋遢大哥可爱了许多。

嫂子一直不肯来看浩哥，浩哥苦闷，也随着张文蹭食，这家一顿，那家一顿。偶尔没人叫，难兄难弟就出去吃小炒，炖鸡店子吃过两回，鸡汤黄黄的，姜片放得多，鲜甜鲜甜，张文很喜欢，就是贵了些，不敢多去。

整日蹭食终不是个事，张文自己也终于买了锅灶，到镇上的液化气站办了卡，自家开火做饭了。开火的第二天，他请浩哥和老刘来家吃面。学着浩哥的做法，做出两海碗干拌面，他不跟浩哥学懒，一大早跑到外头买了葱，细细地切了，撒在面上。浩哥倒没说葱花抢味，搅拌均匀大口吸溜，张文尝了一口，咸了点，但他自认，味是好味。

“你家盐缸子打翻了？”老刘吃完，点了根烟，自去厨房，舀了一碗面汤，咕嘟咕嘟一气喝完。

“做干拌面，煮的时候放盐，调味不要再放。”老刘叹着气，教张文，“细时候（小时候）事做少了，这都不晓得。这面咸得，都能做菜吃了。”

张文不服气，也不好申辩什么，埋头吸面，越吃越咸。

那碗面，到头来还是没有吃完。

嫂子气性大，好几个月都不回来。初时，浩哥每天往丈母娘家里打电话，还去接过，每次都被赶了回来。后来，又往嫂子厂里打电话，接多了，传话的人也没有好声气。

等到了第三个月，一次去郝会计家蹭饭，就着铁哥的药酒，浩哥把自己灌醉了，醉后发酒疯，哭着喊着叫老婆的名字。郝会计在一旁笑嘻嘻地看着，开口劝："吵点架正常，我看她平时规规矩矩的，对你也蛮爱惜，要说心里没你，不可能。就是傲了点。我给你出个主意，保证她回来。"

浩哥立时不闹了，瞪着眼睛望着郝会计，像抓着一根救命稻草。

"你啊，你就什么都不要做，不要联系她，电话也别打，打你扩机也不回。要不了多久，她就回来了。"郝会计咧着嘴笑，露出一口龅牙，"33 岁才结婚，还找个嫩堂客，平时宠得冇边了，她的脾气都是你惯出来的。"

"对堂客好未必有错唉，结了婚，总要好好过日子吧……"浩哥申辩着。

"冇错、冇错，"郝会计扭头一指铁哥，嗔道，"老公，你要学着点啦。”

自此，浩哥就不跟老婆联系了，无论多想，也不打电话，憋得很是辛苦。

“郝会计这是什么办法咯，”浩哥找张文抱怨，“以前还可以听个声，如今什么都没有。”

到了第七天的夜里，浩哥本在张文的屋间里心不在焉地聊天，腰上的扩机突然滴滴叫了起来，他摸出来，举到眼前，定睛看清了号码，啊的一声怪叫，开了门就冲了出去。过了一会儿，浩哥又哼着小曲上了楼，提着一瓶酒和打包好的卤味，敲开张文的门，面带红光，像过节一般地兴奋。

“我堂客扩我咧，喊我明天去接她！”他在张文桌上笑嘻嘻地摊开吃食，“来吃咯，我堂客回来就不能这样喝酒了。”

“那你莫去接噻。”张文逗他。

“算了，算了，”浩哥摆着手，“别个开了口，还是去接一下，好男不跟女斗。”

门口传来轻轻的敲门声，张文打开门，是于姐家的小丫丫，粉嘟嘟的小人儿，怯生生地站在门口，仰着头眨巴着眼睛，望着张文，甜甜地叫着：“文叔叔。”

“丫丫砣，你来我家干嘛啊？”

“文叔叔，我来看你。”丫丫转溜着眼睛，奶声奶气地说，“文叔叔，你屋里好香啊。”

“丫丫去洗手，叔叔给你鸡腿吃。”张文乐了。

“丫丫砣，你怎么不喊我咯？”浩哥逗她。

丫丫不理浩哥，洗完手，握着张文给的鸡腿就吃，她斜倚着张文，低着头，细细地啃着，像只小老鼠。

“丫丫砣，我没得罪你啊，怎么不理我咯？”浩哥又问，作势嗔怪着，“鸡腿还是我买的咧。”

“不喜欢你，你从我家门前过，我就看到啦，我叫你了，你不理我呢。”丫丫吃得满嘴油，皱着眉头，一脸的委屈。

“对不起，伯伯没听见，”浩哥笑嘻嘻地道歉，“我的鸡腿也给你，好不好？你原谅伯伯。”

丫丫侧着头认真地想了想：“我原谅你啦，可是鸡腿不要，我吃不下啦。”

张文哈哈大笑。

那天夜里，张文陪浩哥喝了几杯酒。彼时张文量浅，只能勉强奉陪，浩哥量也不大，高兴事来了，又把自己灌醉了，把老婆夸出一朵花来，张文且听着，不走心地应和着。

“她年轻，脾气大点也正常……”浩哥就说，“但是她懂事咧，两头的老人都是一碗水端平，她爷娘有的，我爷娘也不会少。我娘病了，她比我跑得还勤些。”

“是的，那蛮好。”张文说。

“总要有一方扮矮（示弱）不？”浩哥又说，“我晓得，我就是嘴巴子讨嫌，不肯服软。”

“是的是的。”

不一会儿，浩哥又臭美起来。“两三个月不落屋，你怕她不想我，肯定想，就是犟咯。”浩哥拍着大腿，脸上漾着笑容，说的话像放马后炮，“郝会计的办法好咧，我天天打电话报到，她不得想我。不理她，她就想我了。”

说着，他站起来，踌躇满志地踱到窗边。“她要我去接，我只回了一个字咧。今天她恐怕又要想我了吧。”他望着窗外，摇头晃脑，不能自持。

张文顺着浩哥的目光望过去，那是东边，浏阳的方向，窗外有月光，冷霜洒了一地。彼时的张文初谙情事，想来所谓爱情，可能就是在月夜里，一个人倚着窗，内心充满了对另一个人的思念。

“你回了一个什么字?”张文定了定神，问道。

“我说‘嗯’。”浩哥返身，“就是答应她啊。”他得意洋洋的。

第二天一早，浩哥请了单位的司机开车去接老婆，不到中午就回来了，大包小包像接新娘子。张文凑上去帮忙，嫂子很瘦，瓜子脸细眉毛，不施粉黛，眼睛大大的，肤色白皙，浩哥站在一旁，像是她叔叔。

那天夜里，浩哥兑现诺言，请张文吃晚饭。张文进了屋，一下觉察出了家里有女主人和没女主人时的区别——地板拖了好几遍，灯光下泛着亮光，桌椅整整齐齐，衣服都洗好了，连浩哥的大瓷杯子也洁白晶莹，显出本色。

“猪栏变皇宫，还是嫂子厉害。”张文由衷地赞道。

“有人讲我生崽不出咧，”嫂子余怒未消，“养一头猪还不够，还要养两头。”

“又不是我讲的，你气我做什么?”浩哥急道。

“哪个讲这种话，你就要说他啊!”嫂子起了高腔，浩哥讷讷的，不作声了。

那一晚饭菜丰盛，都是家乡口味，张文撑了个肚儿圆。席间嫂子用乡音跟张文叨家常，二人聊得热络，浩哥听不懂，在一旁插话不上，急得抓耳挠腮，酒也不喝了。忍了半天，终是憋不住了，讪讪说：“你们讲两句长沙话嘍，普通发（话）也可以。莫讲我听不懂的好不？”

“就是不讲给你听，你这个冇寸用（没一点用）的。”嫂子扭头望他，脸上倒是盈盈的笑意，嗔怪着。

“我爷（爸爸）是不对呐，我已经讲了他了。”浩哥打蛇随棍上，笑嘻嘻的，“我说生孩子是两个人的事，哪里能只怪你噢。对不对，堂客？”

说得嫂子噗嗤一笑，夹了一块猪蹄给他。

嫂子要上班，周末才回来这边，平日里浩哥就和张文搭伙。二人都懒，多数时间煮面吃，浩哥独爱干拌面，张文也怎么都吃不腻。只等到周末嫂子回来了，才能吃几顿好的。

“你不得在乡里待一世的，”闲时与张文聊天，浩哥总爱把这句话挂在嘴边，“你读的书多，未来的路宽，我就说不准了。”

对于这一点，张文自己也不清楚，初入职的新鲜感已经过了，日子且过着，说不上有激情，也说不上没有，未来在雾中，看不分明。小镇的日子过得缓慢，夜来掩卷，窗外风声虫鸣，近处工厂残破的围墙与蓬生的野草，日子似乎只有平常。年轻的心并不甘于此，只得在对未来的期许中，做着白日梦。

孤独自是寻常，倒是楼下的小丫丫常来陪他。自从在张文家里吃到卤鸡腿以后，小丫丫时不时就来敲门，门开了也不多话，小小的人儿，倚着门站着，大眼睛滴溜溜地转，对着客厅只是打量。张文也会备些糖果、饼干在家里，丫丫来了，不至于叫她空手回去。慢慢地，丫丫也习惯了，馋了就上楼来，甜甜地叫声“文叔叔”。

“糖果放在客厅桌上，自己去拿。”张文就应声回答。

丫丫最爱吃奶糖，剥开放嘴里，再拈上两三粒，不多拿，看一看张文，张文若在看书，她也不吵，轻轻地开了门，蹦蹦跳跳就出去玩了。

过了一段时间，宿舍隔壁的房子终于腾空了。张文请花皮做了一个沙袋送过来，在空房子里吊着，每天打半个小时，发泄青春剩余的精力。

沙袋里一半木屑一半沙，原本拌得均匀，吊久了，沙子都沉了底，打起来铁硬。张文嫌麻烦，不愿做防护，赤手空拳地打。过年前的一天夜里，一不小心把右手打脱了臼。张文不懂，只知道痛，手使不上劲，翻出红花油来擦，熬了一夜，熬不住了。

第二天下午，张文请了假，登上了东去的客车回了家。小镇到浏阳约一个多小时，张文抱着手，疼痛让他感官麻木，内心格外想家，这才念起母亲常说的“在家千日好，出门一日难”。以前他总是壮心不已，以为“侠之大者，为国为民”，总想遇到个见义勇为的时刻，没想到受伤了才发现自己是个孱货。

下了车，张文直接去的师傅家——师傅是教张文练武的师傅，除了教打，跌打损伤也会治。师傅正在吃饭，看到徒弟惨兮兮的样子，立时撂了筷子，捏了捏，浓眉一皱：“还有骨裂，不严重咯，练什么了？”

“打沙袋。”张文老老实实说。

“没绑腕？”师傅一手端着张文的臂，一手拉着张文受伤的手，划着圈摇着。

张文怯怯地摇头。

“活该！”师傅脸一虎，斥他，话音刚起，手就发力，掐臂拉腕，正骨瞬间完成。张文但觉腕子一痛，还没喊出来，就觉得手腕一松，有血脉通畅之感。

“好了。”师傅说。

腕子尚不得力，师傅弄了根布给他绑着。“没吃饭吧？”师娘问他，张文点点头。桌边围着几个小徒弟，师娘拿手随便划拉了一位:“去盛饭，拿个勺来，你师兄要吃。”

手没那么痛了，肚子的饿就显出来了，那一晚，张文在师傅家，干掉了四碗米饭，在师弟面前全然丢了面子。但凡那日在师傅家的师弟，此后见了张文，都是直呼其名。

张文回到单位，吊着个绷带晃了半个月。伤员有伤员的好处，虽是自己作的，可谁家都怜惜他。四邻叫他吃饭更勤了，轮番熬骨头汤给他喝，连于姐家的小丫丫，也省下两瓶牛奶，抱着来看张文。

“我妈说了，牛奶补钙，叔叔你受伤了，要喝啊。”丫丫将牛奶递给张文时，像递一样宝贝，瞪着大大的眼睛，表情是从来未有的郑重。“喝不到了，你就把它斜起来，像这样，你看我咯，底下还有的。”丫丫小小的身子努力地前倾，教着张文。

许多年后，张文回想这段时光，内心总是感恩，想着自己何德何能，教这么多人温柔以待。

张文渐渐习惯了小镇的生活:白日上班，晚上吃吃邻家饭，自己找找乐子，看书，去邻居家看电视，或者去镇上的网吧玩个游戏。

那是镇上仅有的一家网吧，六台 586 电脑算小镇的顶配，四元一小时。张文豪爽地买了一张时卡，成功地将价钱降为三元五角每小时，那个烟不离口、精瘦的中年老板掏出个作业本，翻开空白页，把张文的名字郑重地写在第一个。

宿舍里搬来了新人，和张文分住那两室一厅，也是个胖子，比张文小，张文叫他威别。威别是个长沙人，吃面不爱放香菜。除了爱打鼾以外，威别很好相处，张文常带他一起去四处蹭饭，不久后，他的邻居关系处得比张文还好。

除此以外也没什么新事，值得一提的大概只有单位同事们纷纷配起了手机，别在腰间，来电时俯身掏出，趾高气昂地通着话，每个电话都打出做大生意的感觉。

浩哥也配了一只，嫂子生气，又回娘家住了一个月。

可是，玉兰花再度开放的时候，丫丫却忽然死了，死在深夜的睡梦中。

那一晚单位聚餐，许多人喝了酒，原本住在县城的，都决定不回去了。宿舍楼里开了几桌牌，于姐家也开了一桌，她将丫丫早早哄睡了，虚掩着卧室门。

等牌局散了，各人回屋洗漱时，于姐的尖号突然划破了夜空。众人涌进于姐家，看到丫丫穿着睡衣，绵软软地瘫在于姐的怀里，脸色发青。大伙将丫丫送到了镇上的卫生所，医生看了也直叹气，打了一支肾上腺素，做了好一会的心肺复苏，才宣告丫丫的死亡。

张文、浩哥与同事们一起，始终陪着于姐一家。回程的路上，于姐抱着丫丫走在前头，一路哭号，郝会计搂着她，想接过丫丫，于姐不肯，抱得紧紧的，郝会计就跟着一起掉眼泪。老刘走在后头，张文在他身边，想扶他，被他推开了。他垂着头，讪讪的，想说什么，又说不出，好半天，才艰难地挤出话来："我小时候有时睡觉会闭过气去，大了就好了。她生出来，头一两年，每天晚上我都会醒几次，摸她的鼻头，她没有像我那样啊！"

老刘越说越委屈，声音颤抖着，终于哇哇地哭了起来。张文扶着他，不知如何安慰，只是用手轻轻地抚着老刘的背，沉默着。

张文内心也是难过的，丫丫的夭折他也难以接受，那是他第一次见识生命的无常，第一次感到无能为力。

等玉兰花再度快开败时，一纸调令将张文调往长沙。离开的前夜，浩哥邀上威别，请张文吃了顿宵夜，算是饯行。那晚夜风很凉，三人踅到镇卫生院前，才找见一个借着卫生院前门的灯光开市的小摊子，不过两张桌子，旁边一架改装了的宵夜板车。一位衣着朴素的中年妇人站在车后，车上摆着不多的几样卤味，没有素菜，饭和米粉可以现炒。

三人坐定，浩哥先要了酒，妇人有自浸的药酒，三人一人一杯，就着卤味下酒。

“我说了你会走的，我说的没错吧？”浩哥抿了一大口酒，笑着说，语气中带着嗔怪，“威别也会的，你们都走，都不陪我。”

“我陪你噻，”威别嘻嘻笑着，“你只莫嫌我。”

“老子会嫌弃你罢？”浩哥圆瞪着眼睛，“你莫尽是口里的[①]。”

“我要跟你学咧，浩哥巨吊，学不尽。”威别恭维着，也端着杯子抿了一口，“你别不教呐。”

“我是那种人不？”浩哥端起身段，义正辞严。

药酒上头，三人都喝醉了，张文只记得后来浩哥要自己帮他儿子起名字，张文没口子答应了，又撑浩哥，“你晓得是儿子，你生得出不？”

“我找人算了，五年之类（内），会有子嗣。”浩哥眯着

① 长沙话，说大话的意思。

眼，笑意盈盈，“妹子更好啊，硬要儿子做什么咯?”他用力地拍着张文的肩，手重拍得张文肩疼，“未必是个妹子，你就不给她起名了?”

那是张文第一次喝药酒，不知深浅地醉了。那天宵夜吃过的菜转天就忘了，只记得那家的卤猪尾好吃，软糯香咸，是就酒的好物，张文吃了许多。

回家已是深夜，三个醉鬼走在小街的正中，满口豪言，街上空无一人，没有路灯，路旁楼宅透出的灯光有一截没一截的。

等张文到了长沙，浩哥仍在小镇，二人见面不多，偶尔通通电话聊聊近况，始终没有断了联系。

四年后的夏天，一个周末的夜里，浩哥打电话给张文，声音尽是兴奋：“你嫂子生了，是儿子，好胖。”

“哪家医院啊？我来看。”张文也高兴，电话里逗浩哥，“哈哈，大哥，我还以为你没功能呢。”

“乱讲，我厉害着呢。”浩哥在那头嗔怪着，又说，“晚几天来，你之前答应过给我崽起名字的，带名字过来啊。你读的书多，随便起一个。”

张文一听头就大了——醉后的话，浩哥竟一直记得。

这哪能随便起的?

第二天，张文去图书馆泡了一天，憋出十几个名字，晚上回家上网查，分数都偏低。没辙了，托熟人辗转找了个大师，专程上门去请教。大师的工作室古朴，四面桌上摆着许多佛相，张文在客席上正襟危坐，报上孩子的生辰八字。大师比张文还胖，戴着金丝眼镜，眼神中透着慈祥，他抽出本书，比对半晌，口中念念有词:“不错，这孩子不错。”

末了，大师说孩子五行缺火，取了两个火属性的字——“展程”。张文千恩万谢，付了酬金，出来就给浩哥打电话。

“绞尽脑汁想了这两个字，给孩子做名字，肯定不错的。”他大咧咧地吹着牛，嘚瑟着。

“好，要得，谢谢你啦。”浩哥在那头高兴地回应着。

张文回到家，终是不放心，又上网查了一回，92分，心上的一块石头才落了地。

玉兰开了又败，一晃就又是许多年，初进大城市的兴奋早已散去，张文但觉岁月飞驰，心态迭变，眼前的繁华变成喧嚣，内心的冲劲消弭殆尽，各种挫磨与羁绊让人不胜其烦。张文倒有些想念初入职的那一段时光，总觉得那时的日子过得琐碎又散漫，那时的人也是温润又敦厚，那样的环境能给人宁静。

对于那一群旧同事，张文都没有断了往来，但凡谁家办大事，得了信儿，张文总会去一趟。各家的消息，他都乐意打听：他知道郝会计仍在小镇，还住在一单元一楼；威别已经调到了长沙，张文与他常聚；于姐在张文走时就在办调动，调到了县里，离开了伤心地。她多年来兢兢业业，年年是单位优秀，后来还被县里评为了先进个人，让她在表彰大会上发言。于姐精心准备了讲话稿，被上级指派的笔杆子改得面目全非，她原本没有写的女儿去世一事，被浓墨重彩地添上了，全稿的主旨从“勤勉敬业”转向“公而忘家”——表彰会当天，于姐没有参会。

除此以外，张文还是最想念浩哥做的那碗干拌面，他自己也经常做干拌面吃，那是最偷懒的做法——怎么弄都只需要洗一个碗。不过是把一锅水煮开，下面、做碗，面熟了捞到碗里拌匀，就能吃得喷香。所谓的诀窍，不过是煮时放盐、拌时不放而已。后来，张文经常会改良它，炒各种码子盖在面上，搅拌均匀，吃起来更香。最奢侈的一回，是他去药店买来海参，泡发了，切丁，加蒜辣爆炒，不必再加生抽，一口鲜。

然而所有这些，都不是当初的味道。

有时，张文也自嘲地以为，生活大概也就像干拌面，人们总想做出花样，时日久了，方才拨去浮华见得初心。而它本味的咸，却早已在起锅时的沸汤里。

团圆饭的位置空了，
只有茴饼肉丸一如从前

食物承载记忆，同一样食物，留给每个人的感观都不同。大到一桌席，小到一碗面，在每个人的心中都有殊不相同的悠远记忆。

一些独特的食物发源在本乡本土，流传于本乡本土，承载着乡情，承继着传统，在悠长的岁月里，便渐渐成为那一处每个家庭共有的记忆。

张文要讲的，是小城的特产——茴饼肉丸。

茴饼是浏阳特产，冰糖、芝麻、金橘花、茴香拌上桂子油作馅，再放些胡椒，外面裹上面皮包成饼状，烘烤而成。

张文从小就不喜欢吃茴饼，但那时母亲的单位常发，作为员工福利，一发就是一箱。大个的茴饼，油纸包着，饼上还盖着红红的印章。

张文不喜欢茴饼的原因，一是桂子油的气味，旁人说淡，他却觉得冲。那种有些刺激的味道，张文觉得就像母亲辗转托熟人从广东中英街买来的红花油。并不是所有的茴饼都会放桂子油，但茴饼必须得放茴香，馅料中会有金橘花与小茴香杂糅而生的味道。幼时的张文不喜欢茴香，冬春之交，母亲总会给他喝泡茴香的水，他很抗拒，母亲哄他说那是茶，他坚持说那是药，每次都要母亲发火威逼着他才能喝完，让张文觉得很是委屈，留下嘴巴里浓浓的一股味——而这种东西，居然拌进馅里，还做成了饼，所以茴饼差不多算是幼时张文心目中的黑暗料理了。

没有桂子油的茴饼，张文还是能吃一点，他只爱吃面皮，中间的馅最多能吃下半个。彼时物资匮乏，再小的孩子，也晓得惜物，再难吃的甜食，浪费了也是罪过，若是被大人们知道了，惩罚立刻就来了。所以吃了一半的茴饼是绝对不敢扔的，带着去学校，喜欢吃的大有人在，找个朋友一起分掉就是了。张文上小学时，给许多同学带过茴饼，这种对于他来说很鸡肋的食物，倒为他赢得了不少的友情。

其实张文爸妈也都不太爱吃茴饼，有时单位发了，母亲都懒得往家搬，直接让舅舅搬走去孝敬外公——外公喜欢一切有胡椒味的东西，可以当零食吃，也能当正餐吃。听说他还让外婆把茴饼给他放在灶上蒸，蒸完软趴趴的，硬说糯软香甜。

忽然有一天，张文嘱咐母亲，茴饼不要往外送了，留在自家吃——他并不是突然开始喜吃欢茴饼了，是喜欢上了另一样与茴饼有关的东西。

要说 1985 年在张文的印象里有什么大事，除了《射雕英雄传》电视剧的风靡，就是奶奶的哮喘病发了。奶奶在乡下，每日肺里都在“扯风箱”，实在熬不住了，才托人给儿子带信。父亲是家中独子，没有兄弟姊妹，当即与母亲商量了，带上张文搭上东去的小火车，把二老都接过来了，奶奶送医住院，爷爷住在家里。彼时张文家住在机关院子里的平房宿舍，一室一厅，老人来了睡卧室，父母在客厅里开一张行军床给张文睡，自己打地铺，盖的垫的都厚，十分暖和。

彼时已进腊月，一家人决定，今年不回乡，就在浏阳过年。

因在乡下拖久了，奶奶的哮喘引发了肺部感染，病情不容乐观，全家人齐齐动员，白天母亲送饭、爷爷值班，连带着张文，也派了些跑腿的活。张文去医院，但凡奶奶醒着，总是冲着他笑，氧气面罩后的笑容，常常因费力而变形。她微微地抬手，张文凑上前，从她缠杂不清的话音里分辨意思，有一句话奶奶反复说着："你要懂事啊。"

夜里，换成父亲值班。越夜越寒，父亲把朋友送的军大衣都带去了，嫌医院只有四脚凳，又带了一把靠背椅，可以靠着打个盹。六人病房里满员，再加上陪床，得有十来个人，入夜很是热闹，磨牙、打鼾、讲梦话，五花八门。

头几天，父亲陪床回家跟母亲说情况。

"姆妈这回住院，真是吓住了，不停问我，总是喘气不上，会不会死啊。"父亲摇着头，"这回是严重了点，可李医生跟我拍了胸脯的，治得好。"

"是延误了。"母亲也说，"早点捎信，我们早点把她接过来，就没这么受罪了。"

父亲的工作是个脑力活，本就睡不好，到了喧杂环境，越发难入眠，每日睁眼到天亮，眼里泛着血丝又去上班，几天下来，人就蔫了。母亲心疼他，与他轮值，陪床回来就跟父亲说情况。

"妈妈拉着我哭咧，要我好好待你。"母亲轻轻地摇着头，叹着气。"说你小时候跟着她吃苦了，你爸躲饥荒，逃到外省，你八岁就到石灰坳担柴，柴沉，担得脖子一缩一缩的。说得我也陪着她哭了一场。”

奶奶住院住到了过小年，终于康复出院了。出院那天，母亲在家里包饺子，张文早早地站在平房宿舍屋口的玉兰树下等着。那天难得有太阳，却像一轮冷日，不过给人间提点亮。北风刮面如刀，张文在树下不停地跺脚，脸冻得发木。远远看到父亲扶着奶奶慢慢往家走，他冲上去大声叫：“奶奶！”

张文冲进了奶奶怀里，仰头看她。奶奶仍是苍白脸色，眯着眼笑，带出眼角深深的皱纹，多日未洗的斑白的头发贴在额上。奶奶想抱起张文，可大病初愈力有不逮，神情有些尴尬，讪讪地说：“孙啊，奶奶累啦，抱不动你咧。”

“奶奶你好了啊。”张文说。

“好啦好啦，”奶奶开心地说着，“还以为我过不去呢。”

不明白“过不去”是什么意思，但张文也没有多问，牵着奶奶就往回走，奶奶甩开了父亲的搀扶，颤巍巍地跟着眼前的小大人走。风停了，当空的太阳，让空气中多少有了一丝暖意。

那天夜里，一家人围坐吃饺子，过年这件大事，终于摆上桌来商议了。因为奶奶住院的花费大，这个年节终是会过得磕碰，但是一家人仍认真地讨论着细节，包括备几样年货，各人过年的新衣，除夕饭的菜式，待客的零食。虽然手头拮据预算简之又简，但也都商议得明明白白。

家庭会议开到一半，吃饱了的张文就溜了，带上几个小烟花，找院子里的朋友玩儿去了。已经下过几场雪了，檐下挂的冰凌子有一尺长，大人伸手就可以摘到。然而张文总觉得冷得喜庆，因为天越冷，年味就越来越重了。

母亲先给奶奶置办了新棉袄，新衣带喜，一上身，奶奶的精气神也好了，变回了原来那个精干的老妇人，帮着母亲忙上忙下。借来邻居熏肉的油桶，在院子里点上火熏腊肉。大油桶割去盖与底，底部挖孔，做成简易灶台，底下塞柴火点燃，上面用木杆吊着鲜肉，小火烟熏。奶奶熏肉讲究，用谷壳作燃物，浓浓的烟气从桶上盖的报纸缝里冒出来，直升到屋前玉兰树的顶端。

那时候母亲总说："富有富活法，穷有穷打算，年总要过好的。"倒腾回家各种年货、吃食，虽不金贵，却也胜在丰富。

母亲还托了许多朋友，又捎信给娘家哭穷，于是众人协力。副食品商店的碎饼干便宜，好姐妹给挑出相对完整的卖她；冷库的朋友给她留了一整副的猪下水；胡家巷的表舅妈送来好些筒子面，又给了一些玉兰片、薯片原料，让她自己回家炸；柿饼是外婆家自家晒的，山楂干也是，刚结婚的小舅送来一袋火焙鱼和两只自家养的兔子；二舅的老婆娘家是菜农，挑了一担过冬的菜蔬来家；大舅最客气，直接让大表哥骑自行车从集里（浏阳郊区某乡）奔来，撂下两只鸡、一篮鸡蛋和十张“大团结”——1985 年的一百块钱可金贵，一家人的新衣都有了着落。这些东西和钱，喜得奶奶又惊又叹，拍着腿自怨自艾：“我要多生两个就好了，有兄弟姊妹，崽也不会那么辛苦。”

母亲的单位照例发了些物资，其中又有一箱茴饼，奶奶看到了，忙嘱咐父亲：“买肉回来，我们做肉丸子。”

转眼到了除夕夜，一家人围坐吃团年饭。饭前，父亲特地去屋前玉兰树下放了一挂鞭炮，恰接上邻居家刚放过的声响。院子里吃过饭的小孩已经出来放烟花了，热闹得紧，有孩子来喊张文，张文就有些坐不住了，转头一看桌上的菜肴，又定了神，不耐地回应朋友们：“我还没吃饭咧，你们去咯！”

桌上十个碗：腊鱼、伏鸭①、腊肉、平肚、杂烩琳琅满

① 浏阳本地菜，鲜鸭肉腌制，用坛封存。

目，正中是一碗肉丸，个个有杏大，深褐色泽，冒着热气，堆起了尖尖，菜顶一抹葱花装扮。张文伸筷子夹了一个，未到嘴边，浓香袭来，让人口水满溢，仿佛是肉味被各种辅料包裹，香气渲染变得没有止境。一口咬下，丸子是炸过再蒸的，越过了焦脆，直抵糯软，五花肉碎的腻被中和，经过煎炸后的肉香被提振了，又杂糅了面粉的甘甜，其中还带着丝丝的胡椒香，去腥提鲜。一个肉丸子，融合了甜咸两味，又香又鲜又糯，张文吃得停不下筷子。

“真好吃啊，怎么做的啊?”张文问道。

“你喜欢啊？喜欢就好咧。”奶奶眯着眼，得意洋洋，“就是茴饼啊，碾碎了拌在肉馅里下锅炸，怕吃了上火，就再蒸一下咯。”

看张文喜欢，奶奶又夹了一个肉丸子给他：“没什么巧的，老方子，各家都是这么做的。”

一海碗肉丸，张文吃了小半碗。年夜饭上，再有偏爱，他还是觉得挺着一碗菜吃不太公平，其他的好菜也要兼顾到，筷子如穿花，四处出击。

彼时爷爷尚能喝一点酒，父亲陪他。桌下的火缸里燃着炭火，让人从脚下一直暖到心里。张文觉得，这个年节，和往年回乡过得一样好。更重要的是，在城里过年，张文可以看春晚。原本想去邻居家看的，母亲不答应：“人家家里也团年，今天不能去打扰的。去小礼堂看啊，那里是彩电呢。”

“那里冷。”张文小声地抱怨。

“多穿点啊。”母亲说。

等一家人到小礼堂时，里头已经聚了不少人，各人带着自家的凳子，寻着位置坐。电视放在礼堂侧面铁架顶起的大铁箱子里，箱子白天上锁，晚上打开，钥匙有专人保管。

春晚已经开始了，母亲咋舌：“今年的春晚怎么在外面搞？还穿裙子，不冷噢。”①张文倒没太在意，只是看主持人，除了几张熟脸外，还有两张生面孔，看来看去，其中一位也似熟悉，他默默想了好久，才猛然记起，是《射雕英雄传》里江南七怪之一②。

张文对于那一个除夕夜的另一个记忆来自母亲，能在除夕夜里看春晚，母亲似乎比张文还开心，她时而笑得前仰后合，时而跟着电视里的歌者一起哼唱。

---

① 1985年春节联欢晚会取消了棚拍，是在北京工人体育馆拍摄的。

② 1983年版《射雕英雄传》中江南七怪之一韩小莹的扮演者香港演员斑斑为主持人之一。

小礼堂越坐越冷，许多人都熬不住，扛起凳子回家了，父亲早已陪爷爷奶奶回家休息了。张文和母亲算走得晚的，回家的路上，母亲还在哼着一首歌，此后的很长时间里，她开心或悠闲时总爱唱："十五的月亮，照在家乡照在边关。"母亲唱歌时，总是眼眯眯、很陶醉的样子，那时母亲正年轻，嗓子清脆，高音飙上去，像剪子开布。

"以后我们都在城里过年好不好呀？"那一晚回家的路上，母亲笑嘻嘻地问张文。

"好呀好呀。"张文没口子答应，"把爷爷奶奶接过来啊。"

"只怕他们不肯呦。"母亲仍是笑嘻嘻的。

那年的肉丸子奶奶炸了好多，每日蒸一些，张文一直吃到了正月十五。

没出正月，爷爷奶奶就回了乡。

"有亲戚要走走。"奶奶说，"过年不走动，失礼了。"

家里的肉丸子已经吃完了，张文没吃够，总惦念着。要走的那天，张文巴巴地拉着奶奶："奶奶你什么时候再来啊，给我炸肉丸子吃啊。"

"好噢好噢。"奶奶笑眯眯的，抚着张文的头，"我孙要吃啊，等我开春播完种，寻着时间就下浏阳。”

那之后，母亲单位再发茴饼，张文就当宝贝待了，偶尔吃一个，只当没有零食时的解馋。若非十分要好的朋友，也绝不拿出来分享。他苦苦地等着奶奶，可奶奶似乎忘记了似的。春草发了芽了，渐渐疯长，院旁橘子树下绿绿的一片，张文问母亲：“要播种了吧？”

母亲说：“是啊。”

“那奶奶会来吗？”

“不知道啊。”母亲说。

倒是父亲偶尔不忿。“兴许不会来。”父亲半开玩笑半认真地说，“不是病了，请不动她老人家咧，总要守着老屋、守着那几亩田的。”

“别跟孩子说这些啊。”母亲嗔怪着。

张文内心黯然，充满了对奶奶不守信用的失望。他不明白，奶奶又不用上学，为什么总寻不出时间，像他，哪怕要上学，也还有寒暑假呢。

转眼入夏了，某日家里来了亲戚，是表亲华叔，他进城办事，受奶奶的嘱托，带来一壶茶油。母亲开心得紧，留华叔吃饭。饭桌上，张文盯着华叔看，看得他有些不好意思，张文想了半天，终于还是问了：“奶奶没让你带别的？”

“没有啊。”华叔有些莫名其妙。

1985年的暑假，母亲被单位指派出差要账，颇费时日。父亲请假回乡双抢，因头一年带张文回乡双抢，张文午睡时被魇着了，父亲决定那年不带他回去。那个暑假，有一个月的时间，张文都住在浏阳城郊的外婆家，天天跟着大舅家的两个表哥疯玩。外婆疼他，每天桌上必有荤菜，辣椒炒肉炒一大盘，或者炒五六个鸡蛋。外公天天出去钓鱼，钓到了，晚餐就加菜。外婆做的鱼汤是一绝，姜片涮锅，放油，鱼下油锅煎，汆水，加蒜片、紫苏、薄荷，做成奶白色的稠汤，鱼嫩汤鲜，毫无腥味。

因为母亲荤菜做得少，以往张文在自己家里吃荤菜，总是吃得小心翼翼，一口菜配几口饭。在外婆家，他才有了敞开吃的感觉，鸡蛋用勺舀，炒肉都可以连吃几块再扒饭。

父亲双抢后回乡，把张文接回了家。父亲带回了红薯干、玉兰片、茄子干等许多零食。张文不死心，追着父亲问：“还有什么吗？”

“没有了。”父亲有些莫名其妙，想了半天，又说，“还有一壶茶油，那是家里做菜用的，未必当零食啊。”

张文彻底死了心，连带着原本要珍藏的茴饼也不金贵了，又复带去学校给朋友们吃。

仲秋时，堂亲东臣哥又进了趟城，又带来了奶奶托付的一壶茶油。母亲依然很高兴，留东臣哥吃饭，但张文已经没有兴趣再问他奶奶来不来了。

入冬时，家里买了一台电视机，黑白的，熊猫牌。彼时紧俏货都凭票供应，母亲为了这张电视机票又大费了周章。父亲将电视机搬回家时，邻居都来道喜，帮着弄天线、调频道，张文兴奋得蹿上蹿下，不知道自己要干嘛。

小伙伴对他说："你今年可以在家里看春节晚会啦。"

"肯定啦。"张文仰着头，得意洋洋的。

然而，那一年的春晚，张文并没有看到。他仍旧随大人回乡，到爷爷奶奶家过节，乡间还没有通电，入夜点着油灯，一家人在油灯下吃着团圆饭。桌上依旧有一海碗香喷喷的大肉丸，张文吃得虽有些愤懑，但也没有少吃。肉丸入口糯软，初嚼微咸、细嚼甘甜的口感，让张文欲罢不能。吃到一半，他终于忍不住问了："奶奶，你答应了春天就给我做肉丸子吃的，为什么要等到过年呀？"

奶奶一愣，皱着眉瞥了瞥母亲，半晌才艰涩地说道："乡里哪里有茴饼买啊，过年赶集才买得到咧。"说完，她又挤出笑容，旁若无人地问着张文："搭人给你们送了几次茶油啊，就是让他们给你炸肉丸子啊。"

张文听着有些愣——奶奶心情好的时候，不会当着一家人管儿媳妇叫"他们"，他转头望着母亲，油灯下母亲低头吃着饭，并不接话。

"去年家里困难，搭帮[①]姆妈给我们送茶油咧。"父亲笑呵呵地说，"年初就紧张，一年都不敢添置东西，晓得我要看新闻，下半年小万（母亲）硬是找她大哥（大舅）借钱给我买了台电视机。"

那一瞬间，张文看见奶奶的脸上闪过几种表情。

父亲话音落了，奶奶脸上似是云霁开了，捂着脸羞涩地轻咳几声，招呼大家吃菜，还特地夹了块伏鸭给母亲。母亲欠了欠身谢过了，仍是低头扒饭，张文侧头望她，看见她眯着眼睛在笑。张文伸手推了推她，母亲也拿肩挤了挤张文，脸上有女孩般的娇羞，张文看着莫名其妙。

在张文的印象里，奶奶与母亲偶尔会有的这种龃龉时刻，都是父亲三言两语化解开的，他总是站在母亲一边，私底下母亲总是很开心。在那个除夕夜里，父亲的说辞只

---

① 湖南方言，意为"多亏了"。

有一点他不认同——明明是自己哀求了好久，母亲才狠下心借钱、弄票买的电视机，怎么变成了给父亲看新闻呢？电视机买了三个月，就赶上放《西游记》，自己不知道多开心啊。

因为张文的喜欢，从此，炸肉丸成为家里年节的一道必备菜肴，他也只有过年时才能吃到，平日不管怎么向母亲恳请，母亲总是一口回绝。

母亲也解释过一回，说炸肉丸太费油。“肉丸要炸透才香啊，要用好多油咧。”母亲摇着头，“等等吧，等过年炸好多，尽着你吃。”

连带着奶奶，不到年节也绝口不提茼饼肉丸了，只是托人送茶油成了惯例，每年总能送几壶来。

直到1991年，张文才第一次在奶奶家看上了春晚，村里已经通上电了，父亲作价跟同事淘换了一台二手彩电，把原来的黑白电视送到了乡下。在那个除夕夜里，张文在略带麻子点的黑白屏前吃年夜饭，居然看到他很喜欢的香港歌手谭咏麟在电视里唱《水中花》。不知道为什么，那一天谭咏麟唱得有些艰难，母亲觉得那是敷衍，笃定地评判说：“不好听。”

张文想反驳，想了半天，实在想不出什么词来：“他好厉害呢。”

“我又不认得他，怎么厉害了？”母亲又说，“反正不好听。”

张文有些难过，却难以为偶像申辩，他也觉得那一天歌手发挥失常，像是有些畏首畏尾，只得闷着头吃饭，不愿再跟母亲说什么了。

爷爷奶奶直到1997年才终于舍下老屋薄田进了城。此前父亲做了许多工作，反复恳请。彼时张文的家早已经搬到了城东，乔迁伊始，爷爷奶奶的房间就已经备好了，新床、立柜等一应俱全，夏天的凉席、冬天的被褥，母亲都置办了新的。

一等几年，好歹接了二老过来，到家的那一天，母亲将早给二老买好的新衣拿出来，直道：“住新房，穿新衣，清清吉吉。”又献宝似的给爷爷奉上一台崭新的收音机，逗得爷爷奶奶开心不已。

那时节日子不断向好，家家户户的日子都好过些了，连张文手里都有了些私房钱。物质丰富了，茴饼已经满大街都是，油也便宜。从前金贵的茴香肉丸子，虽然工序繁杂些，但并不需要靡费多少，与其他的浏阳蒸菜一起，身价陡降，已经变成了在街边菜馆里随便就能吃上一盘的菜肴。

张文觉得那个年节才能吃到肉丸子的时代算是一个贫瘠的年代，可在母亲的记忆里，却是一个“还可以”的年代，她总是教育张文：“眼睛往下看，好多人还不如我们呢，你要往上看，想要的东西就没边了。”

张文想想，也认同，可能凡事都得看自己怎么界定。许是母亲平和，他也就跟着平和——生活总没有向差的方向发展，以前单位才有的彩色电视家里也有了，虽然是二手的，好歹有不是？而张文喜欢的东西，从吃到玩，每年都在增添：肉丸子、糖盒子、饺子、书和越来越要好的朋友们。

生活总是波澜不惊地起着细微的变化，敏感的人察觉到了，欣喜地迎接它；不敏感的人察觉不到，被动地享受它。

春去秋来催熟了张文，也催老了长辈。此后的几十年里，几经搬迁，张文一家五口人始终是住在一起，即使张文后来在外工作，他也知道，小城的那个家，才是他的家。

在外的日子，母亲时常打电话给张文，偶尔会说起奶奶："你奶奶今天又骂我咧。"

"怎么啦?"张文着急。

"没事啊，我反正不作声啊，你爸说了她。"母亲在电话那头呵呵笑，"老人家心气傲，什么事情总要我猜，我哪里都猜得到咧？总有什么地方不如她的意咯。"

这样的小摩擦每年都会有那么几次，张文能想象得到奶奶气鼓鼓的样子，又是怎样被父亲说服。父亲会说话，能化解争端，而且总是站在母亲那一头，话说好了，奶奶也不会不高兴，毕竟连张文都知道，父母对爷爷奶奶是极好的。

然而，每到年节，张文回乡，奶奶还是会给张文做茴香肉丸子吃，就像入冬做伏鸭、入秋做唆螺一样，是她坚持的一种习惯。虽然到后来，她已经忘记了肉与饼沫的比例，有时候肉多了腻，有时候饼多了甜，但她仍是笃定地以为，她做的，肯定是孙儿喜欢吃的。

2010年，母亲得了大病，入院手术，张文第一次从奶奶脸上看到了惊惶失措，她每日在家中上香，为儿媳祈福。母亲出院后，奶奶还曾私下与张文说："你见得多，有什么好药给你妈买啊，调理好了，你爸爸会好高兴的咧。"略一踟蹰，又说："钱不够，我给你补啊。"

张文被她逗笑了，连连点头。他知道，奶奶的钱，都是父母和他给的，舍不得花，一点点地存着的。

如今的张文回想，或许奶奶只是在漫长的时间里不断地修正自己，哪怕经历了艰苦的独自支撑的岁月，依旧有一颗善感的心，千难万难地挣脱理念的差异，去理解与关爱别人。

一年前的冬天，奶奶走了，算是寿终正寝。

乡间俗话，冬天是老人们的坎，年年过坎。这一年，奶奶没有抵挡得过。她生前曾与表婶去算过一次命，算命先生悄悄告诉表婶："婆婆下半年险，轻易跨不过。"

为择吉日出殡，张文在灵前值守了十五天，在三元宫——小城办白喜事的去处。张文是家中独子，自召来一帮朋友，开会、排班、轮值，陈胖、花皮、唧鸡、虫子、钢皮、大树，都在值班表上，每日留一名兄弟陪他，确保香火长燃，脚灯不灭。朋友们每日全到，陪张文到午夜，再按排班留一人陪值。

中斋那日，年前摔伤了手的母亲到奶奶灵前，搭着手，披麻戴孝，头磕下去，就开了声，并没有依礼生提前安排的说辞，只是哭着说："做了您四十一年的儿媳妇，从来没有红过脸啊！"

那一年的年节，家中五人团年，父亲母亲、张文和张文的妻儿，桌周摆着七张椅子，桌上摆着七副碗筷，空着的位置也盛着饭，饭碗里夹上菜。厅里的电视播起了春晚，却没人看。

桌上十个碗，一碗茴饼肉丸子摆在侧旁，寓意团圆。张文夹上一个，慢慢咀嚼，味道一如从前。而人到中年，味觉比从前敏感，张文终于想明白，是桂子油和茴香消解了五花肉的腻与腥，而五花肉的味道又中和了前者的冲。

好味道的诞生，不过是食材间的相互妥协与和解。正如人由因缘聚在一起，那一段难分难解，又相互包容的过程。

人到中年，
生活就是一碗
没加调料的方便面

料包都是幻境，给人一种美味的错觉，这是张文对一种食物的认识。

那是一款与张文纠缠半生的食物，相守多年，充满倦怠。

面食故事写到第七篇，讲的是方便面。

张文的儿子快满七岁了，上小学一年级。平时下课早，给他找了个托管班，两口子谁早回谁去接。

那一日，张文去托管班接儿子，教室里没寻见，老师说他做完作业了，许是在外面玩。张文在另一间空教室里一眼瞥见了儿子的大头，他正和另一个同学一起，偷偷摸摸地躲在课桌下。张文唤他，他慌慌张张地爬出来，瞪着大大的眼睛，眼神中又是欣喜又是惶恐，嘴巴里鼓鼓囊囊的。“爸爸。”儿子喊张文，嘴巴里就喷出一口面渣。另一个小孩也站起来了，同样鼓着腮帮子，仍在嚼着，嘎嘣脆，手里紧紧攥着一个包装袋，那是一袋干脆面。

虽然太太三令五申小孩不能吃油炸食品，可张文总喜欢顶风作案。但凡他去接儿子，儿子一哀求，他就心软了，家门口肯德基的炸鸡块、炸薯条没少给儿子买，要么在店里、要么到家楼下吃完，不多买，都是小份，儿子负责吃，张文负责把风。吃完还要销毁证据，看着儿子擦嘴、漱口，这才算完。

张文总想着，不多吃也是没关系的，偶尔打打牙祭而已。可没料到，儿子的胆子竟然越来越大，连太太深恶痛绝的干脆面都敢吃。可转念又一想，自己这么胆小，让父子间的攻守同盟显得脆弱。一袋干脆面，吃了就吃了，自己方便面也没少吃，虽然起步晚了些，上高中才接触，可从此缠杂半生，也算得上是本命食物了。

这么多年来，方便面与自己建立了牢不可破的关系，单身时作代餐，婚后作宵夜，没生孩子那些日子，两口子夜里饿了也没少吃，怎么到儿子这里就不行了呢？

“人啊，不能区别对待。”张文脑子里自辩着，方便面一方就占了上风，他凛然决定不向太太举报儿子，笑眯眯地摸着儿子的头：“还吃吗？快吃完，我们要回去了。”

很多东西都是从奢侈品一步步走向家常的，方便面之于张文也是如此。起初是难得一吃的美食，不是因为贵，而是因为稀少，后来也就比比皆是了。

张文与方便面真正的缘分，始于高中某次随母亲出差，先去郑州，后到西安，那是张文第一次出远门。

彼时正是 90 年代中期，国营企业已经显出疲态，债务纠纷不断，母亲作为单位会计，时时要与同事们一起出门要账。那一次，母亲想着儿子这么大了，还没出过远门，咬咬牙，就趁着暑假带上张文同行，“出去见见世面”。

母亲带着一个大行李箱，箱子里塞了许多包方便面，自己带个铁饭盒，给张文买了一个塑料的，用来泡面吃。张文至今都记得，自己的小饭盒极精致，除了粉色的外观有些不搭外，其余的他都极喜欢，小巧、两边有搭扣，最精巧的设计在盒顶，有一个长槽，按下开关，玻璃盖板就打开了，里面放着一双小筷子。饭盒小，一块方便面得掰断了才放得进去，张文倒觉得无所谓，又不影响味道。面是华丰面，是当时行销大江南北的品牌，在行李箱里压得蔫耷耷的。

同行的还有母亲的两位同事，在火车上第一次吃时，母亲拿出面来泡，同事们也跟着拿出自己的来。“出差这个是必备呀。”看着张文，母亲的同事易叔拍着塑料包装笑嘻嘻地说。

他们是凌晨三点上的火车，去往郑州，在火车站旁的小店吃完晚餐，摊张报纸坐在站前广场上枯等，张文等得乏了，枕着母亲的大腿睡了一觉，广场上风大，倒没什么蚊子。等四人终于上得火车坐定，都饿了，又拿出方便面来吃。

“料包里都是味精，吃多了不好咧。”母亲嘱咐张文，只准他放半包调味料，怕张文没味，母亲又拿出一瓶剁椒，里面拌着蒜碎。面泡好了，舀一勺到面上。嫩白的面漂浮在淡褐色的汤里，顶着一抹艳红的剁椒，张文不顾烫嘴，挑一筷子边吹边吃，果然是淡了些，得夹拌着剁椒一起吃，张文又舀了一勺剁椒。“别吃多了咧，上火呐。”母亲在一旁叫。

“没味道啊妈。”张文委屈地嘀咕着。

“吃这个。”易叔的面也泡好了，他在自己的大背包里掏摸着，拿出一样东西拍在桌上。那是一个鱼罐头。

易叔叔拉开罐头皮，这是张文第一次看见罐头里鱼的样子，黑乎乎的豆豉包裹着一条暗沉的鱼，豆豉的香味全然遮挡了一切。易叔夹了一大块鱼肉，又拨了许多豆豉给张文，在张文的小饭盒里堆起了尖尖。张文将鱼肉压进面汤里，豆豉与面拌匀，汤汁变得油汪汪的，夹着鱼咬一口，鱼肉炸过，入口脆、细嚼鲜，又夹一筷子面吃进嘴里，豆豉的浓郁又让面条增了浓香，喝一口汤，汤味也变得厚重，不是拖泥带水的味精味，而是顿挫的浓郁鲜咸。

张文记住了那罐头——豆豉鲮鱼。

等回了家，母亲就很少让张文吃方便面了。

“方便面是没时间做饭才吃的咧。”母亲说，“想吃面我给你做。”张文倒觉得无所谓，他只觉得，那东西要配鲮鱼罐头才好吃，可在彼时的小城里，那种罐头太少见了。

当然，方便面本也有很多种吃法，就算母亲不让，自己也可以吃得神不知鬼不觉。张文会偶尔买上一包，扯开面袋，掏出料包倒进去，隔着面袋捏碎面饼，捏紧袋口用力摇匀，也是不错的零食。

张文的再次远行，是参加工作后，他独自去宁波玩。张文其实挺宅的，应酬不多，不是好朋友叫，一般不爱出门。在家里看电视、看影碟、玩电脑，也结交了些网友。网络从163拨号到宽带，操作系统从WIN98到WIN2000，多数网友如云聚散，又有一些固定了下来。

小暗就是其中一个，小暗只是一个网名，他和张文曾经同混一个文学网站，张文写小说，小暗写诗，张文木讷低沉，小暗则有着睥睨一切的嚣张。论坛里常有骂战，偏小暗是个“杠精”，又有诗人天生的感性态度和正义感，骂战一开，不管对错，小暗总是会帮实力弱的一方。张文偶尔也会卷入，小暗便时时帮他，一来二去，就成了朋友。

“你要读点逻辑方面的书。”小暗有时候也笑张文，“至不济也看看《演讲与口才》啊，靶子样的被人骂，傻啊。”

“读那些干嘛？”张文说，“关门，放小暗就可以了。”

彼时刚有了QQ，二人注册得早，号码都是七位数，张文下班回家，先挂上了QQ，再去做饭。小暗是永远都在的，不知道他做什么工作，只知道他在深圳，张文懒得问，小暗也懒得说。

两个人很少谈论文学，聊的话题时常是网络游戏，初时玩《石器时代》，一转（100级转世）后张文就弃了；再玩《传奇》，张文玩了个道士，没等练到带狗，又弃了。小暗代入感很强，每个游戏都能玩得不亦乐乎，一再地劝张文重新入坑，张文总是拒绝，劝得多了，张文只觉得聒噪。不过每天张文回家，还是会开着电脑与电视，挂上QQ，自顾吃饭、看碟，QQ响了看一眼，像是隔着山海、陪着朋友。小暗时常呼他，许是刚结束工作或者刚下游戏，找张文说说今天的日常。

“累了，泡碗面吃。”小暗在那头说。

张文若是被勾起了兴头，便会回道：“吃啊，我陪你。”然后就也去烧水，泡一碗。

那时，方便面与罐头已是张文家中必备，但张文不常吃，好吃的东西千千万，泡面只是其中一样。这样吃食，张文偶尔拿来作宵夜，实在懒得下楼时，也可以吃一吃；而小暗似乎以此作正餐，每天都会吃。

张文家门口就开了一家大超市，张文试过各种罐头，午餐肉、金枪鱼、牛肉、扣肉，试了一圈，还是觉得最初这款豆豉鲮鱼最对他的胃口。豆豉的浓香可以遮盖一切，而鱼肉脆鲜，十分爽口，方便面不能煮，一定要开水泡，将将泡熟就吃，才不失Q弹。于是有许多个深夜，张文与小暗就像隔空祝酒一般的，同吃着方便面，张文在屏幕这头大口吸溜，直至把汤喝到只剩碗底，想来小暗也是一样。

几年后，小暗找了个女朋友，许是起了结婚的意头，辞了工作，带女朋友回了宁波，与发小一起做服装生意。他仍旧玩游戏，只是没有从前那么勤了。

张文却相反，未来如迷途，感情无着落，偏骨子里还有一点清高，让他宁愿“躲进小楼成一统”。然而天生懒散，大把的时光并没有用在发奋上。在大多数清冷的日子里，台灯映照的南窗下，张文靠书本、网络、碟片、方便面消磨长夜，或是沉迷在书本中探幽，或是用电影情节的跌宕来填补生活的平淡。实在感觉孤独了，就向网友们倾诉衷肠，有的人客套回应，有的人共鸣他的情境，回复的比他说的还多，而那些久久不曾回应的，大概才算是最好的倾听者吧。

一碗方便面在这样的夜里，有它特殊的作用——哪怕吃的时候味道并不见得多好，但这种简单易做又热气腾腾的食物，却最适合无所事事的懒汉。

2005 年，小暗约张文玩了一个新游戏，张文初时不过是敷衍，想着陪他玩几天就弃掉，便选了个最安逸的角色——精灵猎人。岂料一玩就上了瘾。那是张文第一次感受到一款游戏可以做得这么精巧与宏大。张文无法形容自己内心的感觉，就像懵懂间闯入了一个确乎存在的世界。

二人玩得如痴如醉，在论坛的发稿量大不如前。即便发稿，也固定在周三，版主都抱怨了，“不是周三你还不写了”(初时这款游戏周三下午至周四早上服务器维护)。

时间一天一天地过着，有一天，张文回到家，习惯性地打开电脑，登上游戏，忽然感到茫然，继而烦闷不已。他登上 QQ，寻着小暗的头像：“我来找你玩吧。”

“好啊。”一会儿，小暗回复。

第二天张文就登上了东去的火车，MP3 里放着张洪量的《再会思春期》，单曲循环，悠扬的乐声中，窗外景色变幻，张文有种逃离的快感。心中块垒全消，仿佛游戏的场景与眼前的画面重叠，而他，一个孤独的猎人，刚刚征战完剃刀高地，乘坐狮鹫穿越西部荒野，微凉的风从艾泽拉斯边缘吹来，带来远处兽人部落中凄凉又悠扬的骨笛声。

小暗在火车站接张文，早在论坛里见过照片，初次见面倒不觉得陌生，张文兴奋地想来个兄弟间的拥抱，却被小暗推开了。他比张文略高，精瘦，留着诗人气质的长发，披着件衬衫，“胖子，你闲得没事干吗?”他表情酷酷的，摇着头嗤道:“宁波有什么好玩嘛。”接下来的几天里，小暗带张文玩遍了他认为值得去的景点。天一阁、保国寺、东钱湖，又坐车去奉化玩了一天，看蒋氏故居，吃了许多小吃，都没什么辣椒，不怎么合张文胃口。

“你只是想逃离，去别处，是吧。”夜间二人吃宵夜，喝酒聊天，小暗笑说着。

“是啊，突然就觉得好没意思。”张文讷讷的。

“没事的，过一阵就好了。”小暗嘿嘿地笑，“就像女人来月经。”

小暗带张文去泡吧，他的女朋友也来了，一个漂亮的东北女孩，喝了两杯，累了，先走了。他一起做服装生意的发小也来了，文质彬彬，戴着细框眼镜，发小敬了两杯酒，先走了，走时还让吧台又送来一瓶酒，结了账。

“他叫我回的宁波，这么多年的朋友，他想拉我一把。”小暗已经喝得醉眼迷离，喋喋说着，“可现在服装生意也不好做啊。”

那一晚二人没有开发小送的酒，存在柜台了。出去找个小摊续摊，吃什么已经不重要了，接着喝啤酒，聊游戏，聊起了二人在棘齿城外枯等了八个小时才抓到的狮王休玛，那是张文作为职业猎人的第一只拉风宠物，聊起夜色镇的对峙，聊起那许多个下副本的不眠之夜。

“我都不知道这么入迷是为了什么，”张文喃喃地自嘲，“虽然我是一个连放风筝都不会的菜鸟猎人。”

“兴趣通常没有目的，所以也没有意义。”小暗回道，声音里带着颓丧，“就像喜欢一个人，可以千山万水，但不一定有结果。”

张文回程时，已经元气满满。在回程的火车上，他吃了一碗泡面，仍旧习惯性地放半包料，车上没有鲮鱼罐头，张文就搭配上一小包涪陵榨菜，泡面的味精味不浓，面泡得将将好，配上榨菜的咸脆，又香又爽口。张文一面吃着，一面回想着此次旅程，食好住好玩得好，反倒是小暗好像不太开心的样子，张文本以为那是诗人的忧郁气质，回头一想，倒是更像一种焦虑。

大概现实总冷酷过这个“半诗人”的心，生活不是方便面，调味全凭自己喜欢，一个人的人生中，能把握的东西，着实不多。张文反倒释然了。

回到长沙后，一切又都步入了正轨，张文谈了女朋友，生活终于丰富起来。

谈得久了，他也开始有了成家的念头。责任心一起，才发现工作这么些年，不但浪掷了青春，还浪掷了钱财，银行存款不忍回看，赚钱成了第一要务，而自忖除了能写几笔之外身无所长，张文开始四处求助。“给个活干吧，我多少能写写。”他拜托朋友。

广告文案、楼盘软文甚至歌曲填词，能接的活都干，价钱且不谈，给多少是多少。到后来，游记他也接，虽然好多地方没去过，凭着从前看书的一些印象和简单的网络搜索，小心地拿捏着分寸，倒也能把“初次游玩”写得以假乱真。张文心里清楚，自己不过只去过几个国内城市，是一个为稻粱谋、每日吸着方便面在电脑前胡诌的青年胖子。

银行卡上的数字缓慢上升，玩游戏的时间也渐渐少了。大约是“燃烧的远征”更新后，张文对这款游戏就没有那么热衷了。

后来，在张文的一再邀约下，小暗也带女友来长沙玩了一次，还带了一只狗。狗不能上火车，他们就将它藏在一个空行李箱里，颠簸了九个小时，到张文家才放它出来。那是只小杜宾，蹿出行李箱就在张文家客厅拉了一大泡。

张文带他们四处去玩，还回了趟浏阳，此前听张文念叨得多了，朋友花皮一帮人像迎接失散多年的兄弟般迎接小暗，当晚就将他灌得酩酊大醉。第二天，张文带小暗出去吃宵夜，女友没有跟来，就着几样炒菜，二人又喝起了酒，张文笑说这是回魂酒，小暗倒是闷闷的。

“啥时候结婚？我过来观礼啊。”张文认真地问。

小暗愣了许久：“我也想啊，安定下来。”然后又叹气，“也不晓得能不能成”。

“服装生意黄了。”小暗嗫嚅地说，“阿九（女友）对我蛮好，可跟我爸合不来，天天吵架，回到家就不得安生。”

“你很久没写诗了。”张文岔开话题。

“我也想写的，”小暗又愣了好一会儿，“可那需要空灵、愤怒或者悲伤，我都没有了。”

张文没有再问。那时候，张文已经与女友分手了，小暗没问，他也没说，张文想了想，小暗的诗也是这样，情绪在诗里，情境在诗外。

两年后，小暗只身去了上海。女朋友早已离开了他，不久后，他的狗也走丢了。许是在家里待得憋闷，他的内心也起了想要逃离的念头。他去投奔一位相识多年的朋友，朋友看重他，开了不菲的薪酬。

小暗开始白天发狠工作，下班回到出租屋，就完全沉入游戏的世界，物我两忘。

初时张文还陪他玩一玩，后来，小暗练了个亡灵法师，转投部落阵营。二人在游戏里连交流都困难了。再后来，小暗也练了个猎人小号，依然是部落的。“看，以后想在游戏里交流，可以抓宠物，用名字交流。”小暗说[①]。张文觉得这个想法傻透了。

某一天，小暗在 MSN 上传了一段音乐给张文，张文听了许久，曲调里有战歌的雄壮与离歌的悠远，又有思乡的幽情和回不去的忧伤，主调似乎一往无前，回味起来，又有不得不如此的无奈。像是有一种魔力吸引着，此后至今，张文换了许多部手机，这首曲子一直都在，叫《亡灵序曲》。

因了这首曲子，张文再次入坑了。虽然心态变了，环境也变了，不能时时玩，张文弃联盟，转部落，练了个巨魔猎人，与小暗的亡灵法师一起，再次征战江湖。小暗的角色名叫“姬翅膀”，张文叫“诸尔多”，按谐音，都是卤味界里的大哥大。还是小暗强，张文弱，游戏里操练多年，张文始终是个现象级菜鸟，聊天多过打游戏，怎么都练不会猎人绝技“放风筝”，所有的极品宠物，都是小暗陪着一起抓的，但还是很开心。

那时，经历了两年空窗期，张文又谈了个女友，这一次，似乎对了版，渐渐地也谈婚论嫁了，女友倒不禁他打

① 虽然联盟、部落文字、语言不通，但宠物名双方可见。

游戏。大约是自己的兴趣已不浓，每日不过上线点个卯，下一两个五人副本而已。二人做任务，张文多数时间点跟随，跟着混经验，偶尔看跟随目标不动了，对话框里半天弹出一句："饿了，泡碗面吃。"张文才满血复活，积极响应："是噢，我也饿了，搞一碗。"

再到后来，张文上线却越来越像观光，看看就走。这个虚拟的又无比鲜活的世界，熟悉又陌生，可梁园虽好，终非故土，偶尔回望，不过是在缅怀一段旧时光。游戏中的大世界抵不过生活里的小圆满，哪怕是虚拟的，喊打喊杀的热血岁月也终于离他越来越远了。

如今，张文的孩子已经七岁了，多数的日子里，妻子为孩子焦虑，张文为一切焦虑。中年发福，血压升高，再次开始减肥。运动之外，三餐吃粗粮，禁绝了一切宵夜邀约。夜里实在太饿，就泡一碗方便面，油包不放，料包放半包，配豆豉鲮鱼，面还是Q弹劲道，鲮鱼还是脆爽鲜香。当然，每到这种时候，他品出的味道也多半作不得准，毕竟饿极了，什么都好吃。

他依然与小暗有着联系，二人电话都没有变，QQ也仍是那个，后来跟潮流，又互加了微信。原文学网站的老人们建了一个微信群，将他俩也拉进去了，文青到中年，原本的一腔热血纷纷冷却，少有人抬杠，啥话题都有人附和，一派其乐融融。

“不知道的，还以为是夕阳红群呢。”私底下，小暗嗤道，“就差发‘保健’和‘震惊’了。”

“服老吧，以为都像你，”张文劝他，“拖家带口的，骂不动了啊。”

小暗已经离开了上海，放弃了那个曾经纸醉金迷到让他极难适应的职场，拒绝了东家的一再挽留，回了宁波。他仍旧没有结婚，理了短发，开始健身，曾在群里发过一张照片，秀出六块腹肌。他早已不再写诗了，如今自称“码农”。

不知道小暗是不是仍在玩魔兽，张文早已经不玩了，台式机几年前搬家时就扔了。如今张文偶尔玩玩手游，可技术还是学不来，仍旧打得一塌糊涂。

今年入冬后的某一天深夜，妻儿都睡了。张文心血来潮，在直播平台里搜“魔兽世界”，果然搜到两个主播，他点开其中一个，横屏看了一会，直播间里人气不高，主播对每一个新进来的观众都热情吆喝。而屏幕上，是熟悉又陌生的场景，主播玩的亡灵法师骑着张文叫不上名字的异兽，飞行在夜色下黯淡的逆风小径，与早已等候在那里的朋友们一道进入卡拉赞，张文在对话框里输入一行字，“放一下《亡灵序曲》吧。”

“好的兄弟，等一下。”主播在那头回应。悠扬的曲调响起时，张文去泡了一桶方便面，家里没有鲮鱼罐头了，他放了整包配料，启盖时，浓香扑鼻。

就着手机里的激烈战事，张文将方便面吃得只剩碗底。眼前的游戏打得正酣，张文在满室的味精味里盯着手机屏幕，想自己曾经风华少年，如今终到不惑，再无沉迷的豪情，甘作看客。

而往昔岁月，也不过是方便面一样的人生，愿景、梦想与欲望如同配料，整包加入，不过是掩饰生活本身的粗粝与平庸而已。

吃完那碗刀削面，
我们真成一路人了

主食，张文喜欢吃软一些的，饭多加水，煮软些；早餐爱吃粉多过吃面条，包子、馒头抵不上一碗热腾腾的疙瘩汤。

当然，他还有一样心水的食物——刀削面。这在长沙是外来食物，但是许多年前就有的吃了。

他总觉得，食材经热切烹制后的浓郁鲜香与绵软口感，是经历了多道工序之后的去芜存菁，就像一种人生态度，外在浓烈、内里柔软。

差不多一年前了，某一日，小强给张文打电话："《天使心》我集齐了，你要不要看？"

张文愣了，猴年马月的事了，他还记得。

小强与张文做过很长一段时间的同事，桌对桌的那种。小强个不高，人精瘦，寸头，刻意留着浅浅的一撇小胡子，若不是左右对称太工整，倒像是胡茬没剃干净。他一双眼极有神，透着机灵，却把蓄须的成熟劲给冲减掉了。

算起来，小强还是张文的前辈，他年龄比张文略大，也比张文早进单位，精通电脑，领导人尽其材，将他安排在信息中心，单位里人员在各部门年年流转，只有他一直没挪过窝。

小部门人不多，算上领导统共五个。领导是个老头，姓熊，快退休了，他的办公室是单间，其余四人则在一间大办公室，墙角尽是空机箱、坏键盘及各种拆卸下来的硬件，桌上也都一塌糊涂。大家都爱喝可乐，键盘就在可乐堆里，又爱嚼槟榔，槟榔渣渣用可乐瓶装，到最后，鼠标都要牵着线找。信息中心内务管理极差，数度被评为单位卫生死角。领导脸上挂不住，熊老头天天督着喊，才略有改观。

四条汉子里，丹哥的桌上最干净，毕竟是已婚男人，性格又柔，天生妻管严，接到妻子的电话脸上永远挂着笑，轻言细语地聊着。

涛哥是个健身狂，虎背熊腰、脸有横肉，彼时正谈着一场轰轰烈烈的恋爱，对象是个在校的大学生，长得小小巧巧，一双桃花眼，干净又妩媚，说起话来娇滴滴的。据说这场恋爱遭到了涛哥母亲的反对，涛哥也不管不顾。

张文彼时也谈了一个女朋友，正是你侬我侬的时候，四人里只有小强单着。做介绍的不少，多数是见过一面，就没了下文。小强也不着急，他有他的兴趣，游戏、漫画、影碟等好多好玩的。他从来不玩网络游戏，只玩单机版，弄到一个好玩的，可以整宿整宿不睡觉，单位电脑配置高，他便下了班在单位玩，想听个响，就把喇叭弄出声来。

十六七年前张文刚到信息中心时，只有小强热情地欢迎了他，中午请他出去在单位旁的一家小餐馆吃了个小炒。炒菜算人头，低配五元一位，高配八元一位，两荤一素，小强花十六元请客，饮料另算，给张文买了瓶椰奶。单位食堂有饭吃，二人都嫌弃。

“星期一买根筒子骨熬汤，到星期五还是那根。百多号人，一根筒子骨，这只猪前世犯了天大的错，分尸了还要煮五天。”张文嗤道，小强很是认同。

那天小强请客的菜是辣椒炒肉和炒猪肝。单位旁边一大片宿舍区，多是长沙老口子来吃，菜的分量少了要遭人骂，端上桌来，都堆得高高的。张文头回吃，就看出了门道，菜碟小，配菜多，看着堆起了尖，主料并不多。炒菜也和单位食堂一个套路，红锅子炒菜，起锅时淋一勺热油，看着油汪汪的，其实不扛饿。好在厨师是高手，确实比单位好吃。

“你喜欢看碟不？”吃着饭，小强邀约张文，“周六我们可以去朝阳电器城淘碟，顺便带你去新华楼吃刀削面。”

与小强处久了，张文发现这人许诺多、实现少，多是说过即忘型，当不得真。

张文真正吃到那口刀削面，已经是一个月以后了。一个周日的上午，涛哥将两个宅男从家里喊出来，陪他去买笔记本电脑。涛哥有台小吉利，三人直奔朝阳电脑城。

“买笔记本做什么？”张文在车上问，“有电脑用就行了，笔记本贵死了。”

“送女朋友啊。”涛哥咧着嘴笑，“女朋友要哄的。”

“上了本垒了？”小强贼兮兮地问。

“听不懂，”涛哥嗔怒着，“不要问，我把她做堂客咧。”

买过笔记本，三人又转身去了朝阳电器城，那里的二楼一溜儿碟摊。小强熟门熟路地带着他们朝里走，经过一缝缝门面，毫不理会里头热情的叫卖声。“去里面，我有熟人。”小强对张文说。

三人走到最靠里的一个偏僻摊位，小强冲着坐在碟摊里的中年妇人喊：“郑姨，把片子拿出来。”

妇人立起身，热情地招呼着，先给他们一人开了一口槟榔，又从柜台后端出两个大塑料篮子，都是花花绿绿的盗版碟。“都是新片子，香港的、韩国的，欧美片子有几个是枪版，要看高清还得过一阵。”妇人略带歉意地说，“你要的《七龙珠》《X 档案》都来了，不过好像不齐。”

三人选了一气，小强又问：“那种片子咧？”

“最近查得严咧。”妇人警惕地扫了扫张文和涛哥。

“莫宝（犯傻）咯，”小强嚷嚷，“你肯定有。”

妇人又掏出一个篮子：“这个贵些呐。”

三人没有理会妇人的嘟囔，各自挑选起来，挑了一会儿，小强停了手，笑了：“挑什么咯，这种片子图片都是乱印的，经常货不对版。”

那一日，在小强的引领下，张文算正式进入了长沙宅男界，也知道了这座城市还有一个为宅男提供精神食粮的圣地。

离开郑姨的摊位时，涛哥开始嗔怪小强：“有个这种地方，藏着掖着不告诉老子，老子以前都是在火车站买。”

“那里有卖？”小强满脸疑惑。

“就是站在路边偷偷摸摸问你‘要碟不’的那种人呐，”涛哥皱着眉，“封面就印得好看，回家一打开，WIN98 安装盘，老子上了几次当了。”

“我要把《七龙珠》集齐。”坐在新华楼的方桌前，小强拿出碟片来一一端详，饶有兴致地对张文说，“我现在有第一、二部（《七龙珠》《七龙珠 Z》），第三部还没有（《龙珠 GT》），有正版就好了，我要买一套来收藏。”

张文点了点头，内心有些不以为然，虽然他也喜欢漫画，但还没有痴迷到这种程度。那一刻，他的心思全在午餐上，面条一直不上来，桌上不过几样凉菜，逛了一上午，他饿得慌。

久等的面条终于上来了，一人一碗肉酱刀削面，面条清水煮，煮熟捞起，碗里不放底料，浇一勺肉酱便送上餐桌，另配一碗面汤，原汤化原食。肉酱他们都要的双码，面条被码子盖得严严实实，腾腾地冒着热气。筷子伸进去，翻出碗底嫩白的面条，搅拌均匀，扒一口到嘴里，五花肉碎熬成的肉酱有着浓郁的口感，略微偏咸，和着面条一起吃才刚刚好。面条甜韧，肉酱咸鲜，彼此交融、层层包裹。

总觉得少了些什么——没辣椒，果然少了层味。张文将凉菜上盖的一层油辣椒拌进面里，厚重中又多了一层锋利，如同乍到的精兵突出重围，不断地刺激着味蕾，张文的额上冒出汗来，这才觉得过瘾。不过，张文觉得一碗面的分量还是略少，吃完有些欠，又加了一笼蒸饺。

小强本姓邹，是周星驰的死忠粉，对周星驰的每一部电影都倒背如流，连《算死草》与《行运一条龙》都被他奉为经典。人中毒太深，也不由得将周星驰早期极具夸张的表演风格带入了生活中。

一次在办公室，丹哥与涛哥因琐事龃龉，越吵越凶。涛哥火爆，站起身，将水珠笔掼在地上，便欲近身厮打。只听小强一声怪叫，扑倒在地，双手捧起破碎的笔身，凄厉地喊着“小强”①，把一屋人都逗笑了。架没打成，“小强”的外号倒不胫而走。

兴趣相投的人，往往走得近些，张文与小强有着两大共同爱好——漫画和电影。

论电影，两个人最大的共鸣是《星球大战》。张文始终记得幼时某年到长沙看病借住在表姨妈家时，在 18 寸

① 周星驰电影《唐伯虎点秋香》中的情节。

电视里看到这部电影的场景，那些巨大的爬虫机甲给他的童年留下不可磨灭的印象。而小强则对剧中角色如数家珍，张文肚里货少，甘作听众。

至于漫画，小强藏书丰富，张文总管他借，除了CLAMP[①]的作品不爱看之外，整套的《IQ博士》《幽游白书》《3×3只眼》都借来了。小强挺奇怪，有的书肯借，有的书不肯，借了的忘记还，他也不催。张文觉得小强人品好，这样的朋友可以做一辈子，心中一宽，书也就懒得还了。

张文最喜欢看的是《金田一少年事件簿》，小强没有，便带张文去买。那是东塘立交桥西头一家毫不起眼的书店，在粮食局下头，租书兼卖书，旁边便是雅礼中学，常有学生聚齐于此。张文在那里买到了整套的《金田一少年事件簿》——也不能说整套，因为漫画一直在出，后来的续集出一本买一本，看不过瘾，没个尽头。

某一天，张文看到了小时候印象很深的一套书摆在租借区。那本是初中时同桌买来看的，张文蹭了几本，后来因为考试不给抄答案，同桌就不给借了，张文怨念至今。

---

① 日本女子动漫创作团体名。

如今撞见，百爪挠心，当即就要拿下。

“就这一套了，你要的话，原价给你。”中年老板嚼着槟榔，漫不经心地说。

“你这最多八成新，借过不少回了，总得打点折吧。”张文有些不满。

“海南出版社的咧，正版咧。”老板鼻子里嗤了一声，“要便宜的，买口袋书去啊。”

张文踟蹰了半天，咬咬牙，买下了。

这套书，便是高桥留美子的《乱马 1/2》，后来小强曾管他借过，张文都没肯。

此后的许多年里，八成新的书被张文翻到不足六成新，还是一直喜欢，然而漫画中他最喜欢的人物，不是主角乱马，而是响良牙。张文自己是个分不清东西南北的路痴，看到走了三天才找到自家后院的响良牙，简直像看见自己。

其实，张文只能算“伪宅”，漫画与看碟只作消遣。他爱的是交朋友，也着实交了几个朋友。他又爱热闹，时常与朋友们聚，泡吧或者网吧里通宵玩游戏，玩 CS 或者传奇，瘾都不重，但总觉得和朋友们在一起，玩什么都好玩。女友对此忧心忡忡，几番抱怨，说张文孩子心性，不是过日子的人，张文只当耳旁风。

出去玩，张文也叫过小强，可小强不爱凑热闹，宁愿宅在家中，徜徉在游戏、漫画和影碟的世界里。周星驰的每部电影他都看过许多遍；心水漫画熟悉到这个情节发生在哪一集都记得；《仙剑奇侠传》里的迷宫一遍接一遍地走。按小强的说法，除了仍旧单着，他的生活充满快乐。

张文与小强一直保持着每月去朝阳电器城一次的频率，上午去搜罗新碟与游戏，中午一起到新华楼去吃一碗肉酱刀削面。

很快，张文就吃出了心得：点这个面，一定要配一碟皮蛋，再加一碟凉拌香菜根，皮蛋上的辣椒碎拌进面里提辣，香菜也拌进去，加点脆劲，又解腻，吃起来更香。一碗面的分量略少，总得加两个春卷或一笼蒸饺，春卷得是刚炸出锅的，表皮焦脆、内里糯软，包裹着韭菜、笋丝和细细的腊肉丁，咬下去，满口脆香。

友谊也就在这一月一次的淘碟之旅中增长，小强终于肯借给张文他的镇架之宝《猫眼三姐妹》了，他很郑重地将这套书交给张文，认真约定归还时间。张文很纳闷："一个礼拜就还？太赶了吧。"

"我也要看啊，"小强委屈地说，"我要温习的。"

"以前借的，就没这么多限制。"张文道。

“什么书?”小强愣道。

张文也愣了——搞半天，他已经忘记了。张文后悔不迭，咬咬牙说道:“《IQ 博士》啊之类。”

“还有啥?”小强追问。

“得回去翻，我哪记得那么多。”

“噢，”小强眯着眼，像在回忆一些久远的过往，半晌，表情坦诚地回道，“那些书啊，我也是借了别人的，你慢慢看吧。”

张文与女友的关系越来越僵，为了缓和，也想证明自己确实有居家过日子的心，张文终于暴露了自己其实会做饭的事，开始常常买菜做饭，出去玩就少了许多。

某日，他在家里做了一顿肉酱面。超市里买来五花肉碎，在干锅里煸出油捞出备用，再次烧红锅子，倒一大勺郫县豆瓣酱，加白酒去豆腥，将肉碎倒入翻炒，最后加一碗水芡粉，放一丢丢生抽、老抽、蚝油，大火收汁，便是他对新华楼肉酱的再创作。浇到煮好的面条上，红汪汪的，看上去挺好吃的样子。

可女友扒了一筷子就撂下了。

“咸了。”她皱着眉头说。

张文自己试了一下，倒觉得还好，味道适中，只是不够辣。他抬眼看了看女友，女友的目光飘忽又疏离，不愿意与他对视。

张文心里大约明白了，他低下头，默默地将自己碗里的面条吃完。

“你是个屣货，”恢复单身后，涛哥骂过张文，“你不改变，好歹面子还在。”

小强安慰张文的方式，则是同时借出两套北条司的漫画给张文看——《城市猎人》与《非常家庭》。归还时间从一周延长至一个月。

而张文自我安慰的方式，是下班后，在家里一部接一部地看碟。那一段时间，他看了许多电影，用别人的悲喜，来冲淡自己的思绪。看累了，就翻小强借给他的漫画，《非常家庭》不爱看，《城市猎人》看过许多遍，书中寒羽良帅不过三秒的气质让他常常笑喷，看他双手插在裤兜里，倒挂在窗沿上侦查，张文想，能画出这样情节的作者内心真是骚狂啊。

如此一来，过去的那些也就好过些了。

不久之后，小强也谈了个女朋友，办公室风水轮流转，就剩张文一人单着了。那是个高挑女生，脸上的粉扑得厚，用来遮掩蓬勃而发的青春美丽痘。据说是她倒追的小强，张文不肯信，找小强问过，小强很骄傲地说："天天到家里来找我咧，赶都赶不走。"

"你赶过吗？"张文鼻里一嗤。

小强找家里拉赞助，买了台小车，天天接送女友，二人整天腻在一起，连去朝阳电器城的惯例都忘了。此后相当长的一段时间里，去电器城淘碟成了张文的单独行动，他跟郑姨已经熟了，不像从前那般遮遮掩掩。他去了，郑姨会大大方方地将各种私藏摆到台面上来，买得多还有折扣。

每次买碟后去新华楼吃顿刀削面，也是张文的固定流程，必定点双码，油辣椒加香菜配，肉酱味浓，是厚重的咸与鲜，面条糯软、甘甜，配上香菜根的脆和油辣椒的微辣，叫人停不了筷子。彼时正是春天，乍暖还寒时，一碗热腾腾的面条入肚，很是满足。

那一年4月，张文离开了信息中心，去了新部门。临走时请科里人吃了一顿饭，请了年假的涛哥也赶回来赴宴，表情颓丧，脸上有伤。那天夜里，在桔园里头的一家小饭馆，就着一桌子菜，几人小酌，只有涛哥一杯接一杯地灌啤酒，把自己灌醉了。

涛哥的女友劈腿了，与一位师兄不清不楚。"她说她喜欢我，也喜欢他。”涛哥醉眼惺忪地摇着头，“这是什么狗屁道理？”

涛哥临时请年假，就是想守着女友，看能不能挽回。可总抵不住人家暗度陈仓，同在校园，女友和师兄有大把时间相会。

最后，无计可施的涛哥把女友的师兄约了出来，在足球场上打了一架。用涛哥的说法，那是“男子汉间的公平决斗”，师兄打篮球的，个高，身体也壮，与健身男涛哥将将打个平手。涛哥越打越没劲，撂了手，坐在草坪上喘气，师兄也停了手，虎视眈眈地望着他。在张文想象的画面里，彼时天边一抹夕阳，两个精壮汉子喘着粗气，并坐在偌大的草坪边缘，看热闹的人已经散去，他们沉默着，等着气息调匀，起身离开。

“我退出了。”涛哥走时对师兄说。

张文单的时间有些长，小强偶尔才会想起来，还有这么个朋友，慰问孤寡一般慰问一下他。可小强干什么都会带上女朋友，淘碟、淘书、看电影，张文且跟着，成了一个巨大的电灯泡。

某一次，小强两口子请张文看《星球大战前传 2——克隆人的进攻》。星战重启，本是宅男们几年一次的狂欢，可那一次坐在长沙电影城的大厅里，张文竟睡着了，散场时小强将他推醒。“你越来越像个老别[1]了。”小强嘲笑他，张文不好意思地摇了摇头。

不久之后，小强攒了个饭局请张文，破天荒地没有带女友。席间一群莺莺燕燕，好几个漂亮妹妹，几杯过后，小强勾着张文的肩，低声说道：“她们都是我一个院子长大的朋友，有喜欢的不？我给你做介绍啊。”

“你自己怎么不追呢？”张文感到诧异。

“你怕我没想过啊，”小强有些懊丧，“个个比我小，可个个把我当老弟咧。”

其中有个短发姑娘，让张文一见倾心，姑娘很活泼，身姿挺拔，一双大长腿，笑起来双眼眯成两道月牙，十分可爱。饭局终了，张文央着小强给他做介绍。

“她啊，”小强搔着头，嘴里飙出一句省骂，嘟囔着，“换个人吧，这些人里头，只她有主了啊。”

北条司的漫画，张文拖拖拉拉了一年，才陆续还了小强。这之后，他自己去买了一套《城市猎人》私藏，没事翻翻，打发无聊时光。

---

① 长沙话，老人的意思，有贬义。

“北条司出了新书，你知道吧？”某日，小强告诉张文，“叫《天使心》，又有得看了。”

“我不买，借你的看好了。”张文笑嘻嘻地回应。

一年以后，小强结婚了，给张文派了个差，与几个朋友一起，在门口引客，派烟。“你们是我的伴郎团啊，穿得称头一点咯。”小强说。

飞爷、东别几人与张文一合计，决定都穿深色西装。“像港片里一样，让他当回老大吧。”飞爷说。张文回家翻出了好久不穿的唯一一套黑西服，胖了，着实塞不进去。一咬牙，去商场买了一身。

到酒店一集合，飞爷、东别都是帅哥，穿着西装渊渟岳峙，张文站在一旁，大腹便便，像个大堂副理。飞爷看着张文笑了，侧身靠着柱子，比了个枪指：“一拿把枪，就可以演《枪火》了。”飞爷说，“我演吴镇宇，东别演吕颂贤，你是林雪。”

张文作势欲踢，远远地看到当初小强饭局上的短发姑娘娉娉婷婷地走来，立刻收了势头，老老实实地垂手站立，给姑娘行注目礼。姑娘经过门口，飞爷嘻嘻哈哈地上前开烟，姑娘很是错愕，连连摆手。“有点宝罢。”张文斥着飞爷，顺势引着姑娘往里走。“是你啊。”姑娘认出了张文，眼睛又笑成了月牙。

小强婚后的蜜月旅行去的港澳，强太太想去，小强无可无不可。他陪太太购物，太太陪他逛书店，淘了不少漫画书回来，其中就有《天使心》的单行本。

“我其实想去日本的，跟她说了，她想去港澳，就算了。”回来后小强与张文吐槽，大约觉得不好意思，又往回圆，“其实香港也值得一玩，海洋公园挺好玩的咧，在公园里，有个老外问我地图哪里拿的，我说‘outside’，其实是门口拿的啦哈哈哈。”

流水的日子流水地过，生活有各种花样，让人应接不暇，装了两柜子的漫画，张文早不翻了。原本每月去朝阳电器城，换成了上定王台买书。看看书、玩玩游戏、泡泡吧，成了张文的日常。他尝试着交新女朋友，然而总不长久。夜来反省，或许前女友那句话是对的，他不是个过日子的人。

而小强结婚后，很长一段时间里，过着两点一线的生活，单位家里、家里单位，像一个任劳任怨的二十四孝老公，接送老婆上下班，每日买菜做饭。

两家住前后栋，交往依然频繁，没饭辙时，张文三不五时跑去蹭食，从不把自己当外人，下班时大大咧咧地打电话给小强："晚饭多煮点，我过来吃。"

"来噻。"小强总是爽快地答应，心情好时，还会做张文最爱吃的香肠。他做的香肠是浏阳做法，一定要选粤式香肠，切细片放豆豉、干椒隔水蒸，又香又甜极下饭。

偶尔，小强会到张文家来喝两杯。有时会带下酒菜，有时空着手，张文就下厨炒两样。小强来时，多是心情郁闷时。

"她又发脾气了，怎么讲道理都不听。"小强皱着眉头，喝苦药一般地喝着酒。

"你又惹她了？"

"我哪知道啊？"小强一脸的愁苦，"你经验足，帮我分析分析。"

"我哪里经验足了？你帮我分析分析。"张文嗔道。

"我统共就谈了这一个，"小强嚷道，"你的前女友那么多！"

气氛剑拔弩张。又喝了好几杯，二人才缓下情绪，张文细细跟小强讲："首先，女孩子生气，不一定是为了今天的哪件事，可能是她的借题发挥，就像玩网络游戏——噢，你不玩的——反正就是有'延时'的。让她生气的事，可能是昨天、前天的事，可能那个环境没能让她有所表达，拖到了现在，也可能是她当时没想明白，今天想明白了。”

“那我知道是哪件事啊？”小强喊冤。

“所以你就别猜了啊，要么硬扛，要么就认，哄哄她啊，千万不要跟她讲道理啊。”张文耐心地说。

“我讲了好久的道理咧，她油盐不进。”小强愤愤说。

张文哈哈大笑：“你死定了。”

小强与太太的战争没有止歇，有些争吵，经小强复述，在张文看来，确实有些无理取闹。闹得凶时，强太太会跑出去，电话不接。小强会深夜开着车到处找，有时候在岳母家找到，有时找不到。张文偶尔做做和事佬，做做小强工作，顺了一口气，二人能和睦几天。

经冬复春至夏，张文送别了又一任女友，《星球大战前传 3——西斯的复仇》正好上映，小强买了三张票，带着资深寡男看了凌晨首映。那一天正是 5 月 20 日，还是在长沙电影城，候场时有许多情侣。张文自惭形秽，独自走到影院外头，在初夏夜的凉风里抽了好几根烟，直到小强出来唤他进场。而看到一半，张文再一次可耻地睡着了。

“你是个假星战迷！”电影散场，小强推醒张文时，怒吼着。

如今想来，那几年，张文是在几任前女友之间兜兜转转中浪费时间，小强是在与太太的斗智斗勇里浪费时间。但觉浪费，就没有赢家。张文如此，小强也是。

看完《西斯的复仇》后的第三年，“三八节”那天中午，小强捧着一束花去太太公司，想约太太吃午饭过节，正好撞见太太挽着一个中年男人的手臂，亲昵地从楼里走出。三个月后，太太就成了前妻。

二人没有孩子，小强重新变成了“流光男”①。张文的慰问孤寡，也再度变成了抱团取暖，无聊的夜里，小强常常提瓶红酒来张文家喝，或者张文备瓶红酒，叫小强来喝。二人都去相亲，也懒得交流心得，酒喝得有闷有欢，不谈相亲所见，只不过是无从说起。二人聊得最多的，还是漫画。

或许对于许多宅男来说，漫画与《圣经》地位相当，是内心秉执所在。张文内心早有定见，小强的虔诚对应着自己的敷衍。

他们再度恢复了每月一次的搜碟之旅，继而又变成买

① 长沙话，指什么都没有。

书，地点换在了定王台。小强彼时在网上追着梦入神机的《佛本是道》，十分喜欢，为了追书，还充了会员，时不时去定王台看有没有纸版书出来。

一同恢复的，还有新华楼的刀削面，依旧双码，依旧油辣椒加香菜，脆辣糯软，口感浓郁。不同的是，如今一碗面将将好吃饱，不必再点春卷或蒸饺了。

“年纪越大，胃口越小。”张文自嘲道。

“你得成家了。”小强劝道。

张文愣了，看了看小强，举起茶杯嗤笑着：“共勉。”

又过了三年，兜兜转转的现实版“响良牙”张文终于找到了回家的路。他结婚了，娶的就是最初在小强饭局上的那位短发姑娘。婚后，太太蓄起了长发，笑起来依旧月牙弯弯。

新婚后的某日，太太与张文在家里搞了一次大扫除，太太把“那种”影碟清出来都扔了。

“你这哪里是大扫除，你这是扫黄呢。”张文抗议道。

“书房里别放这些乱七八糟的东西啊。”太太将书柜上的书分类码好，看到那些漫画，扑哧一笑，“我小时候也有好多漫画，都被别人借走了。”

“小强就借了我一套《IQ 博士》，一直没还呢。”太太说。

“在我这呢，”张文哈哈大笑，“我早给你要回来啦！”

“小强说你早就喜欢我了，怎么不追咧？”太太叉着腰问。

“一开始不是你有男朋友吗。”张文说。

“那后来呢？”

“后来我没有档期啊。”张文讷讷地答。

张文的孩子出生时，小强也再婚了，寻了个乖巧可人的护士妹妹。这一次他十分主动，主动得不像那个内敛、闷骚的中年男。

在某次与张文等一干朋友的聚会中，小强被哥几个灌醉了，坦白了恋爱过程：“一开始就是吃饭、看电影，家里人撮合着，推一步走一步。后来有一天，她约我喝咖啡，好严肃地问我为什么离婚，是不是打老婆？”

小强瞪着眼：“我哪有，天地良心，她（前妻）自己要走我有什么办法？”

“然后她也坦白了，她原来有个男朋友，证都领了，那男的打她，一次比一次狠，就离了。”小强的眼神慢慢地变得柔软，“那一刻啊，我就觉得我要保护她的。喜欢的人怎么能打咧？我虽然没有你们有经验，但是照顾人我做溜（顺溜）的了，前妻已经把我培养出来了！”

众人哈哈大笑。

“遇到你算她有福气咧，那种男人也是极品了，在外面抬不起头，一股子怨气都在家里撒，正宗的窝里横。”飞爷一本正经地说。

这一次小强选择了旅行结婚，两人去了日本，人到中年，小强才终于一偿夙愿。酒店订在东京涩谷，刚刚抵达，到酒店放了行李，小强就带着太太直奔了秋叶原。

有了归宿，特别是有了孩子后，过去的宅男们似乎都进阶了，生活半径以家庭为圆心，圆圈小之又小，朋友间的交集也渐渐地少了。

两家人一起吃过几顿饭，有一次是在东塘的新华楼分店，张文的儿子能自己吃面了，小强的女儿还抱在怀里，点了四碗双码肉酱刀削面、两笼蒸饺、四个春卷，热菜、凉菜点了许多。张文的儿子扒下半碗面，把自己吃成了一只小花猫，嘴沿一圈褐色酱渍。

“会撑肚子的啊。”张文担心地摸了摸儿子的头。

“好吃咧，爸爸。”儿子抬头望着他，眼睛笑成月牙，“我以后也要吃啊。”

"爸爸去学，做给你吃好吧。"张文笑着，低下头，用额头在儿子头上蹭。儿子虎虎发力，要跟爸爸顶牛。

如今，老朝阳电器城早已经关停了，长沙电影城也关了，定王台仍是书市，张文却早已在网上淘书了。为了方便陪老婆孩子，小强申调去了河西，老熊早已退休，留在原单位的，只有丹哥一人。

张文与小强偶尔通电话，不过是想起某件旧事，或者分享某种喜悦，就像小强的那个电话，集齐《天使心》的喜悦仿佛通过电话都能溢出来[①]。

2018 年 1 月的某个周六早上，张文带着妻儿去看了上午场的《星球大战 8：最后的绝地武士》，看完后张文很是唏嘘，打电话给小强，哀叹道："老卢克死了。"

"啊，我还没看。"小强惊呼。

"你这个假星战迷。"张文撂了一句，挂了电话。

再到今年的某一天，张文带着妻儿去东塘看电影，买的七点的票，五点半就到了，车停在电影城下，走路去东塘新华楼解决晚餐。

本想点三碗肉酱面，可妻子想吃小吃，儿子想吃炒饭。

---

① 《天使心》在2017年完结。

张文只得将热菜、冷盘、小吃零零碎碎点了一桌，倒给自己点了碗肉酱刀削面，配油辣椒与香菜根，一人吸溜得起劲，三两下就扒拉完一碗面。

“小强来吃，都要点双码的。”张文说。

妻子顾着给孩子夹菜，没有回应。

“你小时候最爱吃这个呢。”张文又对儿子说。

儿子七岁了，抬头定定地望着张文，偏着头认真地想了想，“我不记得了。”又低头扒饭。

张文有些尴尬，复又释然，孩子的世界里新奇无限，怀旧是自己的事。

吃饱了，走到店外去抽烟。长沙连日阴雨，路上湿答答的，行人往来，撑着伞，脚步匆匆。缥缈的烟气中，张文恍然忆起第一次走进新华楼的场景，彼时的张文与小强甚至涛哥，都不过是安于现状、无所追求的青年，生活没有远景与布局，未来一眼望穿。

可臆想的简单也不会真的简单，譬如一碗肉酱刀削面，出锅纯白寡味，终要被各种辅料搭配才有丰富口感。生活亦如是，总会被岁月浸染，无端端加入各种挫磨与羁绊、欣慰与喜欢，总要保持内心的柔软，来应对人生的兜兜转转。

家传的葱煎饼，
母亲走了我就再没做过

偶尔早餐换口味，太太会做葱煎饼吃。只是她做的葱煎饼，张文一直不怎么喜欢。

“别放鸡蛋啊，放鸡蛋就不软了。”张文勉为其难吞下一张饼，抗议说。

“这样营养些啊，”太太嗔道，“嫌弃，自己煎去。”

张文就不作声了。

葱煎饼张文当然知道怎么做，家传的做法里，葱煎饼是不放鸡蛋的，只需面粉兑水搅稀，加葱花与少许的盐搅拌均匀，下油锅煎。煎至沉白略带焦黄起锅，葱香扑鼻，咬下略脆，吃着却糯软，抹些剁椒，鲜甜辣软，一口浓香。

这做法，是母亲教张文的，母亲是外婆教的，外婆是老外婆教的。张文出生时，老外婆早已经过世了，母亲时时念起她。

算起来，家传的葱煎饼到张文这里，有四代了。

“我小时候啊，葱煎饼就是念想呢。哪像你，想吃就能吃。”小时候，母亲常跟张文说她的从前，“我长到二十岁，统共就吃过四回。”

在母亲的叙述里，她第一次吃葱煎饼，是在八岁生日那天。那是 1958 年的仲夏，那天深夜，外婆将熟睡的母亲摇醒，带她去了厨房，灶台上油灯如豆，外婆在灯影里掀开锅盖，端出一个瓷碗，里头卧着一个葱煎饼，在黯淡的灯光里散发着幽香。

“你外婆悄悄给我过生日呢，她讲我子时生的，正是那个时候。那天在厨房，你外婆跟我念了好多家里的事，还教我做粑粑[①]的窍门，不放鸡蛋，就软些。那个饼啊，我是躲在厨房里吃掉的，虽然冷了，但是几好吃哟。”母亲喟叹着，“我好开心，一直跟你外婆保证，我会多帮家里做事的。”

那一年，年幼的母亲随着外婆从县城搬到城郊七里桥

---

① 浏阳方言对饼的另一种叫法。

已经一年了，原本富足的家境早已一落千丈。

“你外公的西装都烧掉了，领带剪了，做了我们这些孩子的鞋垫。你外婆说，好在家败了，这是万家（母亲的家姓）祖坟葬得高，有运道呢。”母亲后来对张文说。

张文的外公解放前原在广州某钱庄任经理，1949 年从广州返乡时将多年积蓄的五十两金子借给了一位去香港的朋友，朋友一走再无联系。转年家乡划成分，倒只划了个“小经营业主”。1954 年，浏阳宝盖水库垮坝，洪水漫城，外公原在正街上的三个铺面全部被冲垮，无力重修，索性撂弃了。两年后，公私合营，外公已无私可营，成了真正的无产者。

败光了家业的外公，在 1957 年春上开始发运，被推荐至城郊某乡的小学任校长。而外婆，也经一位在高级社（人民公社的前身）任职的侄子介绍，去了城西某大队做会计。一家人索性将自宅让给了外公的嫂嫂母子住——她们的住宅在 1954 年的洪水中垮塌，此后寄住在外公家——举家搬至七里桥。

那是一栋建在禧和岭下的土砖房，一堂三厢，靠北的厢房连着厨房。“搬进去那天，我看到一条碗口粗的大蛇，懒洋洋地爬到屋子里。”母亲说，“七里桥什么都好，就是山多，一个人去山里砍柴，怕咧。”

自从搬了家，因大舅舅有哮喘，家里许多重活都落到了母亲身上，砍柴、割猪草、洗衣、带弟弟妹妹。砍柴要翻过一座山，山背坡向阳，干柴多，母亲怕走山路，交好了邻居几个哥哥姐姐，砍柴便同去。邻居哥哥们冲得快，不耐烦等，凑钱买了副牌，爬山冲一气，停下来打一局牌，看到妹妹们跟上来了，收起牌，复又向上爬。“倒让我们没有气歇。”母亲笑道。

朋友们总有不应点的时候，母亲就只得一个人去。

“硬着头皮去啊，我害怕咧，我就唱歌，唱《草原到北京》。”后来母亲回忆说。

张文曾无数次想象着那种场景，一个小女孩拎着柴刀走在进山的路上，听山林风啸，只觉草木皆兵，她唱歌给自己壮胆，放声唱：“草原到北京呐，要走多少天呐，草原到北京呀，能有多少里啊……”颤巍巍的歌声在深林密草间响起，空谷间回声应和。

“有一天砍柴回来，一脚踏空了，从坡上滚下去，滚到棘刺丛里，扎了一身刺。”

“痛吗?”幼时的张文傻乎乎地问。

“又痛又痒，可是顾不上咧，”母亲笑嘻嘻的，好像在回忆一桩趣事，“柴刀甩没了，到处寻。”

“晚上回家，你外婆和老外婆点着油灯给我挑刺，挑出了许多，”母亲又说，“临到要睡了，你老外婆窸窸窣窣地摸过来，拉着我的手问，‘坟山走夜路怕不怕？’说起来我就后怕了，老外婆就帮我摸三庚，说‘举头三尺有神明啊’。”

七里桥离城七里，是张文幼时的乐园。

打上幼儿园开始，每逢寒暑假，外婆总要接张文去小住，每日里变着花样做好吃的，鱼汤、炒肉、炒鸡蛋，偶尔还有香肠一类的新鲜物什。外婆家屋前有个土坪，四周种着李子、柿子与樱桃，南角上还有一株木芙蓉。秋日艳阳下，外婆带张文在坪里玩，仰着头望去，红艳艳的芙蓉花就开在外婆爬满皱纹的额角上。

可外婆从来没给张文做过葱煎饼。

于是，在张文幼时的印象中，葱煎饼的香味只与母亲相连，它飘散在许多个阳光明媚的早晨，是一个每逢周六下午扒着幼儿园栅栏等待母亲的小人儿的周末心愿。

这个心愿很好满足，多数时候母亲都不会拒绝，“也不能老是吃啊，富强粉留着包饺子吧。”偶尔也会说，“我小时候，哪有饺子吃啊，吃葱煎饼都得是过生日。”

母亲第二次吃到葱煎饼，是在十一岁的生日上，去年没过的整生，今年补过。彼时，三年困难时期到了尾巴，小城里的多数人家也已经缓了过来。

往前数两年，也是在母亲生日前夕，外婆差点在饥饿中死去。那时候，大队食堂仍旧开餐，伙食却早不如旧年，米饭土灶隔水蒸，分大小碗，蒸熟再加水，蒸得饭起膨，却不扛饿。吃饭需凭票，家里的老四力舅彼时五岁，总爱跟外婆换餐票，用自己的二两，换外婆的三两，外婆吃了一个月，得了水肿病。

“有一天早上，你外婆喊我，真妹崽，我眼睛睁不开呢。”母亲啧啧地说，“老外婆掀起她的裤脚，手指一按一个坑，你老外婆就叫起来，推着我出门了，要我去城里的姨家借粮。她说你外婆快饿死了咧。”

“我一下就慌了，哭着出的门，想一想心里恨，转到大队食堂，寻了你力舅打了一耳光，”母亲皱着眉，“他还在那里排队，扬着餐票喊‘三两、三两，我是三两’，你说我气不？”

那个难关，外婆家是靠姨外婆（外婆的妹妹）一家接济渡过的，姨外婆两口子是教师，食用尚且不愁。困难时期的那三年，恰是外公公派外出学习的三年，在外学习的外公得了信赶回来，外婆已经将养得差不多了，外公啥也没说，只是将半年一次回乡改成了一个月一次，还戒了早餐，每日晨起，窝在床上抽烟，睁眼望天，省下的餐票回乡时都换成馒头带回来。

母亲十一岁生日那天，外公就带回来一袋馒头，家里做了一桌席，正中一碗盐菜蒸肉，还有炒鸡蛋、鱼，荤的素的几个大碗，另有一碗葱煎饼——外婆按人头煎的，每人一个，有大有小，有厚有薄，外公让母亲先选。“我选了最上面那个。”母亲后来说。

在张文的心里，很多场景都定格在幼时，像是用童年来疗愈现在。

自记事起，张文依稀记得，每晚临睡前，母亲总会用大拇指按着他的额头，往上捋三下。“姆妈干什么呀？”他问。

“举头三尺有神明，这样啊，诸天神佛都会保佑你咧。”母亲笑眯眯地答着，“你老外婆教我的。”

旧年月的事情，母亲总会反反复复拿出来讲。

“那时候吃不饱咧，困难时期的时候，你外婆饿得得了水肿病，不是姨外婆家接济，差点就死了。”母亲说，“可也就是那一回，弟弟妹妹就都懂事了。”

“后来啊，我们年年开荒，种红薯。红薯吃不完，就晒红薯丝、做红薯粉，口粮总是要存够的。我还带你鸽姨、力舅上街卖过煎饼，一根扁担，一头挑着小煤炉，一头挑着和好的面糊，煤炉那头重，就在这头放石头。白面粉金贵，只用一点点，其他的都是红薯粉，加点葱末和辣椒，客人来了现煎。”母亲笑眯眯的，“我也坏啊，水放得多，面糊稀得很，买的问，‘你这面怎么显稀啊？’你力舅就站出来拍胸脯，‘不稀咧，稠咧，煎出来好呷咧’。”母亲垂下眼，沉浸在回忆中，“那时候人也不计较，三分钱一个，油用得少，常常煎焦了，人家也是买了吃了就走了。”

“你力舅也是吃了苦的，那年被我打了一巴掌，转性了，再不要跟你外婆换餐票，五岁的孩子，饿得坐在地坪里流涎水，只知道抬着头望天，都不晓得耍了。”母亲叹着气，“他晓得留着力气帮家里做事，跟我去砍柴、割猪菜——家里早就没有猪了，猪菜是给人吃的。转年到了春上，他带着你鸽姨去后山上扯笋子，剥了皮用草绳捆小捆，天不亮就叫醒你鸽姨两个人扛着上街去卖。小孩子怕走夜路，得跟着队上进城卖菜的队伍壮胆——你鸽姨八岁，你力舅刚满六岁，小孩子哪里跟得上大人的脚程，走着走着就被落下了。”母亲笑着叹气，“笋子三分钱一捆，卖完也天亮了，两人打回转，钱攥在你力舅手里。两人都没有吃早饭，鸽姨喊饿，要吃包子，你力舅不肯；要吃卷子，你力舅也不肯；馒头便宜，你鸽姨喊力舅买，他也不肯。最后买了一分钱糖水浸萝卜，五片，鸽姨吃三片，力舅吃两片，剩下的钱拿回来献宝一样给你外婆。”

“你们这一代啊，日子好过了咧。”母亲抚今追昔，常常以这句话结尾。言语里带着叹息，脸上的表情有些复杂。幼小的张文有些懵懂，会觉得母亲有些怨怼，好像他得了天大的便宜似的。

可张文实在冤得慌，比起别家的小孩，自己的日子算一般的，吃一回肉菜就像过节，不舍得放量吃，省着好下饭，等菜吃完了，碗底的汤渣还能拌两碗饭。更别说糖盒子、饺子、开口酥等等一应小吃，那都是他发狠学习、拼了小命才换得来的。

“这就是好日子了？”张文腹诽道，“别人家小孩有苹果吃咧，还有零花钱咧。”

在张文的印象里，葱煎饼并不是一件金贵的吃食，总觉得那是母亲想要偷懒时，才做给他吃的。既没有肉，做法又简单，鸡蛋都舍不得放，假称这般做法会让面饼更糯软，他不相信，总觉得母亲在敷衍。虽然煎几个他就能吃几个，可好吃归好吃，立场归立场。

从小张文都爱黏着母亲，父亲太忙了，黏不上。“没有人带，两岁半就送你寄宿了，回来你说隔壁礼堂天天放歌，好吵。”母亲后来说，“我想一想，哪里是放歌啊，那里常被人借了开追悼会，放的哀乐吧。”

幼儿园寄宿的时日里，每个礼拜张文能回家一天。到了周六下午，他会和许多小朋友一起扒着幼儿园的栅栏往外望，栅栏后满满的一排小脑袋，栅栏外马路上是匆匆行走的路人。有的小孩能将头伸出去，他的头围太大，老也拱不进缝里，只能透过长条的栅格子朝外打望。对面是卖小吃的婆婆，她家的酸枣子好吃，母亲给他买过，吃起来酸甜酸甜，还放了辣椒粉，细细地吮味，一球能吮老半天。

看久了就仰仰头，天空澄澈，湛蓝湛蓝，像外婆家屋后的池塘水。外公说过，多年没放鱼苗了，那塘里也总有鱼钓，钓上鱼来，外婆熬做鱼汤，十分鲜甜。漫长的等待让人神游，想想这又想想那，如同庆典前的轻松时刻，内心的倦怠与散漫如波涛翻涌，却需要一种仪式感来解脱。

而张文的仪式感，就在于长久的等待过后，母亲的身影终于出现在道路的尽头，他会高声地、一迭声地喊“姆妈！姆妈！”直到她听见，加快了脚步，急奔过来。“妈妈也想我呢。”他的内心暗自得意。

回到家，张文能提一两个小小的要求，只要不是太过分，母亲多半是会满足的。譬如母亲带他睡，他可以央着她讲故事，讲了一个再一个，直到母亲求饶。“我要睡了，我累。”母亲鼻子里哼哼。“姆妈你再讲一个扁担长的吧。”他哀求着，母亲唉了一声，又接着讲，直到母亲吹起了鼾，他仍在黑暗中瞪大双眼，回味着故事的情节，不肯睡去。好久，才转过头，摸摸母亲的耳朵，凑近她的肩，缓缓沉入梦乡。

幼时张文的大多数要求，都还是在吃上。他不断地试探着母亲的底线，慢慢地，就摸索出规律了：平常日子里，想吃炒香肠是过分，换成炒油渣就还好；想吃饺子是过分，换成炒鸡蛋就还好；想吃糖盒子过分，换成清凉糕就还好；而葱煎饼，是永远不过分的选项。

“那时候啊，你老外婆总跟我说，我是享过福的，所以要多帮家里做事。”母亲说，“她啊，其实人很好的，我过生日她都记得，会悄悄塞钱给我。”虽然没见过老外婆，但在张文的想象里，老外婆应该是一个裹着小脚的矮瘦妇人，爱吃臭鸡蛋，要面子，刀子嘴、豆腐心。

“过苦日子的时候啊，你老外婆要上街，总要在嘴巴上抹点油，表示刚吃过饭，吃得还不错。”母亲乐呵呵地说。

母亲第三次吃到葱煎饼，就是因为老外婆。在十三岁那年夏天，母亲考上了城关中学，是全大队唯一一个（彼时没有九年义务教育，上初中得考试）。

母亲拿回录取通知书时，家里最开心的是老外婆。她郑重其事地从怀里掏摸出装钱的手绢包，层层打开，在堂屋桌上拍下三块钱，让外婆办席，外婆乐呵呵地去办了。

一桌子饭食，十个大包子，是外婆着力舅上街买的，猪油糖馅，回锅一蒸，咬一口，糖汁就流出来了。自家开始养鸡了，舍不得杀，炒五个鸡蛋，也是满满一盘；火焙鱼加豆豉辣椒蒸一碗，起锅时滴两滴白醋，嚼起来咸中带酸；家里没肉票了，买不了肉，可韭菜当荤，自家地里长的韭菜，割出来和着蒜辣炒一盘，吃起来也很香。

母亲最喜欢的，仍是外婆摊的葱煎饼。面不够，兑了红薯粉，面皮上浮着些油色，沉白中略带焦黄的饼面上嵌着粒粒青葱，碗旁还放着一小碗剁椒。外婆还不会做剁椒，花一毛钱跟岭上的舒姨买的。饼煎得少，每人只得一个，有大有小，母亲夹了面上一个，挑点剁椒抹上，卷着吃。一口咬下，边缘是含蓄的焦脆，中间是可口的软糯，葱香扑鼻，而面的清甜与剁椒的咸鲜彼此交替，母亲彻底记住了那个味道。

“后来想想，那就是欠。”母亲说，“饿的时候，其实什么都好吃啊。”

这道席开过的一年后，满舅出生了，母亲还是被外婆勒令退了学，回来帮家里了。

母亲珍而重之地保存着与学校有关的一切，书、书包、作业本、铅笔，每一次批阅发回的作文……然后照顾家里、参加劳动，直到二十岁。

初时，家务缠身，慢慢理顺了，时间就挤出来了。譬如煮饭时添几根硬柴，不必守着火，可以去打扫猪圈；洗衣时煮猪潲，洗一会撂下，进厨房搅两勺，免得锅底烧糊；凡是出门，必带个篮子，无论是社里找农技员学桑蚕养殖，还是去城里给哥哥买墨，回程时，就把猪菜割了。

屋后有一株老桑，母亲又种了几株新桑，学了些桑蚕养殖技术，买来几个篾晒盘，养起了蚕，蚕结了茧，供销社收。初时不懂行，多是毛脚茧，水分重，被压价了，回乡请教农技员，好生学做，第二年就多是优质茧了。

1967 年，母亲曾反抗过外婆一次。这一年，外婆准备让上中学二年级的鸽姨辍学，母亲生气了，“我跟你外婆争咧，”母亲说，“我不读书就是为了帮家里，有我做就够了啊。”

翌年春上，母亲在家旁砍了一大片毛竹，挖了竹根竹鞭，就辟出一片菜地，种时令蔬菜，又种红薯，收获了，就挑到城里去卖。母亲长得漂亮，身架却是虎虎的，浓密的头发扎成两根长辫，再瘦也消不下去的圆脸，一双大眼，长期的农活练就了稳定的桩架与农家把式，一挑菜扛在肩上，疾步如飞。

七里的进城路，转眼就到了，菜担往人多的地方挑，担子放下，人就聚拢来。秤是向大队上借的，秤星挑得高高的，三两下就卖完了，挑着空篮起身，并不急回家，来前早盘算了家里的短缺，油盐酱醋、火柴、针线买齐了再打回转。偶尔经过副食摊，油团子、张口酥，咬咬牙买一两个，给弟弟妹妹们分了尝鲜。

彼时最小的满舅已经四岁了，他最喜欢他这个大姐，每日里缠着她，拖着衣角要抱抱。母亲采菜进城卖，菜拢好要装篮了，满舅早已爬进挑篮里，奶声奶气地喊着，“走走，姐姐，带我去街街”。母亲总要把他抱出来，许个吃食的愿，才得脱身。

“那时候啊，根本不晓得累，只想着多帮帮家里，做什么都急风急火的，只想着卖完菜回家，还有好多事要做呢。”母亲呵呵地笑着，“能做，就没有烦心事，回程太阳好，我还唱歌呢。”

于是在张文的想象里，卖菜归来，年轻的母亲必定是昂扬地走在回程的路上，道路笔直，前面是家的方向，母亲腰杆挺直，脸上有笑，她的花季里，似是没有优柔与伤感。菜钱掖在怀里，纸皮包裹的十二盒装的火柴与一应家用物什在菜篮里晃荡，她的心思如脚下的道路一般开敞、踏实。她会唱起歌来，“一条大河波浪宽……”歌声随着脚步发颤，她不喜欢，清咳两声，调匀气息，再唱。

《英雄儿女》是当时常看的电影，母亲看过好几遍。队上不少人说，万家大女儿长得像电影里的王芳，她自觉也像。

“那时候不困难了，没饿死，就是万幸了，有什么不能克服的啊。”母亲后来说，“鸽妹崽的学费我能攒上，队上还挣着工分，日子总是越来越好的。”

只一样，队上年年有招工名额，总也轮不到母亲，连比她年岁小的孩子都进厂当学徒了，可她仍在家里待着。

第四次吃到葱煎饼，是在 1970 年的秋天，母亲已经二十岁了。那天早晨，外婆起了一个大早，给母亲做早饭，送她远行。

外婆给母亲做了一碗面条和两个葱煎饼。

“那天我吃胀了，面里还卧了个荷包蛋咧。”母亲后来说，“你外婆跟我说，她打听了，我出去这几年，队上计全工，铁路上会包伙食，还发生活费，生活费要寄回来贴补家里。我当然会寄啦，我又用不了什么钱。”

母亲吃过早餐，出了家门，顺着禧和岭的山沿向外走，赶去县里集合。这一年，伟大领袖提出“支援三线建设”的设想持续深入，她要与广大青年一起，去修建湘东铁路。

“你妈过年也不回来，就在铁路上，省着钱寄回来，她活泼，又吃得亏，会和人相处，后来做了连队会计，接了我的脚（衣钵）。”这是后来外婆跟我说起的，“七一年我得病，你妈才请了假赶回来，侍候我手术，搭着进城的货车赶到长沙，进了病房我都没认得出，一头的灰咧，哭着喊姆妈。”外婆说着说着腔调就哑下去，“她以为我会死咧，也是，那时候城里谁听过癌症咯。”

“后来动完手术，麻药醒了，那个疼啊，这一边都挖掉了。”外婆指了指自己的左胸，“我哎哟哎哟地叫唤，你妈就嗷嗷地哭。她想分散我的注意力，给我唱歌，跟我玩拖板车，寻了谜语让我猜，唉，我都猜中了，她读的书还没我多呢。”

“你妈妈在队上有个外号，叫‘骆驼’，好多人这么喊她，我假装不知道。有些子女生下来是讨债的，你妈妈生下来是还债的。”外婆说着说着垂下眼，“苦了她了。”

母亲所在的，是湘东铁路二八团。半年后，她因能写能算，被组织上调换工作，任了民兵连会计，兼着连里毛泽东思想宣传队队长，又加入了团里的文工团。她能唱歌，声音尖又亮，音高的歌曲，尖着嗓子也能飙上去。此间，母亲递交了入党申请书，便有老乡向领导打小报告，说母亲家早年成分不好。

“那时候以为组织上考验我呢，入党那么光荣，哪有一交申请书就通过的啊。”母亲后来说，“哪里知道有人背后使坏咯。”

1972 年底，母亲回乡，二十二岁的大姑娘了，在家务农了半年，心里着慌。忽一日，大队书记送来个指标，农产品公司招下派四乡的桑蚕培植员，母亲正巧有这项技能。

“世上没有绝路，老天爷打你一板子，又会给颗糖的。”母亲后来说。

1975 年，老外婆过世了，走在春夏之交的晴天午后。早上喝过小半碗稀饭后，老外婆就昏迷了，乡上的赤脚医生来看，要家里人做好准备。一家人哪也没去，在床前守着，轮番喊她，终是没有睁眼。

午后，母亲坐在床前，看到对角堂屋门槛上蛇尾一晃而没，过了一会儿，门边衣柜的穿衣镜里人影一闪。再回身，老外婆已停止了呼吸。

“蛇是我家家仙，接着你老外婆享福去了。”在幼时，母亲跟张文描述过老外婆过世的场景，说起来不胜唏嘘。

张文懂事后的相当长的一段时间里，家里都过得清苦。父母每次领到工资，总要先抠出一部分，分别送给两边的老人。父亲说这是孝敬，母亲说是反哺。许久之后他才明白，他们说的差不多是一个意思。

父母拼尽一切地补贴四老，让自家的日子过得磕磕绊绊。

而张文幼时的吃食里，葱煎饼就是日常菜单中最常见的一项。很早他就知道，这是母亲的家传，而他家的传统，葱煎饼都是不需要加鸡蛋的，它的原料就是稀面加葱花，再加少许盐。

“加鸡蛋，饼就会硬一些，蛋的鲜味会盖掉面粉本身的香甜，不加鸡蛋，就软些，更好吃啊。”母亲总说。

然后，再配一小碗剁辣椒。浏阳人似乎比长沙人更爱吃辣，少有不放辣椒的菜，蒸菜尤甚，端出红通通的，不拨开辣椒不知道是什么菜。

剁辣椒配煎饼，张文顶爱吃，拿勺舀一勺剁椒，涂在饼上，卷着吃，再不需其他配菜，闻着喷香，入口糯软略带焦脆。面饼的清甜铺底，剁椒的咸鲜作心，辣味冲开味蕾，食欲一下就提振了。约摸十岁时，他曾创下过纪录，连吃了六个葱煎饼，母亲抱怨了，吃饼没关系，只是太费剁辣椒，那东西只能做配菜，哪能当馅呢。“吃多了上火。”母亲说。

“你说葱煎饼是外婆教的，”幼时的张文问过母亲，“可我去她那，她一次都没有给我做过啊。”

“你在外婆家吃得不好吗？”母亲笑了，大大的眼睛眯成月牙，“饼是素的啊，外婆是怕慢待了你，餐餐做肉菜给你吃咧。”

后来渐渐长大了，张文大约能够明白，外婆格外地疼他，或许是将对母亲的亏欠补贴到他的身上，来偿还一份难以放下身段表达的愧疚吧。

外婆在这个世纪初过世，小舅又翻修了老屋，没有再住，租了出去。外公随小舅住进了拆迁房，直到过世。那时，七里桥已经并入了城区，更名集里办事处。

某一年的夏天回乡，大舅家举行家宴，召集兄弟姊妹，张文陪母亲同去。席开了三桌，长辈一桌，小辈一桌，孙辈又一桌，好不热闹。大舅敬酒，众人起身，孙辈要拍照，母亲、鸽姨、力舅、小舅簇拥着大舅，五个人脸上都漾着笑容。彼时大舅家刚建了个三层小楼，也在禧和岭下，离老屋不远。

那日餐后，张文陪母亲去看从前的老屋，下楼向东走个几十米，上个小坡就到了，仍是绿树掩映，仍是黑瓦白墙，因有人租，倒也未显得破败。樱桃树下拴着一只狗，看到来人立起身来，大声地吠着。大门开了，走出一个中年男人，呵斥着那狗，笑吟吟地迎上来，那是老屋的租客。

那一日，母亲在老屋檐下坐了好久，端着一杯中年男人泡来的绿茶，到冷也没有喝一口。

“总像闻到菜香，”坐了好久，母亲幽幽地说，“像你外婆煎粑粑给我吃咧。”

许多年后，张文参加一个写作研习社，某一日，老师出题，让写一首诗纪念童年，他写下了这一首：

七里桥

李子、柿子和樱桃
芙蓉花开在外婆的额角
碗口粗的蛇是家仙
游荡在房梁与阁楼
耗子在奔逃
屋后大山有茶树与坟
城市在山的后头
春风是条温柔的老狗
时间是狗嘴里的骨头
李子、柿子和樱桃
芙蓉花空荡荡地开在檐角
家仙和耗子私奔
老屋挤进城市的角落
屋后大山有茶树与坟
外婆也在那里

母亲走了以后，张文独自去看过一次老屋，租客退租了，老屋很寂寞。

包了水泥的地坪里空荡荡的，张文在地坪里站了许久，回想当年陪母亲在此处呆坐的情景，他知道那时的母亲在想她的妈妈，就像他现在在想她一样。

母亲终其一生，想去坐一次她修过的小铁路，一直没有成行。去年年末，张文也起了意，却发现湘东铁路已经停运了①。

葱煎饼张文已经很久没做了，正因是家传，才会如此容易勾起思念，而悲伤的苦涩会盖过饼的甜。家传啊，不过是一代又一代的亲情纠缠，欠与还。老外婆、外婆与母亲，母辈们的荣光尽是隐忍与付出，在她们的过往中，人生不过是一个小小的灶间，而命运如炒铲，不停地翻覆。

某一天夜里，张文做了一个梦，梦见自己回到幼时，重新成了在幼儿园栅栏后翘首以盼的小男孩，远远地看到母亲的身影从街尽头走来。他大声地喊着姆妈，她没有应答，年轻的母亲径直从他眼前走过，没有回头。

---

① 湘东铁路，后更名为醴茶铁路，于2015年停止客运，后又于2020年恢复。

童年的友谊，
聚散都在一口吃食里

院子的角落围了一圈人，孩子居多，一架机器在其中隆隆作响，拖拉机一直冒着烟，师傅从一个大口的漏斗倒米进去，另一头，从一个窄口处，腾腾地冒出一根雪白的棍——米做的棍子。脆、甜，泛着米香，膨化的米块随着口水的浸润慢慢缩小，留下满口香甜。

当第一次在院子里看到这种机器时，张文还以为来了变戏法的，直到大表哥给他买了一根。“吃咯，”大表哥有些不耐烦地催促着，“回家前吃完，别让大姑发现了。”

大表哥来城里上高中，住在张文家，平时独来独往、酷酷的，却挺看重自己的小表弟，会替他出头，时不时带他吃点好吃的，心情好时，还给张文一点零花钱。

彼时的张文上高小，正是懵懂的年纪，对一切都好奇。

校门口的“转八坨”[1]能看半天，院子里来了弹棉花的也能看半天——那两个青年总是秋初时分来，借住着一间小屋，头发上总沾着棉絮，一副邋遢样子。

张文常常绕到小屋去，看那两男人持着绷着线的长弓绕着一桌棉絮“嘣嘣”地弹。小屋在一株油桐树下，树高且直，枝叶葳蕤，蝉声历历，男人弹得专注，张文蹲在一旁也看得专注——当然，看他们的小孩不止张文一个，人多了，位置得靠抢。

母亲不喜欢张文吃零食，心情好时只是不赞成，心情不好时就禁止。“伢妹崽子，饭篓子。”

正餐母亲是尽着张文吃的，然而多数时候，零食得靠张文自己想办法。但凡热爱，就必有方法。

张文有零花钱，偶尔也跟同学做生意：赢来的板儿画一毛钱一大叠卖给同学，百十个，比农贸市场便宜得多；朋友总借他的《童话大王》，他也提，“你家每个月给你两块钱零花，分我两毛啊”；等到周末，辉表哥邀约一起去捡垃圾，他铁定去，两个人沿河走一圈，细铁丝、玻璃瓶总能捡上一些，攒着，足了量，抬着去废品收购站卖掉，

---

① 转糖游戏。

钱得平分。

张文还想卖书，把家里看过的不再看的书拿出去，作纸卖也能得个好价钱，却被辉表哥制止了，“我奶奶说，书是用来读的，不能卖。”

其实张文最想卖的，是母亲从大舅那里求来的《竹枝词帖》。那是一本毛笔字帖，拓印的，已经破旧不堪了。每日回家，母亲会逼着他练，总要练满十版大字才能去做别的。大舅交待了，要站着写，手要悬着，可悬手辛苦，墨也臭，练着练着，脑子就浑沌了，只觉笔大如椽、字大如斗，练得不情不愿，熬刑一般。每每练到墨臭里闻出豆豉香，腹有饥鸣才算完。而母亲开饭总踩在点上，这时，无论吃什么，都似龙肝凤胆。

张文忍着，私下里给自己打气——等到放假就好了，有书看、有电视看，还有朋友一起玩。

那是与以往相同的一个暑假，张文搬了新家，在院子西边新建的楼房五楼，两室一厅，有个阳台，阳台上视野开阔，远处的天马山巍然耸立，眼前的楼房缝隙间，一弯浏河水闪着粼粼波光。母亲在阳台上种着茉莉，往秋天走，正是茉莉花开时，小小的白花散着幽香，凑近了闻，竟有些像张文爱吃的清凉糕。

那一年的暑假，张文结识了一个新朋友，游戏厅认识的。“不是正经地方，”母亲总说，“不要去游戏厅啊，你又没钱。两毛钱一个币，疯了，一斤肉才八毛。”

母亲不给张文零花钱，平日里卖板儿、“敲诈”朋友、捡破烂得的三瓜两枣都是零食储备金，只能让他嘴馋时不至于太窘迫。他也想打游戏，就去游戏厅逛逛，反正闲着也是闲着，蹭着看看，给别人喝喝彩。

那一日下午，张文午睡醒来，踅出门去，瞧见了院旁隆隆响的米棍子机，掏出钱来买了一根，扛着根米棍子招摇过市，一路走到了游戏厅。许是天热，又或许是暑假快结束了，孩子们都在家赶作业，游戏厅里人不多。张文直奔自己爱看的“双截龙”，那里正好有人玩。凑到近前，一下就被玩游戏的小孩震住了，小孩手边摆着一摞游戏币，十来个，随着他的动作，摇摇欲坠，再看看屏幕，蓝衣主角在敌人堆里左支右绌——原来眼前这位豪客是准备续币通关。

张文开始凭借以往的经验做指导，“跳出来再打啊，别在人堆里”，“往下走，往下走，下边人少”。其实张文也很菜，虽然喜欢，但游戏一直是他的弱项，远不足以指导，他就喜欢乱嚷嚷。

米棍子还在手上，张文一面吃着，一面胡说八道，直到豪客停下手来，用嫌恶的眼神瞪他。“渣渣都喷我脸上了，”那个玩游戏的瘦子抹着脸，委屈地抱怨，“去旁边吃啊。”

“你吃不?”张文打蛇随棍上，将米棍子伸出去，都要戳到瘦孩子的脸了，“给我玩一下噻。”他觍着脸，一脸谀笑。

瘦孩子一愣，下意识接过米棍子，掉了个头，咬了一口，含含糊糊地说:“你帮我过这一关咯。”

张文比瘦孩子还菜，过那关续了两个币，手下的英雄难以操控，一样的腹背受敌。他玩得心虚，扭头看瘦孩子，他正专心致志地吃着米棍子，大口嚼，小口吞，皱着眉头，吃得打嗐。张文安心了，又投下一个币。

直续到第五个币，张文才又过了一关。“我认得你，”过关的空隙，瘦孩子说，“我们是邻居咧。”

瘦孩子果然是张文的邻居，一个院子里的，就是隔得有些远。那天他们一起回的家，瘦孩子住在临河那栋二单元的一楼，二人都在城南完小，同级不同班。

瘦孩子对张文表现出极大的热情，回程时还专门绕道冰厂，请他吃了一碗冰牛奶。这可稀罕了，三毛五一碗，快和冰激凌一个价了（冰激凌蛋筒五毛一个）。乳白色的牛奶喝进嘴里，甜丝丝、冰冰凉，舒服极了，张文一口喝下去大半碗，又悔自己喝快了，剩下的小口啜，一面艳羡。“你真有钱。”张文说，“以后出来玩，可得叫上我。”

“肯定叫你啊，”瘦孩子笑眯眯的，豪气干云，“我们是朋友呐。”

他们在张文家楼下分的手，张文指着楼上告诉瘦孩子，“我家住那，五楼，挂着蓝裤子那个，你来找我玩啊。”

瘦孩子应了，转身向临河的单元楼走去，张文目送着他，这才发现，瘦孩子是外八字，走路时，两脚伸不直。

回家张文给母亲说，瘦孩子叫勇伢，母亲是会计，父亲是司机。

“司机可厉害，走南闯北，兜里有钱，世面也见得多，”小时候，母亲对于司机这个职业总是啧啧赞叹，“谁都得求他。”

“你小时候，水豆腐呛气管了，我都是去求了我们单位的司机咧，货车，空车跑长沙。”母亲皱着眉，后怕似的吸气。“噎得翻白眼了都，吓得我圞心[①]痛，气往下沉，走到

---

① 长沙话，“心脏”的意思。

半路直想解手，车一停啊，就听见你喊‘牛牛’，”母亲笑了，“路边田里有牛，你指着在喊，怕是路上颠，把豆腐颠出来了。”

勇伢第二天就来找张文玩儿，背着书包，打开来，倾在桌上，尽是好吃的，水果糖、饼干、威化、金钱巧克力，还有一叠暑期作业。“我还没做，借我抄吧。”勇伢不好意思地讪笑着。

“我也只做了一点诶。”张文也不好意思地笑着，剥了一粒糖吃。“那我先抄一点，”勇伢跟张文商量，“剩下的你做完我再抄，我晓得你成绩好呐。别小气嘛！我们是好朋友呐。”

张文嘀嘀咕咕地开始做作业，这完全打破了他以往暑假的习惯。勇伢就坐在一旁玩，看张文的《童话大王》，翻了翻，又撂了手，看《长袜子皮皮》，翻了翻，也撂下了。“我平时都是最后两天做的。”张文嚷嚷。

“好嘛好嘛，做完了去打游戏嘛。”

“真的？好吧。”

初秋上午，室内渐渐热起来，敞着阳台与客厅的窗对流。吊扇开到了最高挡，嗡嗡的扇叶旋转下，吹来的尽是热风。张文一身汗，勇伢瘦津津的倒还好，自来卷的头发下额头隐隐有汗光。勇伢左顾右盼有些无聊，跟张文聊起昨晚看的电视，“江丰比李世民武功高些咧，”勇伢瞪着眼，“好在他们是朋友，江丰会帮他的咯。”

“是咯，那个李元吉鼻子勾起，我妈说勾鼻子的面相坏，心肠肯定不好。”张文笃定地说。

二人聊的是院子里闭路电视放的香港武侠剧《决战玄武门》，苗侨伟、黄日华、翁美玲、欧阳震华主演，一班鼎鼎大名的演员，趁着《射雕英雄传》尚未散去的热度，在院子里掀起了一股热潮。一到晚八点，院子里就静悄悄的了，各家的大小电视里都响起了粤语主题曲。一天夜里，张文随母亲经过机关大厅，那台高高悬在铁架上的彩色电视里也在放这首片头曲，而电视机前的条凳上，坐满了观看的人，连上访户都蜷在地板上，枕着被褥，饶有兴致地看着。

在不保证质量的情况下，薄薄的两本暑假作业，理论上是可以一天做完的，张文用了两天。每天上午，勇伢都会过来监工，中午留饭，张文的母亲回家做。“碰到你妈妈了，她说你在我家搞学习，要得要得，你俩要互相帮助啊。”母亲笑眯眯地对勇伢说。

勇伢不好意思地笑，“是他帮助我咧。”他捅了捅张文，张文倨傲地点头，一副没我不行的样子。

“啧啧啧，”母亲皱着眉啧嘴，斥责着，“小小年纪不要骄傲，你不懂的多得是。”

张文用劳动换来的回报是，勇伢天天带他出去玩，玩游戏、看录像、吃好吃的。他口袋里掏出来的，都是十元的大票，张文看得心惊，“你哪来这么多钱？”

勇伢支支吾吾，让张文觉得这钱来路不正，“你不是偷的吧？”

“哪有啊，哪里敢偷，是家里的啊！”勇伢大声申辩着，张文也就不问了。

因着勇伢，米棍子也没那么好了。只觉得吃着好玩，二人才会去买，一人一根，挥舞着打架玩，扮演孙悟空与六耳猕猴。米棍子脆，一触即断，残渣碎片落一地，张文又觉得心疼，把大片的捡起来，吹吹灰吃。勇伢有样学样，也捡着吃，“这样好吃些嘛？”他大口嚼着，噎得直瞪眼。

暑假快结束时，院子里出现了一个奇怪的小男孩，胖胖的，五六岁年纪，身上不着寸缕，脏兮兮的身子像在泥地里滚过。他常常下午来，在院子里四处晃悠，到晚饭的点就不见了。

裸小孩也想跟院子里的孩子们玩，只是他一凑近，女孩们会尖叫四散，男孩们会大声呵斥，有脾气冲的，还会冲上去打。院子里的橘树下有一台废弃的板车，裸小孩把那里当自己的阵地，有孩子要打他，他就爬上板车冲人撒尿，没人理他时，他就躺在板车上四仰八叉地睡觉。

勇伢曾经给过裸小孩半根米棍子，自己不敢给，着张文去送。张文递给小孩时，小孩警惕地立在板车上，端起小鸡鸡——大约以为张文要打他。“吃的，吃的！”张文大喊，冒着“机枪”扫射的危险咬了一口米棍子，大口地嚼，又递上去。小孩放松了防备，伸手接过，小心翼翼地咬一口，眉眼就松了，跳下板车，冲着张文笑，一口接一口地吃着，含混不清地喊着张文，“叔叔，好吃。”

张文掉头就走，他知道自己幼年显老，像个留级生，可被小自己几岁的孩子叫叔叔，面子上实在挂不住，更何况勇伢还在一旁迈着外八字紧跟，一边高声狂笑。

几天后，张文看到隔壁楼的一个姐姐送了两个茴饼给裸小孩，小孩接过饼，直勾勾地看着姐姐，叫了声“姆妈”。望着姐姐臊红了脸奔逃的身影，张文心里才总算平衡了。

悠长的夏日总有终点，就像绵延的蝉声在某一天忽然不见，张文与勇伢的友谊也是如此。

那个周日，张文在勇伢家里玩了一天，直到勇伢父母出去串门了，勇伢忽然对张文说："我们出去玩吧，打游戏去。"

"好啊，"张文连连点头，"我知道伍别（游戏厅老板）那里来了一台新机子，街头霸王咧，可以两个人对打，去晚了占不到位子。"

勇伢带着张文去了他家后院，一楼不比其他楼层，二楼以上有阳台，一楼没有，但有个小院子，高墙围着。勇伢在墙前站定，熟门熟路地抠着砖缝，将一条砖拉出来，从空洞里摸出一张叠好的大票，再将砖块塞回去，张文看得目瞪口呆。

"我藏钱的地方，谁都找不到呐。"勇伢得意洋洋。

"为什么要这么藏啊？"张文问。

"唔，省得我妹问我要嘸。"勇伢说。

勇伢有个妹妹，张文见过好多回，也是一头自来卷，也是瘦津津的，模样清秀，走起路来也外八。

那天夜里，张文和勇伢趁人下机占了位子，直打到天昏地暗。二人都菜，肯[1]打不出“流金”，春丽也打不出旋风踢，就是你一拳我一腿地较量，用现在的话说，叫“无脑硬刚”。

忽然间，屏幕被遮了一半，一个硕大的身躯将张文挤开，张文好容易站稳身形，只见勇伢已经被那人揪着耳朵往厅外拖了——那是勇伢的父亲。勇伢吓得脸都白了，任由父亲拖着，瘦柴禾棍子一般的腿直打战，勉力支撑着体重。

父亲走出两步又回身，恶狠狠指着张文，“文伢子，你只教坏样咯，让我崽跟你不学好。”张文目瞪口呆，愣了半天才想起要申辩，人已经走远了。

那天夜里，张文回到家，父母怒气冲冲地迎接了他，一顿饱饱的“笤帚炒肉”，还是父母二人混合双打——勇伢父亲告状了，状告得甚刁，说二人不单玩游戏，张文还教唆勇伢偷他的钱。“我没有！”张文承认了所有的罪状，唯独除了教唆这一桩。他委屈极了，不过就是蹭吃蹭喝而已，哪会使着别人去偷钱呀？

他气得只觉父母的抽打都没有那么痛了，也忘了再哭，

---

① 《街头霸王》游戏中的角色名。春丽亦同。

并不再躲闪，只央着父母带他去找勇伢理论。母亲倒停了手，顺便拉住了父亲，二人一对眼神，似乎都明白了彼此的意思。母亲叹了口气，父亲也叹，低沉地说："这种事，哪有对证的，黄泥巴落在裤裆里，不是屎也是屎咯。"

那天夜里，母亲坐在张文床前，勒令张文回忆勇伢请他出去玩了多少回，张文细细想来，总有一二十回。"每回他都拿十块钱请客？"母亲问。

"他袋里总有大票子咧，我问他，他就说是家里的。后来我就没问了。"平静下来，张文觉得身上哪哪都痛，这回父母打得确实狠了些，他倒不怨怼，只觉得自己又过了一关。"他又不是只请我，也请别人呀。"张文嘟嘟囔囔地说，"当然请我请得多些咯。"张文想说自己还帮他做作业呢，这算是等价交换，可想想终不是件光彩事，又咽下去了。

又隔了几天，吃过晚饭，家里传来敲门声。父亲去办公室加班了，张文在里间做作业，母亲洗过碗，坐在厅里看电视，张文大声喊，"谁呀？"

"做你的作业，喜欢管闲事。"母亲斥责着，起身开门。

"万姐……"是一个妇人的声音，带着些软软的磁性，挺好听。张文一听就认出来了，是勇伢的母亲。

“稀客呐，还带什么水果啊！”母亲嗔怪着。

母亲把张文叫出去打招呼，张文蹿出房间，乖巧地喊着阿姨。勇伢母亲是个极精致的妇人，对张文极好，张文去勇伢家玩，但凡她在，总是洗水果给他吃，还给他吃冰棍。勇伢家有冰箱，不单有冰棍，有时候还冰着西瓜。

“勇伢呢？”张文问，“不来玩吗？”

妇人一愣，伸手摸了摸张文，挺欣慰的样子，“在家呢，和你一样，在做作业啊”。

妇人掏出一个信封放在桌上，郑重地向母亲道歉。张文这才知道，母亲在打完他的第二天，去找了勇伢的父亲，送去了两百块钱。

“他没跟你崽玩之前，也拿家里钱啊，屡教不改，我打过好多回，他爸总护着。”妇人叹着气，自失一笑，“我就趁着他爸跑车的时候打，总像是树长歪了，扳不过来。我做娘的也下不得狠心咯。”

“拿家里的钱，也是他爸惯的。”妇人怨道，“长年跑车，不在崽身边，不知道怎么对他好，就给钱，十块十块地给，大手大脚的毛病就养出来了，不给就偷，只有打得，改不了。”

母亲与妇人很是唏嘘，聊了许久，张文越听越开心，内心有种平反了的顺畅。母亲将妇人带来的水果切了，是难得一见的哈密瓜，张文拿起瓜就吃，汁水淋漓，吃了许多。

“我崽朋友不多，”妇人起身告辞时，弯腰摸了摸张文的头，笑眯眯的，“你们是好朋友，你还愿意跟他玩吗？”

张文拼命地点头。

可那晚睡时，张文问母亲：“我真的可以再跟勇伢玩吗？”

“想都不要想，”母亲斥道，表情严肃，“听见没有？”

“诬蔑你的人，哪里是朋友嘛？”母亲怒道，“告状就算了。”

很久以后，张文才懂得了诬蔑的意思。那时候，张文也懂得了妇人的眼神，那大约是对一个孩子不记仇的感激吧。

直到上初三，张文家终于搬离了院子，此间，张文再没有和勇伢一起玩。偶尔路上遇见，勇伢的眼神也会怯怯地飘向一边，张文迎着他走过去，勇伢的外八字就向斜里迈。

他们终是没有再做成朋友。

那时候，张文又有了许多朋友。打米棍子的年年都来，张文总会去光顾，没有豪客朋友，米棍子又要珍惜着吃了，大口咬，细细嚼，嚼着嚼着就洇化了，顺口水咽下。初时脆，后来糯软，淡淡的米香与甜，并不饱肚，回到家吃晚饭，仍能扒下三碗米饭。

院子里的裸小孩来了两个夏天，不再来了。张文给过他几次米棍子，不舍得单买，撅一半给他，小孩吃得上瘾，到后来，老远看到张文就奔过来喊“叔叔”。

许是受了那一次的刺激，在用钱上，母亲始终严格制约着张文，也总要他俭省。“平时节约些，大事来了，手边有闲钱，就不受逼啊。”母亲总说。

哪怕是参加工作了，能赚钱了，母亲也是如此嘱咐。有那么一段时间，张文时常出差，母亲也会打电话，“不要去嫖娼啊，”母亲期期艾艾地，嘀咕半晌，说出理由，“因为啊，你没钱！”

2018 年初春，张文陪母亲旅游，先去广州、再深圳、再港澳、再珠海。到珠海的那天晚上，母亲忽然跟张文说：“你小时候的朋友勇伢，现在就在这里。”半晌，又叹着气说：“桂清不容易啊。”桂清是勇伢的母亲。

原来勇伢参加工作后，染上了赌瘾，一发不可收拾，欠了许多债。婚离了，也被单位辞退。他母亲倾尽了家财，又借遍了朋友，给他还债。他自己就躲出来了。

那一夜，张文一直在想这个朋友，他知道他们不会再联系，但母亲的话使他回想起那个遥远的夏天。那个夏天，他们的友谊维持了一个暑假，就如同被敲打了的米棍子一般，碎了一地。可张文总记得，勇伢被米棍子噎得直愣的样子和他豪爽地挥手请张文帮忙过关时的神情，还有他想请裸小孩吃米棍子又不敢、让张文帮他递去时㞞㞞的样子。

张文想，那时的勇伢，应该是善良的吧，只是纯白如一根米棍子，很脆弱。他或许一直渴望朋友，缺乏的，只是支撑友谊的勇气罢了。

过好人生的道理，
我们吃着炒米粉学会了

张文第一次吃炒米粉，是外婆做的，米粉是猪油做底，格外的香。

外婆做事总是慢条斯理的，下厨也一样。大白菜掰几片叶子洗净，由梗向叶细细地切成条，磕一个鸡蛋小碗盛着备用，舀一勺剁辣椒，再切些葱花。炒白菜也有步骤，烧红锅子，先炒梗子，软了再加叶子，炒好盛出；重新加油，放鸡蛋，再将米粉放入翻炒，加酱油、剁椒，白菜倒入时，是快要起锅了，撒些葱花再翻炒几下，海碗盛起端上桌。

嫩白的米粉已呈深浅不一的褐色，其间嵌着金黄的蛋碎、嫩黄的芽白，青的葱花与红的剁椒点缀其间，热油逼出食物的香气，让人垂涎欲滴。一口吃下，剁椒的辣与咸打开味蕾，葱花提味，米粉被油温逼出的甘甜里夹杂着蛋碎的鲜，张文一口接一口地扒着，一海碗全吃下都不觉得饱。

“慢点吃啊，细嚼慢咽对胃好。”外婆喜欢坐在桌边看张文吃，眉眼弯弯，笑出一嘴白牙。

那是上小学时，外婆常常趁着暑期来家小住，帮着做几天事情。她每天起得很早，一个人去逛菜市。米粉便是外婆“发掘”出的食材，“这东西好多年没吃了，我年轻时吃过啊。”外婆买了米粉回，献宝一样给张文看，“乡里没得买咧。”

“就是米粉啊，妈妈经常买的，煮给我吃。”张文有些疑惑，在他的意识里，这种食材毫不新奇。

可吃过一回外婆的炒米粉后，他对米粉的看法完全改变了，那和母亲的葱花白水油汤做底的汤粉完全是两个味道，张文甚至一度认为母亲在糊弄他——这么好的东西，之前的做法实在太浪费了。

某一天，他悄悄地将心里的想法说给外婆听，外婆听了哈哈大笑。“你妈不是慢待你，她也没吃过，不晓得搞啊。”外婆啧啧叹着，“我上一次吃炒粉，都是五〇、五一年，划成分之前呢，陪你外公进货，去长沙，在黄春和（店名）吃的。”

张文听不太懂，只知道很多年过去。外婆至今未忘。他使劲点头表示认同，很狗腿，想着外婆能多做些炒粉给他吃，中午、晚上都吃这个也吃不腻。

“不行啊，天热，米粉放不久的，没到中午就馊了。”外婆摆着手，一副无能为力的样子。

在张文的印象里，外婆一直是清瘦的样子，齐肩的短发花白，戴着黑色发箍，穿着布纽的布衫，洗得发白，却也精精神神的。她到家来从不空手，提只鸡或两条鱼，另加一封纸包的鸡蛋，臂弯里还挎个小布包，里头装着换洗衣衫。

每次外婆要来，都会托人捎信给母亲，“某月某日，你妈来看你”。捎信人把话带到，母亲初时还会嘱咐张文，“今天哪也别去，在家等外婆啊。”可外婆却不会直接来家，她会去母亲的单位，等母亲下班一起回来。

于是，张文只能在兴奋逐渐消退的无奈中枯等，频繁地上阳台打望，直到看到那双熟悉的身影，亲热地相挽着出现在视线远处，就兴奋地在阳台上挥手，大声地喊着：“外婆！”他一直喊，直到外婆走到近前，听见了，抬头仰望。

“莫探出来啊，外婆就上来。”外婆也高喊着，声音颤颤的，带着紧张。

外婆来住的时间不长，两三天就走，来了就带着张文睡，只这一件事，张文有些抗拒。外婆会打鼾，又尖又脆，往往张文刚刚适应了，朦胧有了些睡意，外婆的鼾声就又变调了。一晚上能变几回，张文心里气闷，瞪着眼睛望天花板等天亮，气着气着就睡着了。可那时，也往往到了下半夜。

为这事，张文没少跟外婆申诉，“外婆你别打鼾了要得不？我睡不着咧。”

“真的啊?”外婆笑嘻嘻的，脸上的表情和语气的惊讶完全不搭，她指了指鼻子，“可是这里，我也管不住啊。”

外婆回家时，会带上张文，“接我外孙去家住住。”张文乐意跟着去，婆孙俩总是清晨出门，走路回乡。早上天气凉快，外婆在前走，张文背着书包跟在后头。

外婆的手里除了那个小布包，还拎着一大包母亲送她的东西，张文的书包里除了作业、换洗衣服，还塞着零食与童话书，也挺沉。二人穿过大半个城区，一路向西，出了城，再走七里路，就是七里桥。

向西乡已经有了班车，七里桥是最近一站。但家里所有大人都觉得，为了区区七里路花钱坐车不值当。张文人小是没有发言权的，可体胖腿短又不堪长途，常常跟不上外婆的步伐，走一段就落下了，快跑几步撵上去，再走一段又落下了。

“外婆你慢一点。”张文时常急得喊。

外婆会停下来，转过身等等张文，她咧着嘴，笑出一弯白牙，“文妹仔你冇锻炼的啊，回去了叫你红哥带你爬山去。”

张文后来常常疑惑，自己是个男孩，为什么外公外婆乃至母亲家族的所有长辈都管自己叫“妹仔”，可当时自己也没问过。因为他们也管大表哥叫“年妹仔”，管二表哥叫“红妹仔”，管大外婆家的辉表哥叫“辉妹仔”。在那样的语境里，张文并没有感觉到这样的称呼有任何不合理之处，也就这么一路叫下去了。

外婆的家在山冲里的一个小坡上，背倚大山，土砖房，一堂三厢。大舅两口子带着三个子女与他们住一块，原本小舅也住一起，后来当兵去了。房子前有一个小小的地坪，坪周栽着柿子、樱桃、石榴与木芙蓉。

回家时，只要到了坡下，一只老狗就会蹿出来接他们，那狗高大，背上的毛色黄黑相间，眼神倦怠，绕着外婆摇尾巴。偶尔扑到张文面前，在他胸前嗅嗅，又走开了。外婆管狗叫“毛砣哩”，偶尔摸摸它，它会高兴得趴下，尾巴甩得欢实，张文看着直乐，对外婆的崇敬油然而生——这么吓人的生物都对外婆服服帖帖，外婆太厉害了。

一条七里的归乡路，婆孙俩走了好几年，总是在清晨的和风中出发，在炎热的午后到达。张文始终胖，在望见大山的身影时总安慰自己快到了，却忘了望山跑死马。

直到有一天，外婆越走越慢，她停了下来，扶着路边的树喘了会儿气，“文妹仔你帮我提一下包吧。”外婆不好意思地笑，话里带着恳请。外婆扶着树又歇了歇，打定了主意，走到马路上，拦下一台西去的班车，“师傅我实在走不动了，送我一脚（程）。”她讪笑着，低声请求着。

司机骂骂咧咧，让她上了车。

“外婆他骂你咧。”张文气不愤，等下了车，扛着外婆的大袋子，气喘吁吁地说。

“他还是让我上车了啊，”外婆跟在张文后头，哈哈笑着，“骂两句有什么关系，记恨别人只会让自己心里不舒服。”

“恨？”张文问。

“就是记仇。”

等张文上初中时，外婆就很少来家了，大舅做花炮发了财，起了二层小楼，带着外公外婆住进了新屋。舅母辞了纸箱厂的工，专心回家操持家务，外婆便撂开手了。

后来，母亲也会做炒粉了，但炒得少，出锅前还爱加点水焖一焖，吃起来介于炖粉与炒粉之间，又软又碎，张文吃得意兴阑珊，权当代替，聊胜于无。

母亲固执地认为，一切炒制的菜品都容易让人上火，更何况是上锅炒的主食，加点水是去去火气，让人健康。

直到上了高中，张文才又吃到外婆做的那种地道炒粉，因为他认识了一位同样爱吃炒粉的朋友——老三。

老三与张文是同班同学。那个时候，老三还不叫老三。

二人都在文科班，老三寄宿，张文走读。张文迷上了金庸，买了许多他的小说，就有许多人来与张文做朋友，以便借阅，老三就是其中一个。

张文借书要看人，老三借，总是可以。老三大眼睛、大鼻头，很精神的长相，比张文瘦许多，与张文一般高，也一般懵懂，一样充满着对美食的热爱，一样总是饿。

他是时常在早上就把打饭的盆子带到教室、放进课桌里的少数几个寄宿生之一，这样方便他在上午下课铃声响后，能急速掏出饭盆以百米冲刺的速度往食堂跑，其他寄宿生还需要折回寝室拿。张文虽走读，因父母工作忙，也常在学校吃中餐，他也带着饭盒，但总跑不过老三。到了饭堂，老三早已经开吃了，而张文还得去排队。食堂里桌椅不够，往往还得站着吃。

老三吃起饭来，看上去极香。而且他护食，抱着饭盆，筷子飞快地扒动，嘴包得鼓鼓的，眼睛从盆上头瞟出来，四处睃，提防着，看到熟人来，还会退两步，生怕别人抢他的菜似的。而他的饭盆，真的是个小盆，足以装下一斤米饭，再盖三个菜，也不会冒尖。哪天不用了，填上土，栽株茉莉绰绰有余。

老三的标准是八两米饭，张文是六两，不想吃时，四两也差不多了，所以在自己如何成为胖子这件事上，张文一度十分疑惑。

某一天，老三将借的一本《越女剑》还给张文，用力地呼气，将鼻孔撑得老大，癔症似的叹道，“这本书不好看，像不是他写的一样。”“一剑劈掉半座山，搞什么嘛！”老三像是生气了，“好像我们物理白学了一样。”

“那《七龙珠》还可以打出陨石坑咧，较那个真干嘛？”

二人偶尔也会说起女生。

“204的某某，长得真好看。”老三跟张文说起自己心仪的女孩，“眼睛那么大，眉毛好长。”

“嘴巴有点歪诶。”张文回。

“我怎么没注意到？”老三愣道。

“别逗了，瞟一眼就看到了。”张文叹道，“还是208的某某好看些，长得像关之琳。”

当然，张文与老三要好的另一个原因，是因为老三学习好，似张文这种严重偏科的学渣，交一两个成绩好的朋友，也是装点门脸。为讨好老三，张文请老三喝过门口小卖铺的荔枝冰水，吃过99号的蒸菜、万里香的盒饭。而校门对面巷里吃的炒米粉，更是二人的最爱，常常晚自习结束后去吃。

多年以后，仍令老三念念不忘的，是自己参加工作后夜里独自踅去河边的杯莫亭吃的一碗炒粉。那里的炒粉张文也吃过，一大海碗，放了蛋和肉，油放得重，出锅时加干椒与葱花爆香提味。吃到嘴里，蛋鲜、肉香，米粉微微的咸中带着米的甘甜，还有些些辣劲，是一种很让人满足的食物。唯一让张文不满的是，那里的炒粉油放得太重——这样不粘锅。

在张文的理解里，少放些油，不急着翻炒，火候大些，米粉粘在锅上再铲下来，一碗粉里，边边角角、星星点点的焦黄，才是它的精髓。扒一口进嘴里，糯软中带着丝丝的焦脆，那脆劲像包裹着米的灵魂，甘甜似乎完全地释放了，是一种被恰好的温度逼出来的、张扬的口感。就如校门对面的那一家。

“老板，多放点粉啊。”老三总是说。

“加一两啊，两毛钱。”老板回。老板矮胖身宽，站起来像半截门板，嘴里总叼着一根“相思鸟”，急速地吸，烟头在夜色中忽红忽暗。老板秃顶，半球在黄黄的路灯下反射着温暖的光，圆顶周围一圈似是舍不得剃，野蛮生长，冷风一吹，轻舞飞扬。

老板炒粉，就在店门外的一个小煤炉上，如武林高手般从容、慢悠悠地扯去风罩，搭上锅子，舀一坨猪油，抓一把豆芽放进去翻炒。老板放猪油就像得了帕金森，手抖得厉害，摇下小半勺，剩的大半勺仍搁回油碗。豆芽炒软了扒拉到锅的一角，再舀一坨猪油，化了，磕两个蛋，快炒几下，再放一把米粉翻炒，加老抽、干椒粉、剁辣椒、葱花，急翻快炒，手势大开大合，还会颠锅，颠得很粗放，常有食材就回不来了。嘴上的烟烧到头了，手下不得停，偏脸吐掉，好几次迎着风，烟灰被风撞回来，呛他一嘴，就使劲地咳。

米粉两元一份，老板是一份一份地炒。这是张文与老三爱去他那地方的原因。虽然老板不舍得放油，粉总是炒焦，也不舍得放米粉，多放一点都嚷嚷要加钱，可每一份炒粉的鸡蛋都是实打实的两个。“好多地方都只放一个咧。”老三说，“这个老板不抠。”

“多吃一个蛋，我会记他一世的。”张文夸张地呼应，更何况，从内心里，他很喜欢炒粉炒得微焦的那份脆甜，像粉里面又多了一样码子一般，让人窃喜。

为了回报张文，老三请张文看过一场“镭射”。彼时镭射是三级片的别称。老三家在农村，有兄妹二人，父母靠种地、农闲时去花炮厂打零工维持生活，供不起两个孩子，妹妹初中毕业就辍学打工了。老三一直过得很俭省，请张文看镭射的钱，得从不多的餐费里克扣。

他们看了一部叫《聊斋艳谭》的录像，里面从女主到女配个个长得苦大仇深，于是一句与剧中人物产生强烈反差的台词，让张文记到如今：“凭你的这身姿色，去勾引男人岂非易如反掌?”而当时，录像厅里哄堂大笑。

直到高中结束，张文与老三只看了那一场镭射，却不知道吃过多少顿炒粉，而他们心心念念的某某，仍旧是思之梦之的某某。张文努力了一把，写了一封情书，人还回信了，就一句话，“我不会做任何人的女朋友。”张文捏着信想了半天，心里暗忖，“讲假话，干嘛这么讨厌我啊。”张文把信给老三看过，就一句话，老三看了好久，皱着眉头，怕是在想着怎么安慰张文，好半天才期期艾艾地问，“要不要陪你喝点酒？”

“就说我勇不勇？”张文顶着一脸喷薄欲出的青春痘，笑嘻嘻地问。

“勇！”老三翘着大拇指，“她们以为跟胖子谈恋爱是忍辱负重，其实冬暖夏凉呢。”

又过了好几年，一天深夜，张文打完一通电话，去厨房给自己炒了碗米粉，前女友去了上海，他以这种方式向她告别。

那个女孩大大的眼睛，鹅蛋脸，因为工作的关系常常穿正装，与张文一般高，和张文在一起时从来不穿高跟鞋。张文说，“你穿一穿啊，治驼背。”又说，“我找的女朋友比我高，有面子咧。”女孩笑嘻嘻地穿过一回，跟张文去赴亲戚的宴席。

女孩爱看韩剧，学那里头的做派管张文叫“哥哥”，张文初时听着别扭，撑她，“我显老，叫大叔。”后来就习惯了。

二人在一起，其间总有争吵，再和好，张文少年心性，爱发脾气，女孩温柔，遇事先服软。“你太大男子了，这样不好啊。”女孩总劝他。

女孩会做汤粉与炒粉，那是她唯一会做的吃食，还是跟张文谈恋爱之后学的。平日里多是张文做饭，她洗碗。某天张文感冒，请她煮碗米粉，她手忙脚乱地用电水壶烧了一壶水，将米粉倒进去了，用开水做碗底，氽了一个蛋，做成蛋花汤，又加盐、酱油，于是米粉煮烂了，汤咸得涩口。张文吃了一口，觉得病好了一半，爬起来去下了碗面条吃。

女孩从此开始学做汤头、煎鸡蛋，又开始学做炒粉，慢慢知道炒粉不必放盐，放酱油就可以了。女孩的炒粉除了鸡蛋、粉、剁椒必备，还喜欢各种镶嵌。火腿肠切丁，洋葱切丝，牛肉切丝放在一起炒，手边的食材可以切出一堆，炒出一大盘四五人的分量，菜比粉多，常常得在菜里挑粉吃。

周末，女孩常常陪张文去上网。张文呼朋引伴地打游戏，女孩在一旁玩冒险岛，操作着形象呆萌的游侠弩手，在二维空间里上蹿下跳，偶尔打到好东西，会高兴得摇手。

她的工作强度比张文大，时常玩着玩着就累了，倚着卡座角落睡着了，大眼睛眯着，头略略下垂，额角的发丝垂下，挂在脸前，随着酣睡的呼吸荡起落下。

两年后的夏天，一次争吵过后，女孩收拾东西去了朋友的出租屋，张文等着她服软，可这一次，她没有。半个月后，张文拨她的电话，成了空号，打到她女友的座机。“她走了，去了上海。”朋友冷冰冰地说，“换了号码，我都没有。”

张文就是在打过那个电话后，去炒的一碗米粉。米粉准备在那里，本是作第二天早餐的，如今当宵夜了。米粉是二人份，张文以为和好了她会回来吃早餐。

于是，那一顿米粉有个漫长的准备过程。他切了香肠、洋葱、葱花等一应在冰箱里能找到的食材，一大锅炒出来，一口一口地吃完，什么味道忘记了，只记得洋葱辣眼睛。

张文拧巴了，转折托了许多朋友，终于拿到了女孩在上海的新号码，打了过去，女孩挂断了，张文反复打，女孩反复挂断。那天的深夜，张文收到一则短信，是女孩的，“我不恨你，只是累了。”

这句话张文消化了许多天才想明白，他给女孩回了条短信，“对不起。”

此后很长时间里，张文但觉时日漫长难以消磨，他知道这是自作孽，爱情是脆弱的杨柳枝，易折易抛。然而这般任性会伤害别人，反噬自己。而所谓成长，不过是道理听一万遍，不如走一遍，疼了就懂了。

关于炒米粉，后来的故事都乏善可陈，总结起来，就是一个寻找与发现的过程。

又过了许多年，张文觉得城里任何一家店的炒米粉都不够美味时，他决定自己去找一找原因。在厨房实验了无数次，两个蛋、葱花、剁椒、干椒、豆芽或芽白作料，细油快炒，还试过颠锅——这是件手艺活，得练，将大半锅炒粉撒在灶上后，张文终止了这种浪费行为。

辛苦钻研，始终不得其味。从前的炒粉，细嚼起来甘甜，如今怎么都没有了。

而时间恍然而逝，也让生活的变化显而易见。张文早已不再愿意走着去七里桥，出城七里路，不如坐车。七里桥的老屋早已出租又空置，柿子、樱桃、石榴、木芙蓉仍在，长得越发葳蕤，毛砣哩这条守了一世屋的老狗，也早已死去了。外婆将它葬在了石榴树下，它的窝旁边。外婆说，那一年石榴花开得特别艳，花期过后，结了许多果实，等石榴熟了，一个个在树上裂开，外婆都不准人去摘。

几年后，外婆过世，外公日日守在灵前，一根接一根地抽烟。出殡前的一夜，他抚着棺念了一首外婆喜欢的诗：“刻木牵丝作老翁，鸡皮鹤发与真同。须臾弄罢寂无事，还似人生一梦中。”

外公外婆成亲于解放前，是媒妁定亲，双方家境殷实，后来屡遭变故，一生相携，半世颠沛。那夜，张文值守，推着坐着轮椅的外公去了灵堂，外婆躺在棺木里，如同傀儡断线进了木匣，匠人收了山。

前女友与张文早已和解，她在上海结婚成家，一双儿女，日子过得饱满。她运气太好，公司年会总能抽到奖，都寄给了张文，头一年是一个 PSP，后来是诺基亚 7710。张文投桃报李，托人熏了一堆腊鱼、腊肉寄给她。到如今许多年了，他们没有再见面。

老三大学毕业回乡便与张文联系上了，常聚，依然是好友。后来关系铁的几个朋友结拜兄弟，张文行四，老三才真的成了老三。

他们时常一起喝酒，聊天，友谊持续至今。老三在感情上比张文简单，初恋即正果，张文屡屡不顺，老三张罗着给他介绍，也不成。“这个事我自己解决，不劳烦你了。”

某次酒后，张文对老三说。

2015 年张文股市亏惨了，拉着老三去重庆玩。2019 年张文心情差，老三又拉着他去了成都。他们一路喝酒看景聊天，回味那些旧时光。

“听说炒粉大侠早死了，肺癌。”某夜在九眼桥的一间酒吧，三个男人喝着一瓶红酒，老三告诉张文。

“他那个炒粉好吃，”张文诚恳地回道，“是个实在人啊。”这么多年，他们一直管高中时宵夜的炒粉摊主叫炒粉大侠，为他在月夜下大开大合的炒米粉，也为他给学生仔放两个蛋。

台上的歌者在唱着抖音红曲，张文叫过服务生，想点一首《大海》，翻包找钱。“不用的，大哥。”服务生抬手拒绝，“我去问下他会不会唱。”

身形略胖的歌手接受了，用铿锵的节奏将它唱成了一首快歌，然而歌曲基调的悲伤难以抹去。张文放下酒杯，大声地唱着与他应和，烦恼哀愁带不走，只是短暂消失于酒后。

老三若有所思地看着张文，猛然饮下一满杯红酒，像是下定决心一样，他告诉张文，当年的高中，他与张文一样，春情萌发忍无可忍给他的某某也写了一封情书，最后他们殊途同归。张文与他分享秘密的那一晚，他并不是单纯的安慰，是真想喝酒。

“我记得她的样子，是我看过最好看的女孩。”老三高举着酒杯，与张文碰杯。“过去了。”老三说。

成都之行回来后，机缘巧合，张文终于找到了原味炒粉的配方——原来是要用手工粉，那种一板一板的，自己切，切宽条，加辅料，细油大火快炒，出锅时，就是外婆的那个味道。剁椒与蛋的鲜，夹杂在米粉的甜里，热油逼出的葱香，洇染着豆芽的甘脆。在这一碗炒粉里，每一样食材都尽到了自己的责任，彼此包容，不增不减。

老三曾经的某某，是张文的微信好友，点赞之交。某日，某某在朋友圈里发了一段弹钢琴的视频，张文转发给了老三。

好半天，老三回，“好听，这人是谁？”

张文愣了，不是说记得吗？半晌，还是回道：“我也觉得好听，就发给你看下。”

那一刻，张文忽然觉得老三是人生的智者，有看穿一切又假装不知的聪睿。漫长岁月里，爱是消耗，恨会滋长，而遗忘，是抚平一切的良方。想来外婆也这么教过他。

人到中年，
有了担当没了兴致

写稿阻滞的时候，张文便邀朋友出来喝酒，谁有故事，就听一耳朵。

朋友们七嘴八舌地说吃食。“你们说的只是吃的，没故事写不了的，”张文哂道，“总得有些事是记得久、有感触的。”

“打人参米咯，乡街上经常能看见的，一直有的，”一旁喝酒的明兴闷闷地开口了，明兴酒量最好，陪着张文大口干红酒，兴致来了，比张文喝得还快，“小时候我爸常买给我吃。”

众人都噤了声，明兴的父亲早已去世了，在他十五岁时。

走街匠人打人参米，与爆米花是一样的器具，大葫芦型铁罐，旋紧密闭，上插一只压力表。盛上米，火上烤，匠人眼睛盯着压力表，烤得了，拿下来，半身塞进橡胶圈口的麻袋，拉袋上的绳束口，小铁棍勾着阀口一撬，“砰”地一声巨响，人参米就冲进袋里。

倒出来，膨化的米粒一颗颗像小个的花生，纯白，大个。抓一把到手中，轻若无物，却散着清香，填进嘴里，是满口的香甜，没经细嚼，就洇化了。是一种吃起来很不真实的食物，想吃过瘾，得一把一把地续。这是张文对人参米的印象。在张文看来，它完全是用一种极魔幻的做法，把米做出截然不同的风味。

这样的吃食张文母亲也喜欢。小时候，院子里来了打人参米的，母亲总会叫张文去打，自家带米，再带着小竹筐，出一毛钱加工费。

唯有一次，匠人“放炮”将路过的一位老奶奶吓住了，她瘫坐在地，几个小孩上前去扶。奶奶花白头发，坐在地上，大口喘气，使劲摆手，“让我喘口气，吓死了……”她皱着眉，一手抚胸，“还以为听到枪响，像早些年枪毙反革命。”

而对明兴而言，人参米却是父亲带他吃的第一样零食。

"萝卜皮、茄子皮这些不算，自家会做的东西都不算，得是花钱在街上买的。"那日喝酒，明兴絮叨着说。

"没错，以前拿钱买的东西都稀罕，现在倒过来了，手工的、没处买的才金贵。"朋友花皮在一旁戏谑着。

明兴比张文小五岁，在城郊某乡长大，与张文的兄弟花皮是邻居又是同学。明兴父母都是农民，家里上数三代，都是面朝黄土背朝天，到父亲这辈，就数他父亲最聪明。

"提留和摊派，"小时候父亲酒后常说，明兴听不懂，父亲就解释，"搞得我身上皮粘皮、布粘布①。"

"灌点酒就乱讲，你耍钱（赌博）才是大头。"明兴母亲总爱撑父亲。

"你成绩好，我什么都买给你啊！"父亲不理母亲，醉醺醺地转头，对明兴承诺。

直到有一天，明兴放学回家，在乡街上第一次看到打人参米的，一堆人围着，许多人在买，有熟悉的孩子买来吃，明兴在跟前巴巴地望着，看着他们吃得津津有味。"好吃不，分我一点？"他觍着脸问。对方看着他，扬了扬下巴，幼年的明兴伸出小手，看着小孩从指缝里漏出两三粒、

---

① 俚语，没钱的意思。

三五粒，收回手来，塞进嘴里，未及细嚼，听到对方啧地一声，“搞什么，还有呐，掉地上啦。”明兴看着地上零散的几粒，又抬头看了看对方脸色，倨傲里带着鄙夷，他臊得急急跑开。

明兴一直没法子向父亲提要求。他的成绩并不好，窘迫的日子一直到上初中。初中时明兴潜力出来了，虽成绩仍旧不好，但体育不错，交好了同为体育生的花皮，花皮练武术，明兴练田径，对农村孩子而言，是一条不错的出路。

花皮的父亲在城里开猪油坊，赚了不少钱，是乡街上第一个买摩托车的，每日上班，油门总得“轰”一阵再起步，响声整条街都听得见，嘚瑟又拉风。花皮零花钱不少，和兄弟们吃吃喝喝也不计较，明兴就跟着他混。

某一日，花皮穿了件崭新的夹克到学校，明兴只觉得好看，墨绿色，胸上一支鲸鱼，穿上像港台剧里的角色。明兴向花皮借来穿，他比花皮高一个头，衣服再买得宽松，也显短，明兴不以为意。“宾奴（Baleno）咧，牌子咧。”花皮细细嘱咐明兴爱惜，明兴紧张了，穿了两天又还回去。

不久后，明兴拿到了全县中学运动会短跑亚军，百米跑进了 12 秒 5，回到家，他跟父亲提了要求，“给我买一件宾奴吧。”他低眉臊眼地问父亲。

父亲笑眯眯的，拉着他就搭车进城去了。“我崽发点狠，以后当个体育老师，也是吃公家饭啊。”父亲得意洋洋地说，“这是为了你呐，卖了几亩瓜，要还账的两百块，我全带出来了。”兴致冲冲的二人进了城才知道，一件宾奴要三百多。

父亲好说歹说，店员只肯抹去零头，再问，不耐烦了。“多的是人买，卖得俏咧。”店员冷冷地说。

父亲还待理论，明兴扯着父亲出了门。回家的路上，父亲讷讷地不说话，明兴也不说。他不知道说什么，臊得慌，自己受过的所有鄙夷的难受的总和，大概就等于今天看到父亲在卖宾奴的店里那种进不得、退不得的感受。

“我再不要穿宾奴了。”快到家时，他跟父亲说。“砰”地一声，乡街上响起了爆人参米的炸响。“爸爸，我要吃。”明兴转头拉着父亲说。

“好啊，尽着你吃，我包圆了好不好？”父亲豪爽又略带讨好地低头问他。

父亲当然没有包圆，但买了好大一包。“看着好大一粒，吃到嘴里就没了，”明兴反复说，“吃到嘴里就没了。”

许久以后，母亲告诉明兴，那天晚上，父亲坐在院子里，就着一碟酱萝卜，一口接一口地喝酒，喝到了半夜。

那之后，明兴父亲戒赌了，正儿八经地做起了营生。除了自家的地，又租了几户人家闲置的菜土，立了大棚，专心种菜，一年工夫，外债全清。

第二年，家里就立起了二层小楼，这期间，父亲总想带明兴去城里买衣，听说是宾奴，明兴使劲地摇头，很认真地告诉父亲，自己并不想要。“买用得上的，爸爸。”明兴说，父亲便陪他去买了一身李宁。

日子总是向好的，明兴在训练上越发用心了。父亲说了，训练得好，可以上体校，将来出来，也是可以当老师的。

房子建起来了，仍是毛坯，家里的钱已经用光了，还举了债，父亲发狠做，舍不得请工人，母亲帮忙打下手，大小事都包圆了。出菜为赶早，两口子就睡在大棚旁，星夜割菜、打包，骑着三轮小货车进城。不必到市场，进城路口就有菜贩子拦着看货，手电筒打着看菜色，议价，谈得拢一车收了，跟车，卸货，收钱。

卖菜得的都是现钱，父亲有算盘，债且欠着，无非欠个人情。家里先捯饬好了，旧家具淘汰一些，剩下的还撑不满新屋，偌大的二层楼空荡荡的，楼梯围栏没有装，墙也没粉，所需物什都得一件一件慢慢添置。

父亲给家里添的最后一个大件，是个冰箱。那日一早，父亲带着明兴开着三轮小货车往城里赶，在商场里买了个大冰箱，中意牌，双开门，死沉死沉。明兴是大孩子了，又练田径，噌噌长个，个头只比父亲矮一点，二人搭手将冰箱搬上车，父亲在前头开，明兴在后头扶着，小心翼翼地开回家。

父亲执意把冰箱放在二楼，说死贵的东西，放在二楼多一层保险。父子二人一起搬，明兴在前头，父亲在后头，一步步地往上挪，扛着这个，十几级楼梯在明兴眼里如珠穆朗玛峰，他使尽了吃奶的力，在后头的父亲则承担了更多的重量。父子二人在没有护栏的楼梯间摇摇晃晃，艰难向上，起初父亲还给他打气，后来只剩下大喘气。只剩下几步楼梯时，二人调整了一下姿势，“兴伢，挣一把劲，就到了”。父亲低沉的声音像绷紧了的弦，气息沉重而急促，那是他的最后一句话。

踏上最后两级台阶时，弦断了。明兴手上一轻，身后哐哐闷响，回头看时，父亲已蜷躺在楼梯的拐角了，大冰箱斜斜地支着墙，在他的身体前面。

父亲没有等到救护车，猝死了。

“我后来想，按现在的说法，是过劳死。我妈一直说，那两年他起早贪黑地做，太累了。”明兴闷闷地说。

父亲去世后，明兴考上了体校，到长沙读书。

张文认识明兴，是在长沙，花皮带明兴来家玩，张文给他们做过一顿饭。

花皮是张文的师兄，比张文小，却入门早、辈分大。花皮小小年纪就零花钱充足，为人豪爽，广交朋友。张文与他玩得好，一半为他为人，一半为他豪爽，吃人嘴软，半推半就认了这个师兄。

上体校后，花皮手越发松了。家里给的生活费常常一两个月就花光，然后四处“打秋风”，张文是他的固定放款人。更何况管张文借钱还有个好处，张文不催，且欠着，没了还给借。

花皮平时不找张文，没钱了才来，张文上班了，师兄来了总要接济。花皮也不客气，吃上一顿，再拿点钱走。

“冇钱用了，搞点咯。”花皮问得理所当然，张文颤巍巍地掏出钱包，数几张给他。

花皮机灵，一直管张文叫哥，辈分虽乱，效果却有，因了这一层，体校三年，张文算是有求必应。

花皮来张文家，总是独自来，只有一回，带上了明兴与品别。品别是长沙人，个子很高，一脸横肉，喜欢开不合时宜的玩笑，学的专业是散打，剃着板寸，不出声时像个打手。明兴也个儿高高，样貌帅气，穿一身手脚都短了的李宁，挺腼腆，跟着花皮，进门叫声哥，就不再作声。

那一阵张文在学做鱼，没预着花皮会来，只买了两条鲫鱼，准备开个汤，炒个肉，素菜免了，一人吃。有客到，菜就不够了，张文掏出钱，着花皮去买菜，花皮就手递给了明兴，“买点卤菜，再买一球白菜，快去。”花皮像在下命令，明兴听话，接过钱就跑出门，一会儿，又听见“砰砰”敲门声，明兴杵在门口，闷声问，“菜市场在哪呢？”

张文煮了四杯米，满满一电饭煲米饭，四人就着菜吃了个精光。那天那道鱼，张文用了心，姜片抹锅不粘鱼皮，鱼先煎后汆汤，大火急烧，煮出了奶白色。明兴拿鱼汤泡饭，吃得起兴，小猪吃潲一般吧叽作响。饭后又抢着收碗，洗碗。

“明兴呷了苦，他爸死后，他妈妈身体越来越差，做田都费劲了，他上学是靠叔伯接济的。这次你得帮帮他，要订校服了，你看他现在这一身，还是初中的。”趁着明兴在厨下洗碗，花皮向张文讲了明兴的困难，“本来我能借的，上个月过生日，场面搞大了。”花皮不好意思地挠头，“你还得借我，我也没钱了。”

“多少钱一套？”张文颤巍巍伸到怀里抠钱包。

“两百。”

“你们老师吃了多少回扣啊！”张文高声喊道。

那次过后，花皮没再带明兴来过。大约来张文这“打秋风”是他的专利，带明兴来，只是偶尔一次的江湖救急。

偶尔张文问起，花皮会说说兄弟们的近况。花皮说品别找了个女朋友，怀化的，二人天天腻在一起，明兴嘛就是只训练狗，“天天作死地搞训练，怕是想当专业运动员噢。”花皮啧啧叹，“把个教练当神供着，想他开小灶，天天在校门口买豆腐皮孝敬他。”

“有什么用咯？这个要天赋。”花皮说，“毕业了，去当体育老师是正经。”

“都说穷孩子护食，明兴倒大方。有点点钱都请客，校门口有次来了个打人参米的，他倒是买了一个人吃，不准人碰。”花皮喟叹着，“他讲这是他爸带他吃过的最好吃的东西。”

某一日，张文闲来无事，去学校看花皮。花皮将品别、明兴喊来，买了些零食，将室友赶出去，四人吃着零食，抽烟、吹牛。才过半小时，寝室门被一脚踢开，一个中年男子站在门口，矮矮的个子，瘦瘦的身形，冷冷的眼神在室内环扫，他指了指张文，“你出去。”值日老师威风凛凛地领着花皮三人去了办公室，一路上大声嚷嚷，“寝室抽烟，够开除了。”

开除倒不至于，张文好歹也见过些世面，看着不可一世的花皮惶惶然跟在老师后头，赶忙踅出门去，买了两条烟回来。那一日，张文又踅回了办公室，满脸堆笑，自来熟地说着路上打电话问朋友问来的几个人名——他做了些拿捏，限制在老师正好听过又不认识的程度。张文飞快地将这些人名排列出与自己的亲疏关系，趁着老师愣神，悄无声息地将报纸包的两条香烟塞到老师桌底。关系再假，礼物也是真的。

老师的腔调从凛然豪放陡然转向低沉婉约，悲恸地诉说自己恨铁不成钢的心情，最后，嘱咐张文做大哥的要好好管教他们。“某某某我熟，上周还一起吃饭呢。”老师说。张文就坡下驴，相约改日再聚，他做东。

“救了我咧。”领着三人出来，直到下了楼，花皮才开了声，“要是我爸来，少不了一顿狠打，还还不得手。”

“我们家没有人来，还不得了些。”明兴闷闷地说，品别在一旁默默地走，懵懵懂懂无所谓的样子。

“庆祝一下，去吃虾子吧。”花皮提议。

明兴抬起头，眼里有了光。

“我请客，可是我没钱，你借我。”花皮一本正经地跟张文说。

“买烟花完了，只够吃粉。”张文心想借你还不是肉包子打狗。

“好吧，吃粉就吃粉。点个锅粉要得吧。”花皮让步了。

那天夜里，四人最后真去吃了虾，品别扩了他表哥来买单，表哥跑的士，搞不赢，过来散了一圈烟，给品别扔下几百块钱，急匆匆地走了。剩下四人吃着虾，喝着酒，吹牛打屁。

彼时夏夜风凉，梅园虾城的虾正肥，端出来一大盆，剥剥捡捡的不够几个搞体育的半大崽子吃。好在外面的摊子烧烤、饼子也能叫着送进来，钱分开结，几人零零碎碎地吃了个肚儿圆。

席间，品别端着啤酒敬张文，满是横肉的脸显得无比诚恳。“敬你张哥，你义道。”他一口干了，“以后要我做什么，一句话咯。”

“除了打架你能做什么?”花皮在一边嗤笑，“张哥自己也练过的。”

明兴也敬酒，敬了一圈这哥那哥没口子叫，没人敬了就自己喝，一杯接一杯，啤酒像倒水一样倒进肚里。

桌上杯盘狼藉，众人都停了筷子，有些意兴阑珊了。明兴仍在喝着，脸越喝越白，眉头紧蹙，眼神茫然中透着与年龄不相称的抑郁，仿似满胸块垒，要酒来浇。

那时他们三人上体校二年级，明兴的母亲已经腰椎病积劳瘫痪，田荒了，母亲靠娘家派人照顾。

第二年，花皮几人快毕业了。毕业前，张文过生日，花皮邀集大家一起，给张文买了一双耐克鞋做礼物。那双鞋，张文穿了五年，穿到鞋尖张了口还存着，搬家时才扔。

张文再见到明兴，他已经上班了，与花皮在同一所农村中学当体育老师，几人常聚，偶尔品别也来小城看他们。明兴自有自己的清高，张文不喊他，他就不见面。后来明兴找了个女朋友，出来玩的次数就更少了。

“跟我娘老是搞不好关系，我不在家二人准闹意见。”明兴摇头叹气，“婆媳一本烂账。”

“就婆媳了？娶不娶得到人家还不一定呢。”花皮在一旁泼冷水。

“我肯定要娶她的啊。”明兴瞪着眼，认真地说。

明兴女友张文见过一回，女孩在商场站柜台，高挑个儿，凤眼，很有主见的样子。

后来两三年里，明兴只出来过几回，与哥几个相聚，饭是闷闷地吃，酒是闷闷地喝，话不多，还挺冲，是常常把天聊死的那种。

这期间，品别来小城倒来得多，多是过来蹭吃蹭喝当旅行，还带着他的怀化女友。二人虽没断，却是冤家对，一年到头犯冲的时间大大多于恩爱时节。每次来张文与花皮都会接待，在他俩看来，看这对冤家一言不合就吵翻天是他们陪品别时最逗乐的事。

初时二人吵架，怀化妹子在大街上冲走，张文还会去拉她，后来他就冷静了——这种吃力不讨好的事情不能干。连品别都会事后说：“张哥别惯着她，越惯越来劲。猫弹鬼跳（闹）的。”

品别彼时还在学校，入了散打队，是存在感不强的那种队员，跟着个教练混着，开始打比赛，成绩并不理想，上台就挨揍。张文与花皮私下分析，这可能也跟他之前野架打太多有关，野路子攻下三路，正规赛打上三路，他打惯了，不光纠不过来，还尽犯规。

唯一可以拿出来说说的是赛前减重。为了达标重量级，品别扛着被子去锅炉房睡，在锅炉轰鸣的黑暗中，把自己裹得严严实实，感受身体里的汗密集地排出，洇进厚厚的棉被里。那时候，想必品别的内心，是充满绝望的吧。

不久，品别理所当然地被淘汰了，他仍旧没有离开体校，追随一位交好的老师，去了皮划艇基地打理招待所。张文与花皮去住过一回，在小城西边的赤马湖边，品别给了他们力所能及最好的招待。

那处很荒凉，荒郊野地里只有突兀的一栋楼房与眼前的一面湖水，而远山静默。哥仨饭后去湖边看了看，月色下的湖水是黑灰色，波影映着山的轮廓。彼时三人都不如意，各有各的烦恼，三个失意的青年抽着烟，一时都无话，只觉得天大地大，人生海海，个人的际遇却如同眼前这湖水，小石投下，漾不出大波澜。

三人枯站良久，花皮打破沉默。“下次进城来，好好带你玩玩。”他对品别说。

“不来了，我要到市里去，另找工作，妹子跟我分了，回怀化了。”品别沉沉地说。

那时明兴的做派，比在体校还性情，做体育老师兼着生活老师，他做了个十足十，最爱巡查学生寝室，没收了学生的酒和烟，自己享用。胆敢在学校里拉帮结派欺负人的，但凡他知道了，不管是不是自己的学生，都会有雷霆手段，为首的轻则骂，重则体罚。

好在乡下不比城里，乡亲们对老师的尊重还停留在 20 世纪 80 年代，信任更甚也更盲目，日常家访常听到的是，“我崽要是不懂事，教不好就打！”

倒是好几次调皮学生勾着校外的大哥找明兴麻烦，花皮就带着一帮体育老师帮他平事，遇着硬茬，还得全城调人，把师兄弟们叫些来，也就差不多了。

幸好师傅教学广，东南四乡连福建、广东都有徒弟，有些还开了武校。花皮辈分高，也喊得动，振臂一呼，师弟师侄云集。练过的不一定打得专业赛，但打几个混混没压力。比如品别，混混擅长的下三路，他是宗师级。

后来花皮当上教务主任，转而做了中学副校长，与镇上综治办、派出所混个精熟，越发好了难（平事的意思）。有个什么事，师兄弟都不必叫了，这大约就是“兄弟多不如有官身”吧。镇上渐渐有传言，中学的体育老师某某某（明兴）厉害，黑白两道吃得开。

有这样的霸道老师，学校的风气倒为之一振，至少那几年里，学校学生与社会上的关系基本切断了，学生们在校外受了混混欺负，不回家告状，到学校找老师。而小崽子们成绩也提升不少，学校的教学质量、考核评比的名次逐年上升，从东区垫底直直上升到前列。

某次出来聚会，花皮就着酒劲斥明兴，“人也不小了，该懂点事了，学校不是你的江湖，也是讲规矩的地方”。

明兴咧着嘴笑，“混得好不好，全靠兄弟罩。再说了，我又不教学生坏样。”

明兴与女友最终分手，缘于一台空调。那一年的夏天特别热，明兴想给母亲买个空调，最便宜的1匹（马力）的那种。与女友先是商量，继而变成吵架，女友摔门而出。

“她要装我们房间，我说先装我妈那，下月就装我们，她不肯。”分手后的某次聚会，明兴懊丧地坦承原因。

“你家还没装空调？”张文问。

“我不懂事，我不上进好了吧。”明兴一脸憋屈。

花皮私底下告诉张文，明兴还有一个爱好，打麻将，又打得大，老是输，存不下钱。“学上了他爸的老毛病，懵懂运走一世。”花皮说，满脸的恨铁不成钢。

空调给母亲装上了，女友却没有再回来。明兴从此戒了赌，按他的领悟，男子汉没钱万人嫌，“空调都只能买1匹的，人还指望你啥?”分手后，明兴与兄弟们又聚得多了，某次酒后，他自嘲道。

“说得对，人家也是爹生娘养的，凭什么跟你吃苦。”花皮在一旁揶揄他，“你长得还没我帅。”

戒赌之后，明兴的运气似乎就回来了，一切向好。没几年，明兴的家就齐整多了，该置的置了，该添的添了。明兴似乎连脑子都灵光了，请了个远房姨来家，照料母亲一日三餐。自家田本是荒了，临时结了大棚，连棚一块给姨，不要租金，也是个留人的意思。

腾出手来，明兴开始自己接些小事做做，给体育生上上小课，暑期带些班，手头比之前松泛许多。再后来，已调离的老校长给他介绍了一门亲，吃过一顿饭，二人就看对了眼，不到一年就结婚了。

那之前，是张文先结的婚，张文叫兄弟们敬老，兄弟们都不听他的，果子熟了就摘。花皮先结，继而品别，到张文这，花皮的女儿都三岁了。

婚前，张文将未婚妻带回乡，给兄弟们见见，张文的老兄弟都来了，花皮、钢皮、唧鸡、陈胖、鲁蛋蛋、大树、虫子、明兴，连品别都带着老婆从长沙赶来了。众人攒了一桌酒，喝完再唱K，张文的准太太酒量惊人，从酒桌到KTV，把张文的一帮老兄弟全干趴下了。

第二天，张文才知道，太太酒量是遇强则强，全凭一口气撑着，身体却并没那么扛酒，第二天醒来，抱着垃圾桶吐到中午。

再后来，明兴结婚，张文去了。新娘也是一位老师，戴着圆框眼镜，斯斯文文，挎着明兴的胳膊在门口迎客，小鸟依人的甜蜜模样，让大伙都觉得，她真是高配了明兴这块枞木杆子。

其实这也不算是个十足的美食故事，张文强将它拉进来，只是因为，在这个故事里，每个人都是生活的配角，又是人生的主角，大家的生活都散漫得像手指缝的米粒，又膨胀得像打米匠脚一顶、“呼”地一声冲在最前面的那一颗。

可说来说去，人生不是电影，也不是在等某一刻。它就像一块巨大的拼图，生活琐碎如同细小的图卡，拼接起每时每刻，而这中间，潜藏着所有的喜怒哀乐。

就像张文不知道打哪听来的一句话，“电影看高潮，人生活起伏”。

再往后，品别告别拳坛，打了许多工，最后做了一处楼盘的保安队长。他仍旧坚持自己的训练，张文去看过，没人陪的时候，独自抱着 40 公斤的杠铃片，左右摇摆扭着腰，像个练广场舞的婶子。某年张文岳父遭遇车祸，岳父路遇红灯时停了车，被一辆逆行摩的迎面撞上了，摩的司机爬起来，将自己的摩托扶起转了个向，又瘫在了车前。那几天，张文请品别陪着老岳父，主要是保护人身安全。在监控铁证下，在品别一脸横肉与似笑非笑面前，在交警队出具的事故鉴定前，摩的司机终于收敛了无赖嘴脸，只求岳父自己修磕破了些漆的车前杠。岳父肯了，品别没肯，硬刚着对方掏出赔付。

花皮在副校长任上没有干多久，最终为了全家人对他生二胎的期许，放弃了体制内的工作，独自奔赴郑州打工。又过了两年，打工没赚到钱，还没来得及再生，全国开放二胎了。

明兴的人生倒是走上了巅峰，自他们村划进城区起，拆迁成了悬在头顶的大红包，先从田补起。他仍旧不穿宾奴，哪怕商务款。但他常常买，买来就送人，张文也得过两件，按明兴的说法，“人人穿宾奴，世界大同。”

而张文自己，早已步入中年，为了降血压，靠健身减了肥，常常在太太面前显摆。太太的年龄只差他两岁，因为孩子的教育焦虑，从从前的大长腿，变成了如今的花白头，仍是一张小脸，却有了些沧桑味。除了结婚纪念日，她再没沾过酒。张文喝酒，她总劝，“少喝点啊。”

在兄弟们的聚会中，弟兄们渐渐吐露了不少秘辛。譬如那时，花皮替明兴向自己借钱买的校服根本不要两百块一套，他坑了张文好些。而品别追随去打理招待所的那位老师，就是当初张文送烟的那位，对品别极好，在品别的描述里，他只是个要面子的老头，其实极心软。“当时即使你不送烟，他也会放了我们的。”品别后来诚恳地说。而人参米，想必明兴也早已不吃了，但毕竟难得一见，遇着了，买来也是纪念。

有些事，从意难平，到意难忘，不过是人生的少年到中年，从砥砺前行到意兴阑珊，譬如人参米的入口饱满到洇水即散。

毕竟，当自己与父辈一般体会到责任，总是初时兴奋，后来沉稳。所有的担当，无奈何地洇进每时每刻，必须拼尽全力，又必须看淡结果。

几十年前不懂的道理，都在一碗粉里

扎粉，就是江西米粉——米做的干粉条，需久煮才能食用，软中带韧，细嚼有甜味。

碗底一坨猪油，放些许盐与味精，浇上酱油与葱花，再舀一勺热腾腾的大骨汤，把煮熟的扎粉捞起放入，酱色的汤底围着雪白的粉，再舀一勺肉丝——全瘦肉，怯生生的几根堆在粉上，有条件的再加个煎蛋，就是张文记忆中的扎粉。

至于为什么叫扎粉，张文没有深究过，或许是因为一捆捆用绳扎起来卖，又或者因为它吃下去比米粉更饱肚，显得扎实。

张文幼时，家里是没吃过扎粉的，母亲也没买过。那时有工作的主妇们常觉得工作大过天，晨起后每一分钟都宝贵，买菜、操持一家人的饭食，做不完的家务，时间如兜里不多的钞票，分配得明明白白之余还力求俭省，抠下一分都有用处。市场上买的鲜米粉过一遍沸水即可，面条也快，至于扎粉，实在耗不起多那几分钟的时间。

于是，印象里关于扎粉的记忆都是零星的，那味道随同幼时的某些人，定格在许多年前的某些场景里。

1992 年的冬天有一个盛大的开局，一场初雪将小城装点得银装素裹。张文日日穿过一条小巷上学，在冷冽的空气中，数着檐下的冰凌子，等待过年的快乐便完全覆盖了期末考前的不安。

张文已经上初中了，自那一年夏天起，随着学子入学，仿佛一夜之间，学校周围沉寂的小街小巷全都苏醒了，原本没有的各种店铺纷纷开了张，做学生生意。对街巷子里，光是早餐店就开了七八家，炸油条、糖饺子的，卖米粉的，卖包点的。张文上学路上，总会遇到揽客的店主，那些收拾得干干净净的阿姨们，趴着自家靠巷口的窗户，热情地呼喊："学生仔，吃早餐不?""学生仔来咯，我搞碗枸杞面给你呷咯。"——热情得好像不要钱似的。

听到揽客声，张文总是脸颊发红，快走几步，急匆匆地脱离阿姨们的视线范围，他书包里有些钱，攒着有别的用处。被人招揽却不能拿出来，心里似有歉疚一般。

家庭饭桌上，父母也聊起小城各类生意的陡然火热，跟邓公南巡有关，“那可真是有魄力的人啊！”父亲叹道，“上面有精神，百姓就有谋算。”

“是咯，以前哪里敢。”母亲说，“怕割资本主义尾巴呢。”

“老黄历了。”父亲笑道，“如今是真的开放了，咱们革命老区都准做生意，不怕老百姓赚钱。”

学校周边的店子，有同学请张文吃，张文也不客气，只是绝不回请。

朋友里有那么一两个豪客，带着张文将学校周边的店子吃了个遍。张文发现，那些新开的粉店有一个统一的调性——抠门，粉下得太少，几筷子扒完，汤喝尽了能撑个肚儿圆，课间一泡尿，肚子就又瘪了。张文早上在家吃过，吃请不过是过嘴瘾，在外吃早餐的同学可就惨了，下课得偷跑出去买个包子打腰餐[①]。一来二去，也摸熟了一两家不抠门的店，譬如开在斜对街自家院里的斌少面馆，店家是

① 湖南方言，中途加餐的意思。

个年轻小伙，人很实在，在他的店里，一切皆可干拌、可免码，量扎实，价钱实惠。

同学栋仔曾请张文在那吃过一碗干拌扎粉。猪油、酱油、味精做碗，再洒上辣椒碎与葱花，煮一份扎粉平平盖上，扎粉需久煮，等许久才能等到。看着白碗配着白粉条，盖一个溏心煎蛋，筷子一通搅，雪白的粉条沾上酱油的暗沉、蛋液的金黄，星星点点地缀着艳红的椒碎与翠色的葱碎。猪油的香味被热粉一激，随着蒸腾的热气悠悠地散发出来。扒一筷子到嘴里，粉糯软，带些韧劲，蛋液、酱油与油脂略浸润着，带着恰到好处的咸鲜，辣椒与葱花再提一层味，越吃到碗底，味道越浓，像一首曲子由舒缓到高潮，最后一口吞下，戛然而止。

栋仔吃完米粉早跑了，张文横起袖口一擦嘴，抄着书包奔出门去。远远的，上课铃声就响了起来——这是张文与扎粉的第一次相遇，急匆匆的。

因了这一次，张文倒起了意头，央着母亲做给自己吃，母亲听了直摇头，“要煮很久的，太费工了。”见张文不语，她又耐着性子劝：“没鱼，肉也好啊。煎个荷包蛋打个豆豉汤，煮一把碱面放里头也香啊，你妈小时候想都不敢想的呢！我去修铁路你外婆才煮了一碗给我，哪像你现在，常常吃。”

张文兀自腹诽：面条是常吃，荷包蛋可没有。

“过日子啊，眼睛要往下看，往上看，要的就没有边了。”母亲皱着眉说。张文没有跟母亲争辩，实为自己想吃一碗扎粉扯出一篇道理感到不值当。从前母亲生气了总是体罚，打手心、扒了裤子打屁股、气急了还能用上缝衣针。等张文上了初中，母亲也开始学父亲，跟他讲起道理来，做家务也不耽误，手下不停，口里不停，絮絮叨叨一不小心就从1960年说起。张文立在跟前，进不得、退不得，心里难受，恨不得跟母亲挑明：“别说了，打我两下算了。”

唠叨完了，扎粉还是没得吃。只是没成想，小城的经商大潮潮涨潮退，市场考验着生意人的良心，那一年到了冬天，学校对面的早餐店就只剩下两家了。

一场小雪接着一场大雪，从腊月连绵到正月。转过年来，大人们要上班了，张文仍有假期，七里桥大舅家的二表哥便来了，接张文回乡小住。

大舅是乡上第一个吃螃蟹的人，80年代末鼓捣着开了家花炮作坊，一年下来就发了家，起了二层水泥小楼，电视、冰箱一应俱全。大舅嘚瑟，还想买辆摩托，先借了别人的练手，摔了，从此断了念想。“那东西猛，一拧就蹿，刹不住。”有一阵，他挂着绷带逢人便说。

去大舅家玩，张文顶乐意的。

大舅家在禧和岭下的一座小坡上，洋楼依山而建。屋前一块水泥坪，屋旁有竹林，竹林前一条路，往北通往山的另一端，路对面零星立着油桐与柿子树，再往后，是稻田环绕的一眼水塘。在这里，春天在稻田里盘泥鳅，夏天折根细竹绑上线钩就能钓鱼，秋天掰根蕨杆喝茶花蜜，冬天扛着锄头挖冬笋，或拿长竹篙打柿子，四时皆有无尽的乐趣，到处都是张文撒欢的场所。

大表哥去当兵，张文便跟着二表哥混，二表哥黑黑的，话不多，对这个弟弟倒是悉心照顾。张文过去的第一天，二表哥便带着张文去爬禧和岭看雪，山道弯弯绕绕。彼时的张文还是个小胖子，个子全班倒数，身胖腿短，爬起来够呛。走到半程，二表哥索性背起了他，二表哥有股子力气，脚下也踏实，张文仍提心吊胆，扭头望望。斜斜的山势，绵延的白雪与灰黑的树，再远处，是红的（红砖）、黄的（土砖）村舍，炊烟直直向上，抬头望，看不见山顶，纯白的雪连着灰白的天。

“你别乱动啊，背起来费劲。”二表哥抱怨着。

“我怕咧。”张文嚷嚷。

“怕什么，”二表哥嗤道，“大爷爷在山上，他会保佑我们的。”这个张文知道，他说的大爷爷，是外公的哥哥，早年间死在广州，前两年已经迎回故土了。

二表哥上高中了，爱看武侠小说，张文平日里跟着他看了许多。有些小说武打片段轻描淡写，“做坏事”的情节倒许多，看得人口干舌燥。许多年后，张文回头想想，那怕是自己人生最初的性启蒙吧。而在当时，张文却对二表哥打着武侠小说的幌子看黄书很不齿，在某次写信给大表哥时，忍不住添了两句。远在广州的大表哥很快回了信，直接将状告到了大舅那，二表哥扎实挨了顿打，书也给烧掉了。

那是此前的夏天，兄弟俩冷了几天，一个屋檐下各玩各的。张文挺尴尬，总想着找二表哥解释，又不好意思，没等张文找，二表哥倒来找他了。“奶奶让我陪你玩。”二表哥板着脸。

“你不生我气了？”张文小心翼翼地问。

“你别告黑状啊，”二表哥轻轻拍了拍张文的头，一脸懊丧，“挨打小事，书的押金全赔掉了。”“哥哥（大表哥）晓得什么嘛？”二表哥愤愤说，“他又不看书的。还不准我看了。”

果然，正月到大舅家，二表哥又是一床书了，还是武侠小说居多。“大舅不管吗？”张文诧异地问。

“他会抽查的，没有那种情节就还好。”二表哥嘿嘿地笑。张文也跟着笑。

第二天一大早，二表哥唤张文拖他去打鸟，知道张文要来，二表哥早早地借来一把气枪。“我踩了点的，那里麻雀多咧，”二表哥拉着张文起身，“不在家里吃。”二表哥冲张文眨眨眼。

他们要去东边的焦溪岭，有点远，二表哥骑车驮着张文。马路上没有车，行人也稀少，二表哥把车骑到了路中间。道两旁的树已经秃了枝丫，笔直地挺立，像在接受检阅。路面之外，是裸露着黑土的田，远处的农舍冒起炊烟，再远处，山在云雾间。天地间一片萧索，只有风穿过无边的寂静。

张文开始怀疑，这种大冷天，真有鸟打吗？

二表哥显然没有这种担心，兴致勃勃地跟张文说着几天前看到的一只岩鹰，“那只鹰飞得好高，我们可能要爬到山顶才能打到它。”

公路在山脚下拐了弯，直直骑过去，就插到了小路上，往山里走，路越走越窄，一边是田，一边是山，山上密密的茶林，把大片大片的墨绿色染进晨雾里。绕过两道弯，豁然开朗，眼前一片低洼地，围成几丘水田，水田的后头是个小山坡，坡上大片竹林掩映下，影影绰绰看到几间矮房。

张文下了车，上坡的土路有些湿滑，他攀着车座，走得踉踉跄跄。土路一直延伸到竹林里，二人循着路往里走，倏然闻到香味了，是炸油货的香味与隐约的肉香，在清晨的竹林里悠悠发散，特别醒神。张文被馋虫勾着来了劲，倒跑在了二表哥的前头。林间小路拐个弯，几张小桌、几把条凳，一个早餐摊摆在了民居门口。

“知道为啥叫你不在家吃了吧。”赶上来的二表哥摸了摸张文的头。

“在这摆摊，谁买啊?”张文带着疑问上前去，摊子虽小，东西挺多。一口汤锅下面条，旁边的小火炉上煨着肉丝，另支了一口油锅，炸油条和糖饺子，摊主是夫妇俩，只看见老板娘在忙活，黑壮的老板坐在椅上喝茶、抽烟。

“吃点什么?”老板站起来招呼。二表哥把车停好，拉着张文大咧咧地在桌前坐下，底气十足地点着餐，“两根油条，两个糖饺子，两碗面”。

“有米粉不?”张文问，“我不想吃面。”

“那要到县街上去买，”老板乐了，“有扎粉，吃不?”

张文一个劲地点头。

糖饺子是糯米粉做成的小粑粑过油炸，炸好后扔糖碗里裹一层糖衣，吃起来又甜又糯。刚出锅的油条膨膨的，一股面的焦香，张文吃一半留一半，预备米粉上来蘸汤吃。二表哥的面倒是上来了，吸溜得正带劲，张文巴巴地看了一会，悄没声地将油条伸进了表哥的面汤里。

忽然，远处传来隆隆闷响，山林飒飒，桌椅震颤，一大群鸟从林中呼啦一下飞上天空。张文骇得不轻，跳起来拉着二表哥没口子地喊，“地震了吧?”

二表哥慢条斯理地喝着汤，老板娘仍在灶上忙乎，老板抽着烟，大茶碗刚续的水，端起来，吹一吹，嘬一口。

“焦溪岭修隧道呢，这是在放炮。”二表哥笑眯眯地解释。

“是咯，修路去长沙。这里通了，长沙就近了。”老板搭着话。

小城是山城，离长沙虽近，路却一直弯弯绕绕，没个半天到不了。“我知道，我去过，早上出发，在跃龙[1]歇脚，那里鱼好吃。”张文应道，他已经十三岁了，最远的，也就去过长沙，还回回晕车。纵是如此，不改吃货本色，倒记住了跃龙的紫苏煮鱼。

张文的扎粉终于端上来了，粉下得多，在碗里堆起。老板娘心好，多舀了些码子，酱色汤汁绕着雪白的粉条，顶上铺一层肉丝，肉丝和着姜丝豆豉炒熟熬汤，连汤带料浇在粉上。张文又舀上一勺干椒粉，姜丝提味、豆豉提香，肉煮得绵软，汁水浸进粉里，扒上一口，带着扎粉的韧与甜，辣味也无处不在，刺激着味蕾，入喉入胃，激得人浑身通透，额前就渗出密密的汗来。

“看你们背了气枪，只怕会走空噢。”老板噱笑着，“炮一放，鸟都吓跑了。”

“修路好咧，”老板自说自话，“路修通了，我就不是山民了，开个店在路边，来往的车，都可以到我这里歇脚。”他眯着眼望前方，忽然站了起来，“婆婆子啊，下面条噢，他们来了。”

张文转过头，顺着老板目光所视的方向望去，看到

① 即浏阳市镇头镇跃龙村。

三三两两戴着安全帽的工人，从远处坡上迤逦而下，走上通往此处的田埂。

那一天，张文吃完那碗扎粉，下起了雪，落在竹叶上沙沙地响，张文央着二表哥带他去看了隧道。穿过竹林与一堆坟茔，在另一座坡后头，一条宽敞的泥石路直插山前，一溜简易工棚，升着炊烟，笔直的山壁上，一个骇人的大洞沉默地显现，像山妖的独眼。

自行车寄在早点摊了，返程时，再次穿过那堆坟，张文看到一只彩色的鸟，停在不远处的一座坟头上。它比麻雀大多了，有冠，尾羽细长，头一点一点地旋转着，对着周遭打望。张文望向二表哥，二表哥望着那鸟，背上的枪口低垂，他没有动。

“它真好看。”二表哥喃喃地说。张文扔出一粒石子，看那鸟振翅而起，惊飞在雪中。

三年后，靠村村派人，几乎没用机械、纯人工打造的焦溪岭隧道通了。

国道从大舅家旁边通过，原本的小山坡被一劈两半，大舅家的二层小楼立在了人工打造的悬崖边上。此时的张文已完全陷入紧张的学业中，他很不喜欢，只能阳奉阴违，背地里反抗着，买来大量的杂书看，并尝试写作，也开始在不起眼的杂志上发表不起眼的文章。

二表哥高考失利，招工进厂，他依旧喜欢看书，交好了几个朋友。张文去厂里看他，他带张文出去吃小炒，与张文讨论文学与写作，也说说他喜欢的姑娘。

他给厂里刊物写稿子，让张文修改，张文看不上，给他重写一遍。刊物每月一期，稿子连着发表几篇，姑娘却成了别人的女朋友。

再吃饭时，二表哥表情闷闷，张文就着小炒肉扒下三碗饭，愣怔了半天，期期艾艾地劝："我在想，追女孩可能还是要直接点、主动点，不能写这写那的显能耐，等着别人来倒追的。"张文故作老成，看着肉碗里还有些油汤渣剩，自顾着拿过来，又装了些米饭拌上："你老弟我这么优秀，也没人喜欢。"

"一脸的青春痘，谁敢找你啊。"二表哥被气乐了，"会上火的。"张文听得不明所以，还是跟着一起傻乐。

少年的心性总是不可理喻，对于世界的认知一步步拓展，对于自我的喜好却总是一点点被否定。眼见着身边物质丰富、一切向好，却满心的愤懑，总觉得生活不是自己想象中的样子。

那一年秋天的某个清晨，张文拉着二表哥去爬了禧和岭，在山的顶端，他将自己写过的所有算作文章的东西——哪怕只字片语，全都一把火烧掉了，再挖了个坑，将自己写秃噜了的几支钢笔扔进去。“要不要许个愿，可能会实现噢。”封土前，张文嬉笑着对二表哥说。二表哥应是被张文的壮举吓住了，愣愣地看着眼前这个傻子。

那之后的某一天，张文起了个绝早，他家早已经搬到了城东宿舍，他蹑手蹑脚地偷偷出门，爬上了顶楼，沿着露台水泥围栏爬上露台入口门楼顶，那是这栋楼的最高处。坐在门楼顶的边沿听着随身听，他双脚垂下，一晃一晃。对面是城东的老樟树，晨光熹微中，挺直着巨大的身形，像在与张文对视。在它身后，是一湾黑水，浏河后的天马山如静卧的巨人，山后有微光，逐渐蓬勃，在曲子的又一个转折间，一轮红日探出头来。

“世界没有变得更好，也不会变得更坏。”张文暗暗地想，压抑着一跃而下的念头，缓缓地爬下了门楼。

他下了楼，走到外头。院前的路上，陆续有人的身影，倾着身子拉着板车，前人拉、后人推，沉默地前行，车轮压过马路的声音低沉又压抑，那是城东的菜农。因大棚技术的发展与各种药物的运用，时令菜与反季菜逐渐丰富，几日一丰收，供应给小城居民各式丰富的菜肴。兄弟花皮告诉张文，“现在自家卖的菜可不敢吃，黄瓜结果后上点药，几天就长成了”。

对街有间小粉铺，等一碗扎粉的过程，陆续有卖了菜的菜农踅进来吃面。

如今的早餐，较以前丰富了许多，油条、糖饺子、包子、米粉、扎粉、小机面、面条，原来不多见的牛肉码子也成了标配，不只饱腹，更重口味。

张文叫的是牛肉扎粉加煎蛋，一碗扎粉端上来，热气腾腾，酱色的汤上漂着翠绿的葱花，银白的扎粉蜷卧汤里，顶上盖着褐色的牛肉丁与金黄的煎蛋，蛋黄搅散了煎的，煎至全熟，一股焦香。舀一勺干椒末到碗中，筷子伸入一通搅，扒上一口，烫又辣，粉糯、蛋鲜、肉烂、汤稠，吃一口，就停不下来了。

20 世纪末，小城的商业化步伐一往无前，心思活泛的人们蠢蠢欲动。母亲与父亲在饭桌上也开始热烈地讨论，父亲说着国家的大政方针。母亲说着自己的小算盘，说在建的小城步行街开始卖门面了，她看中了一处，100 平方米的门面搭着楼上的三居室总价四十五万，家里存款不够，得贷三十万。

父亲慑于如此高的门面价格，说自家有十来万，不如换套好房，加上装修也够了，把家里的居住条件提高一下。

二人的分歧越来越大，某一日，执拗的母亲硬拉着父亲去签了门面合同。一周后，父亲说服了母亲，左右托人，毁了约。

一家人最终在城西买了套大房子，在某个楼盘的顶楼，没有电梯，二层复式带个小阳台，入住后，父亲兴致勃勃地在阳台上种上了铁树与玫瑰花。

“你爸是怕欠债，”母亲后来某次跟张文聊起，笑嘻嘻地说，“没鱼，肉也好啊。换个大房子，一大家子也住得舒服些。”那时，张文的爷爷奶奶早已被父母接进城奉养，原来的房子，确实小了些。

步行街的门面，大部分落入了外地来的炒房团手中，这桩事，倒成了小城居民们茶余饭后的笑谈，“几十万买下来，一年的租金三千块，多少年才回得本噢。”一边倒的评价是外地人是冤大头。

那之后，张文有许多年都没再吃扎粉。倒是越来越频繁地穿过焦溪岭，319 国道早已贯通，这条创全省“国道县修”先河的道路，将通往省城的距离缩减至 70 多公里，车程约一小时。城东开通了往长沙的快巴，在没学会开车之前，是张文去长沙的首选。

好多次，张文坐在快巴上，想念着跃龙乡的紫苏煮鱼。

国道通行之后，初时总有事故，乡民们抄近道，将护栏扒开口子，高速行驶的汽车常常对斜刺里插入的单车避之不及。后来，斜插入的单车变成了摩托，再后来变成小车，政府索性重新规划，将一些乡民自开的口子纳入管控道路，拓展驶入区，设立警示标识，减少事故发生率。

张文从这条路离开家乡，求学上班，又从这条路回来。四时景物变换，路旁的风景更是一时一换，眼看着农舍变小楼，农田成厂房。不知道几时起，连遍野的油菜花都成了一道风景，引得城里人来踏青游玩。

而对于大多数人来说，发展于他们是被动的，被裹挟其中，推着向前走。在周遭急速的变化之中，许多人曾经灵光一闪的创业冲动无奈地成为事后的喟叹，雪泥鸿爪。

21 世纪的第一个十年，很快就过去了。

大舅的厂子早已关停，随着城市扩张，原来的集里乡并入城区，所在村组列入拆迁范围，大喜之事大舅却高兴不起来。20 世纪 90 年代，他跟随潮流，给三个孩子缴了不菲的增容费，买了城市户口，如今拆迁，孩子们不再计入拆迁户头。

二表哥的厂于21世纪初改制、破产，他早已下岗，寻了个司机的活，表嫂打着临工，加上父亲、哥哥的接济，搂着一家四口的生计。二表哥早已经不提写作，沧桑爬上了他的额头，他越来越沉默。

张文也是如此，许多年没有再写，内心浮躁，随时代潮涌，浪掷着青春与才华。

某次回乡，与二表哥相聚，聊起从前，张文说到二表哥带他去打岩鹰的场景。那天张文喝了些酒，回忆得具体详尽、绘声绘色，二表哥一直沉默地笑着，望着张文，没有应和。直到张文讲累了，他才期期地说，“我不记得了。”二表哥顿一顿，轻声说道，“岩鹰，现在没有了吧。”

2015年，股灾之后，张文重新提笔，发现在回忆的欢乐中能寻求内心的平静，那就且用过去的暖慰藉现在的寒吧。

后来某一日，张文回乡，去一位朋友开的二手房中介公司小坐，赫然发现，母亲当初看中的那个签了合同又撤销的步行街门面挂牌转售，转售价格九百八十万。而此时，同类门面年租金已近三十万元。

“这个门面，我们家当初也想买过。”张文一笑，对朋友说。

“现在买不?”朋友却认了真，“可以讲点价，十来万，我的面子。”

回家跟母亲提及，母亲惊讶地捂嘴叹道，“这么贵啊，”她笑嘻嘻地，“哎呀，那买不起咯。”

2020 年，疫期未过，张文在 2 月 3 日返工，老婆、孩子送去岳母家，每日下班，在家自行隔离，煮碗面吃。

兄弟花皮做着微商，商品中有一款即食的浏阳剁椒米线，经快递给张文寄来三十盒，满满一箱。“我知道你懒，这个是即食的，料包热一下倒在上面就可以了。”花皮在电话里说，“干米线跟扎粉一样，要久煮。按说明弄咯。冇出正月咧，一个人在家，要好好吃饭。”

“即食的，还要煮?”张文嚷嚷，“这不科学。”

张文嫌麻烦，一直没吃，箱子没开封，放在客厅角落里。长夜无聊，看书追剧，一天天地过着。前几日看书到夜深，上床后全无睡意，腹鸣如鼓，披衣起床寻吃的，方便面吃完了，茫然四顾，瞥见了那个箱子。

打开来，即食米线一盒盒的红色包装，他开了一盒，牛奶汤锅接了水，干米线如扎粉一般硬硬的一撮，冷水下锅，大火煮。开锅后仍煮了六七分钟，总算软了，煮粉的水倒掉一多半，将牛肉包、酸菜包与剁椒包撕开倾入，牛肉粒分量不少，辣煮的、颗颗饱满，浓稠、结冻的汤汁在开水中化开，酸菜与剁椒都散了，随着沸汤四散开来。关火时，张文打了一个鸡蛋进去。

偷懒，不另寻碗盛了，隔热巾端着汤锅上了桌。蒸腾的热气里，银白的米线上酸菜与剁椒是星星点点的深绿与浅红，褐色的牛肉粒散落各处，一个敦实的溏心水煮蛋静卧在锅边角落。将蛋戳破，蛋液裹上米线吸一口，喝一口汤，肉汁般浓郁的口感里带着些些的酸，扒上一口，还是停不下来。

深夜里，张文吃着，不自觉地回想起许多年前，栋仔带他去吃一碗扎粉的那个紧张的早晨，几十年过去了，世界都变了，味道仍旧没有两样。

在不同的时空里，幼时的张文与现在的张文吃着同一样食物，心境却是两样。这令张文感到沮丧，他蓦然醒觉，在变化的表象之下，一切并没有变得更好，世相荒诞，被欲望裹挟的内心满是浮躁，五感混沌，难觅旧时欣喜。而简单快乐，终需要一颗童真未失的心。母亲教了一世，自己怎么就没学会呢？

张文懊丧地、近乎无赖地对着空气呢喃，“妈妈，你打我两下吧。”

那夜有月，清辉洒下，交融于万家灯火，匀到每个人的景色都是一样。而在低处，城市的某扇窗内，那个抱碗呆坐的胖子，他有些伤心。

秋天猪油香飘时，奶奶就要进城了

秋风凉时，大枫树茂密的叶子火红地燎着天，树下的老祠堂肖然静默。祠堂东厢，木门“吱呀”开了，一个五十来岁的妇人挑着挑子迈出门来，手挽着担绳，快速地穿过门前土路，走上下老坝（乡间称小河为坝）的木桥。

木桥虽年代久远，却很扎实。据说古早时，张家冲的祖先就是骑着高头大马、拖着数车行李，打这桥上过，在不远处的山坡下安了家的。妇人挑着挑子悠悠过桥，气不喘、脸不红，多年的劳作积下的耐力，看到乡邻仍能笑眯眯地打招呼，“您唧家（对人的尊称）好啊”。

“好、好，出门吗?”对方回着礼。

“下浏阳看孙呢。”老妇人笑里就显出得意来，那时乡间以东为上，西为下。

“您啷家就是闲不住，忙完田里忙城里。”邻人啧啧夸赞着。

许多年前的小城，贫瘠而又安详，晚稻收过了，农活忙完了，秋冬之交，闲不下来的农家婆婆进城看儿子，帮着带几天孙。很多年里，从秋凉到开始刮起北风，幼小的张文鼻头总会反射性地闻到一股子淡淡的猪油香——奶奶进城的日子又近了。

小碗中舀一坨冻猪油，打一勺热腾腾的米饭盖上，酱油瓶略倾，浇下一线褐黑的酱油汁，撒上些干椒粉。米饭的热温洇化了猪油，搅拌均匀后，猪油的香气四溢开来，是张扬的诱惑，而饭粒是油亮的深褐色，兀自冒着热气，其间星星点点椒碎的艳红，如莽山雾中的朵朵桃花。挖一勺吃进嘴里，猪油包裹的米粒滑嫩带着荤味，点点椒碎提辣、提鲜，总让人有种莫名的满足感。

这是奶奶进城时，常给张文做的酱油拌饭。当然，若回乡去奶奶家，酱油拌饭可是从来不做的。这道吃食对于奶奶来说，是不得已而为之的事情。

奶奶的一挑扁担里扛着山货——红薯丝、红薯片、新打的米、茶油、自家做的油豆腐。扁担弯弯扛上火车，到了城西，父亲总在站台接，接过扁担扛回家。

张文每次见到奶奶，她总是苍白着脸，捏着手帕，兀自干咳。“坐不得火车，摇来摇去，叫起来（汽笛响）團心冲，不舒服咧。”奶奶晕车，她啧着嘴，无奈地摇头，“你爷爷又不陪我，要守屋。”

“晕车难受咧，”张文抱着奶奶的大腿，将母亲的方法教给奶奶，“奶奶吃点梅子咯，瓶子在柜顶上，你拿咯，我拿不到。”张文也晕车，感同身受，在每年回乡过年时，摇摇晃晃的小火车逢站必停，时时晚点，在幼时的张文看来，这架火车是天生与他作对，总要把他晃吐了才算完。

在父亲的叙述里，张文三岁以前，奶奶没带过他，父母是双职工，只得请保姆。奶奶不爱进城，更不爱坐车，张文出生前，她偶尔走出小山冲，是去镇上赶集罢了，再远回过七宝山（临近永和的一个乡），那是她娘家。她习惯在她熟悉的地方待着，去哪里都是步行，人生的前五十多年里，对陌生环境与新生事物本能地抗拒着。

“你奶奶那时说，城里人好厉害，三年严重困难时都不得挨饿，乡下人没这本事，要守着田，发狠做。”张文上高中时，父亲才对他说起，“她又说她没读过书，字都不认得，进城干什么咯？别人会笑话我的。我跟她说没这回事，

‘前三十年看父敬子，后三十年看子敬父’，别人要因为她笑话我，说明我没出息。”父亲又说，“我做了好久工作，她才肯进城。”

“是呢是呢。”张文没口子答应着。在张文家，一直是父严母慈，张文自小惧怕父亲，虽然家法都是母亲执行，父亲很少打他。

等到张文四五岁了，奶奶才开始每年进城看看，张文便可以不去幼儿园了，接回家交由奶奶带。

彼时奶奶尚且精瘦，花白头发，黑黑的脸庞上皱纹纵横，腰杆却是挺直，做起事来不停歇。她进了家门就不出去，除了买菜，家务事包干，一室一厅的单位房，从里到外大扫除，桌椅板凳抹了一遍又一遍，亮滑得能照见人影。

每逢那几日，小小的张文就是奶奶的跟屁虫，奶奶拖地，他跟着；奶奶淘米，他跟着；奶奶抹桌子，他爬到凳子上仰头看；奶奶抹凳子，将他抱到桌上低头看。好歹闲下来，婆孙俩对坐着，大眼瞪小眼。

奶奶不会讲故事，也不会玩游戏，只会扯家常，念叨着张家冲里的事情：

“你萍婶和文初叔打架咧。”

“我冇年纪的时候也做生意，跟我叔伯兄弟开厂子，沤竹子做草纸。”

“我们家屋后那棵老枫树啊，这时候叶子变红啦，打远望去，像火烧了天咧。”

“架个锅，炒肉吃啊。”张文插了句嘴，奶奶哈哈大笑。这句回应奶奶记了许久，像一个历久弥新的笑话，时不时拿出来说。

张文偶尔央求奶奶带他出去玩，奶奶连连摆手，“不去咧，怕咧。我不认得路。”说得多了，奶奶就皱起眉头了，佯怒着：“有什么好玩的咯，我在你这么大的时候，就要帮家里做事了。”

奶奶不出门，除了打扫卫生，厨房就是她的王国，她总在厨房忙活，捯饬出不少好吃的来——炸红薯片、洋芋片、玉兰片，浸辣萝卜，自制霉豆腐与剁辣椒。临要走时，家里的瓶瓶罐罐都塞满了做好的食物。

张文自小胖，容易饿，每天上幼儿园，妈妈给塞一坨山楂片当零食，那玩意儿酸酸甜甜挺好吃，但开胃，越吃越饿，只能饿着肚子巴望饭点。于是，接回家给奶奶带的那几天，终于可以可着劲儿地提要求，只要不让她出门，张文的请求奶奶都能尽量满足。

奶奶给张文做酱油拌饭，多是在下午，相当于打个腰餐。将中午剩的米饭盛出一碗，回锅蒸，加热到十成，拌上猪油、酱油和辣椒碎，饭粒颗颗分明，酱色油亮，浓香扑鼻。奶奶常常还会想着法儿加点料，或是撒一撮熟芝麻，或者碎炒一个鸡蛋盖在饭上，鸡蛋炒老、炒碎，盖在饭上，像漫山翻滚的金元宝。一口吃下，蛋鲜、椒辣，酱油饭包裹着猪油，滑嫩中带着米饭的甘甜，在彼时的张文看来，虽是腰餐，可只有一碗也是远远不够的。

张文跟奶奶抱怨，奶奶摸了摸他的头。“好吃吧，饭是润肠，不是垒墙。”奶奶笑眯眯的，“你太叔公说的，小孩子吃多了积食咧。”

张文仰头望着奶奶，奶奶眼角的皱纹就如老树的虬根伸入花白的鬓角，眼里亮闪闪的。

上高小了，张文搬了新家，在院里新建宿舍楼的五楼，两室一厅，终于没有从前的局促了。奶奶也从一年进城一次，变成了一年两次——双抢之后，也来住几日。正是暑期，正好带几天孙。

住家宽敞了，可一家三代难免有摩擦。奶奶生气闷闷的，无人时，心事会对张文说：“我十二岁嫁到你们张家做童养媳，我婆婆就没有我这么好呐。家里什么事都要做，冇做得好还要挨打，手边有什么抓起就打咧，你爷爷那时候才五六岁，屁大伢子，天天耍泥巴。”奶奶抬手捋起额前发，指着额头，“这是你太奶奶拿火钳打的，血流下来迷了眼睛咧，洗个脸，草木灰一抹，还去挖猪菜。”

奶奶眼神迷离，木木地望着墙，好半天再回过神来：“她（太奶奶）病了好久咧，我端屎端尿，死的时候，拉着我的手，泪眼婆娑，一定要我照顾好六伢子，莫嫌他。”奶奶叹着气，“那时候你爷爷十岁，这么多年就这么过来了”。奶奶偏过头去，额前的头发落下，正好遮住那道浅浅的疤。

那是张文第一次听说火钳可以拿来打人，火钳家里有，夹煤用的，铁做的东西，又大又沉，打人一定很痛吧。他立起身，想抱奶奶，个子高了些，将将抱到腰，奶奶一愣，转而笑容堆上脸。“文伢懂事咧，”奶奶慈爱地抚着他的头，“你会长高高，奶奶越老越缩，到时候就是奶奶攀着你咯。”

那一日，张文沉浸在奶奶幼时被打的巨大震惊里，倒忘了问太奶奶说的“六伢子”是谁了。

那时节，奶奶依旧不爱出门，依旧把厨房当阵地，依旧会做各种花样、带着浇头的酱油拌饭，张文也依旧百吃不厌。对奶奶来说，掌握小小灶间中的一应食材与用具，就差不多可以掌握一切了。

相处越久，张文就见识得越多。例如，做饭之余，看似简单的调料还有着许多额外的功用，牙疼了用食盐兑水漱口，嗓子疼吞一勺醋，烫伤了抹点酱油。“包好咧，”奶奶一面捯饬一面说，“小病小痛不用去医院，浪费钱。”

这类偏方偶尔有用，多半没用，母亲也是信的。某次张文生虫牙，母亲听来个偏方，棉花蘸风油精拿针挑着，塞进蛀出来的牙洞里。那种苦涩与口腔黏膜的刺激感，张文至今难忘，像有许多只蚂蚁从虫洞中奔涌而出，密密麻麻在嘴里爬着，张文含了半天，整只嘴都麻了。

然而诸如发烧、呕吐之类的病痛，奶奶只能摆起香案，对空而拜，求祖宗保佑，儿孙平安。母亲此时自是放下迷信，领张文出门就医，待治好了，都算是奶奶的功劳，偶尔还奉承她两句，奶奶便得意洋洋。

到张文小学快毕业了，一年进城两次的奶奶，终于克服了她的恐惧，开始在母亲的陪同下出街。“婆婆子怕踩坏了马路，走起路来小心翼翼的咧。”母亲回来打趣道，“见人就避，你是老人家，该别人给你让路咧。”

奶奶一手抚脸，不好意思地笑，皱纹挤上额头：“别人走得急啊，不要耽误他办正事不，我们反正是出街走走……”她岔开话题，“城里什么都贵啊，乡里死贱的东西，豆腐卖出肉价钱。”“你们要盘算着过日子啊。”奶奶嘱咐母亲。

“好咧，好咧。”母亲笑着回应。

此时，母亲早已经摸透了与奶奶的相处之道，每次奶奶回乡，母亲总要给她买些礼物带回去，实在不知道买啥，就给奶奶些零花钱，是每月月敬之外的（婚后，父母每月都给两家四老家用）。

“她就是个顺毛捋（只能听顺心话），我们让着她些。”母亲对父亲说，“婆婆子好面子，如她的意就好了。”

“不能老让着，不行的。”父亲总为母亲鸣不平。

“好呐，好呐。”母亲乐呵呵地，“100 斤稻 30 斤糠，过日子哪有天天顺心的。”

又过了一两年，奶奶终于能独自出街了，酱油拌饭便退出了张文家的餐桌。知道张文馋荤，进城的短短几日里，奶奶想尽办法给张文开小灶。肉买不起 1 斤，便切上一条，细细切作肉丝，腌好，作早餐的面条的浇头；渔家卖剩的小鱼崽子，作价处理，买回来抠去肚肠，火上焙干，撒上豆豉、椒碎与盐上锅蒸，便是一道极好的下饭菜；冷库里作价处理的下水，她跟着旁人一道挤着买，回家熬上卤水，做出一锅卤味。

“婆婆子肯跟人挤着去买猪下水？”某日，奶奶拎着一袋猪蹄回家，父亲闻着香，到厨下跟奶奶打趣，“不怕人笑话？”

“城里又没人认得我，怕什么咯？”奶奶揭盖翻着卤味，得意洋洋。

奶奶做的每样吃食都特别入味，张文总能就着菜吃下大几碗饭，奶奶会劝阻，“不急啊，饭是润肠，不是垒墙。”

某一日，奶奶还给张文带回一只糖盒子，是顶好的油货了，用报纸包成个球，回家小心地打开，献宝一样捧给张文。张文开心得一蹦老高，这一类的吃食，在母亲那可是需要拿好成绩换的。

“你跟你爸一样，喜欢吃油货。好吃是好吃咯，贵死了。”看到张文开心，奶奶脸上笑出花来，“那时候过苦日子，上家大伯家里办酒，我不去，让你爸去吃席，礼金送一块钱，上家大伯看我家困难，又把钱退给了他。”奶奶蹙起眉，眯着眼，像看着久远的过去：“你爸不懂事啊，看到路边炸油糍的，全买来吃了，回家倒是不瞒我，还给我带了两坨，气得我啊，寻根绳子要上吊呢。”

“跟你说这些干嘛啊，”奶奶醒过神来，自失地笑，抚着张文的头，“现在日子好过了啊，你们不得吃这些苦了。”“身上没钱行路难，以前啊，我连城都怕进咧。”奶奶又说，“现在享崽福了，上街买东西也敢问问价了。”

那是90年代初，父母一起涨了工资，给两边老人月敬也跟着水涨船高。“日子越过越好咯，我以后还要享孙福，你带奶奶出去玩好不好呀？”奶奶搂住张文，“带奶奶去北京吧。”

“我又没钱。”张文嚷嚷着。

“会有的。”奶奶笑眯眯的，低下头凑着张文的头磨蹭，“我孙长大了，能看世界咧，不急啊。”

上高中后，爷爷奶奶搬进了城，老家的房子空闲了几年，又租出去了，田不能荒了，让给邻家种，二老彻底闲了下来。

奶奶住进城里，越发爱逛街了，早上捯饬完家务就外出晃悠，顺便带个小编织袋，捡些能卖钱的废品，堆在楼下杂物房里，宝贝样地攒着，攒够了便拖去卖。父亲说她，给她涨零花钱，她笑嘻嘻的，钱照拿，废品照捡。日子越过越闲适，好吃好住好生活，奶奶晚年发福，肚子圆了，脸也渐渐白皙了，只是劳作一世，习惯改不了了。

虽不识字，奶奶却越来越好热闹，街上店铺门前的广告、电影院前花花绿绿的海报总能让她驻足，遇到有人吵架，也停下来远远地看。于是，一个拎着化肥编织袋，花白头发，矮矮胖胖，衣着整洁朴素，在路上四处晃荡、走走停停的老太太，在 20 世纪末，悄然融入了小城的街景之中。

“奶奶你蛮喜欢看热闹的啊。”某个秋风萧瑟的下午，张文从同学家回来，在街上逮着了四处乱晃的奶奶，他接过盛装了小半袋废品的垃圾袋，拉她回家。

张文在高中噌噌长个，已经比奶奶高出许多了，奶奶攀着他的手臂，慢慢走。

“还是城里好玩啊，什么都新鲜呢，过几天又不一样了，急匆匆的。”奶奶啧着嘴，彼时的小城正跟随着商业化的浪潮，拆旧建新。“还是城里热闹啊，以前在老屋，婆姨们要约着一起去坝边洗衣，才凑起来热闹一会。”奶奶说。

张文也曾想象过那种画面：下老坝一湾清水从老屋前流过，河边青石板上放着盛衣的篾篓。婆姨们挽起裤脚，或捣衣，或浣衣，手下不停，嘴里不歇，在水流汩汩中高声谈笑着。身后坎上，夕阳斜照上老屋后的老枫树，枫叶红了，像一团火，冉冉地燎着天。

又过了好些年，张文也参加工作了。在长沙安家后，专门开车接爷爷奶奶过来玩。爷爷舍不得一众棋友，不肯随行。“你不去我去，”奶奶气鼓鼓的，“下省城咧，村上多少人没去过啊，有福不晓得享。”

可到了长沙，到门口菜市场逛过一回后，除非张文陪着，奶奶再不肯出门了。每日除了做家务，就是守着电视看，住了几日便嚷嚷要回家。

“省城这么大，我怕走丢呢，又不会坐车。”奶奶委屈地说。她因不识字，公交站牌看不懂。张文也怕，“你别出去乱走啊，等两天，我请假陪你玩”。

“以前是路在嘴上，现在问路也不行啊，”奶奶叹道，“话也听不懂，省城人讲起话来冲咧。”奶奶不会说普通话，想当然地拿客家话当普通话说，无人能懂。

“你不要耽误工作啊，我自己在家里看电视就好了。”奶奶说，“电视好看咧，一天十几集。”张文心下纳闷，哪个台一天放十几集，后来陪奶奶看过一回，原来电视剧中间插播广告，广告一放，奶奶就以为一集结束了。

待到真出去玩了，又有许多不便。奶奶膝盖疼，不便爬山，岳麓山不去了，省博也不去，墓里面出来的东西，老人家尤其避讳。盘算了半天，去了黄兴路，一整条步行街的店铺，游人如织，奶奶顶喜欢，“这么热闹，赶场都没有这人多”。奶奶一手遮额，满脸兴奋地踮脚打望，张文扶着她，在街上缓缓逛，走走停停，遇到想进的店，便驻足抬头，巴巴地望向张文，自己不敢，要张文领着进去。

出发前，张文特地给了她一千块钱，奶奶用手帕包着，掖进怀里，逛了一路，终是没有拿出来。在街尾一家小店看中了一个棕色头箍，戴上头，看看标签，又摘下了。“啧啧啧，省城里东西比县里贵多了。”奶奶皱着眉，有些生气。张文搂着她哈哈笑，给她买了下来。

奶奶在长沙小住的日子，机缘巧合，某一日晚餐，张文又吃上了一顿酱油拌饭。

那日上班张文走得急，忘记将存冰箱的肉拿出来解冻。到了夜间回家，饭菜上了桌，一碟青菜，是昨天买的，一碗麻油拌皮蛋，一个西红柿蛋汤，一碗蒸伏鱼，奶奶又从厨下端出一大盆酱油拌饭。

“没有肉啊，我不晓得买咧，”奶奶一脸的歉意，期期地叹，“老了，没用啊。”

“蛮好咧，奶奶唉。”张文一迭声地说，“你搞的饭菜最好吃哒。”

家里没有猪油，那碗拌饭，奶奶用的茶油，又变了花样，热饭舀出，先浇上老抽，洒了些辣椒末与葱末。锅烧红，倒两勺茶油，加热至七成，浇到饭上，再点几滴芝麻油，筷子伸入，搅拌均匀。深棕色的饭粒，间缀着艳红的椒碎与嫩绿的葱花，热油逼出了淡淡葱香与椒香，芝麻油的香味如一根纽带萦绕其中，扒一筷子进口里，烫、香，还有满满的饱足感。

张文吃得大汗淋漓，盛了一碗又一碗。奶奶早早停了筷子，坐在一旁眯着眼笑，“不急啊，”奶奶又是得意，又是担心，没口子劝，“饭是润肠，不是垒墙，你好胖了咧。”

奶奶伸出手来，抚上张文的肩。张文大了，奶奶老了，抚不到张文的头了。

2008 年，爷爷去世了，很长一段时间里，奶奶都很沉默，她将爷爷的遗像放在她房间的衣橱里，时不时打开看看，跟爷爷说说话。

偶尔张文回家，去奶奶房间，衣橱开着，奶奶搬张靠椅，与爷爷对坐，她轻声地说，相片里的爷爷穿着珍藏一世的参加抗美援朝时发的军装，浅笑着。看到张文进来，奶奶会起身，移开椅子，“来，给你爷爷叩个头。”

“婆婆要我照顾好六伢子，我照顾好了咧。”奶奶轻声说。

那一天，张文终于知道，原来六伢子是爷爷的小名。在缺医少药的年月里，太奶奶生下爷爷兄妹七人，爷爷行六，其余都夭折了，只活下爷爷一个。

2009 年，爷爷去世的第二年，奶奶终于在张文父母的陪同下，去了北京。是母亲提议的，“趁着婆婆子走得，陪她出去玩玩。”母亲跟父亲商量，父亲开心地同意了。

“你工作忙，不要请假，我和你爸都退休了，陪你奶奶去。”决定行程后，母亲打电话给张文。“婆婆子要坐飞机咧，你给点赞助啊。”父亲在话筒边高声附和着。

北京回来后，一两年的时间里，奶奶回乡下特别勤，到各家亲戚面前吹嘘她旅行的经历。

“坐着飞机在天上飞咧，飞起来的时候人麣心冲。”奶奶说。

“故宫大啊，以前皇帝老子住的地方，现在老百姓随便看咧。”奶奶又说，“就是寻厕所不到，想解手都要忍着咧。”

“长城我爬不上去，脚不好，在底下看看咯，真长啊。”奶奶得意洋洋。

此后，但凡张文回家，奶奶总要派差，张文开车带她回乡省亲，亲戚间走走、看看，吃顿饭又回。那时，下老坝的木桥早已变成水泥桥，自家的老屋也拆除了，宅基地上种上了桃树与李树，细细的木苗，逐年成长。

出发前一日，张文总要事先打电话约好，不能空手上门，先备好礼，陪奶奶走亲戚，亲戚们备好席，开饭了，酒席正中坐着个得意洋洋又几分羞赧的老婆婆。

或许在历经苦难、放下责任之后，奶奶的隐忍与倔强在漫长的时光里逐渐平和，人生的精彩随着年月向好，一步一步地打开。

可就像做一盆好吃的酱油拌饭，煮饭时长，拌成时短。2017 年末，奶奶走了。

不知道从几时起，张文也开始像奶奶一样，喜欢到处去看，去旅行，在陌生的地方，看别样的风景。而人生如同跳房子，一生喜好四处散落如石子，张文未曾全弃，丢一些，拾一些，辗转跳跃间，仍有执着，于是形如直线的人生轨迹，有了一些曲折的亮色。

今年 5 月，张文偷闲，和太太儿子去张家界玩了一趟，三人在索溪河边的一家餐馆吃饭，点了辣椒炒肉、岩耳炖鸡，儿子饿极，用勺舀着辣椒炒肉碗底的油汤泡饭吃，吃得啧啧有声。

张文也学样，舀了两勺油汤泡起饭来，油汤的鲜香嫩滑包裹着饭粒的甘甜，像极从前奶奶做的酱油拌饭，一碗饭很快就下了肚。再看儿子，已经盛上了第二碗，依旧狼吞虎咽，张文放了筷子，在一旁笑眯眯地看着。待儿子盛第三碗时，舀油汤的空当，“不急啊，”张文终于忍不住劝了，“饭是润肠，不是垒墙。”话刚说完，张文一愣怔。“什么意思啊，爸爸？”儿子抬头问。“不要吃太饱了，不消化呢。”张文回过神，伸手抚上儿子的头，轻轻摸了摸。家人仍在吃饭，张文踅出店去，在马路牙子上点了根烟，烟气随风飘散，近旁，一湾索溪河水被两岸灯光映衬，流光溢彩，静静流淌。

远处街上，婆姨们的广场舞跳起来，人影幢幢，好不热闹。更远处，酒吧街上的红灯笼都亮了，像点点火光燎着黑夜。“架个锅，炒肉吃啊。”张文想起那个奶奶笑了他一世的笑话，自嘲地笑着，呛到了，咳出一口烟。

打眼望去，远山静默，山下道路间，连绵的车流亮着流转的灯光。在近处，置身之地商铺林立，灯火辉煌，人流穿梭着，南腔北调此起彼伏。张文心下怅然，香烟未熄，风停了，烟气上升，从眼前缓缓漫过，迷蒙了双眼。

那一刻，他打心底里冀望着，在另一个世界里，那个爱热闹的“婆婆子”，身边也是这样热闹。

巷口再也没有烧卖，
就像青春再也不会回来

做烧卖，得用糯米，先过水泡，加肉碎猪油下锅翻炒，拌上酱油、胡椒粉，镶嵌些火腿肠丁。讲究的，再嵌几丁油渣，擀好的面皮包成形，上屉蒸，蒸出来形如一个个饱满的石榴。

一口咬下，米糯带着咸鲜，间夹着星星点点油渣的焦脆，夹拌其中的胡椒再度提味，是一种叫人满足的食物。

“这只是饭前小食啊。”张文吞下一个烧卖，对小强说。

“多吃几个就饱了嘛。”小强说。

那是大约二十年前，张文与小强成了同事，都住在桔园的宿舍楼，前后栋。彼时桔园仍是郊区，据说几十年前，这处真是一片桔园，葱茏的橘林，入秋挂果，黄澄澄地压弯枝头。后来，桔园只剩名字了，被大片低矮的楼房所占据。再后来，一些机关单位迁至此处，建起了宿舍楼，几栋高七层的宿舍楼在周围矮房民宅的衬托下，如鹤立鸡群。

小强对张文很照顾，时不时会带早餐来，还诱他吃上了槟榔，喝起了肥宅快乐水，还介绍了自己的朋友东别给张文。“你们住楼上楼下，相互关照，一起玩儿吧。”一天，小强把二人叫到一起喝了顿酒。

其实在此之前，张文和东别也打过几次交道。张文在自家次卧吊了个沙袋，沙袋是托兄弟在体育用品商店买的，并不是吊在天花板上，而是附带了一个沉重的固定支架，沙袋挂在支架上，打起来砰砰响，像在拆楼，每晚张文一练拳，东别就上楼来捶门。都是少年心性，脾气冲，剑拔弩张，几欲动手。

小强做和事佬，一顿大酒喝下来，张文与东别也成了兄弟，东别帮张文将沙袋移到阳台上。此后，张文每次练拳前都会先往东别家打电话，“老子要练拳了，你把音乐开大点，式如（当作）蹦迪咯。”

“老子戴耳机，玩 CS，玩到天亮！”东别在电话里回。

那时节，都是二十多岁的小伙，青年躁动无处发泄，张文用沙袋拆楼，东别化身 CS 悍匪，一把 AK 纵横无敌，多次因击杀过多被视为作弊踢出房间。

东别个高，是个帅哥，十分迷梁咏琪。家里挂着她的海报，买了许多她的 CD。“除了平胸什么都好。”三人聚餐，小强如此评价，被东别按着灌了三杯酒。后来梁咏琪来长沙开歌友会，小强想尽法子给东别弄了一张票，这个梁子才总算揭过去。

“好清纯啊，仙女一样。”东别回来后请大家喝酒，三巡过后，恍恍惚惚地说。

彼时单位有食堂，可大家都不爱在食堂吃，“一根筒子骨熬一个礼拜，喝开水吗?”小强嗤道。“肉味不够海带凑，我尿酸高咧。”张文附和着。

小强起得早，爱去桔园巷子里吃，桔园口子上买一个烧卖做前餐，再到里头的面馆吃一碗扎实的牛肉汤面，回头时再给张文带上早餐。东别也好睡懒觉，总是踩着点上班，倒从来没有饿着过——总有心仪他的妹妹们给带早餐。

东别会做饭，黄瓜焖鳝鱼是一绝，张文常去他家蹭吃，三四个菜，二人能喝下一打啤酒。东别家是简陋装修，简装了客厅与主卧就入住了。客厅有个小供桌，供桌上是一个青年男人的黑白照，眉眼与东别相仿，是东别的父亲，年纪轻轻就去世了，母亲再嫁，给东别生了个妹妹。

“受不得别个管，早点住出来，舒服些。”某次酒后，东别说。他一直管继父叫叔叔，继父没有纠正过他。他也很疼妹妹，每月的收入总要挤出几百，给妹妹做零花钱。

东别知道自己帅，也好拾掇自己，虽然家里跟个狗窝一样，出门总是光鲜的。他和附近一家发廊老板混熟了，老板手艺好，一来二去成了他的专属发型师，东别剪头只去他那，又介绍张文去。

发廊老板人精瘦，额上挑染着一撮黄毛，穿着紧身衣，脖子上挂着刚时兴的金链子，手臂上还文了个繁体的“义”字，文得拙劣，横粗竖细，底下的“我”字还少了一点。老板姓覃，三十了，东别叫他覃别，张文叫他覃哥。老板娘文文静静的，做着收银的工作。

覃哥手艺是真的好，到了需要理发的时节，张文便自己去，直到某一次，张文被坑了。

那一日老板两口子出门了，底下的伙计给张文理的发。伙计精神讨喜，又有一张伶俐嘴，手动嘴不歇，不停地向张文推销店里新推的烫发。“郭富城就是那个发型，大哥你的脸型跟郭富城一样，眼睛又大，烫出来会跟他一样精神。”伙计把张文捧出花来，“你个头比他还高些，更精神。”这句话把张文给打动了。

可真烫出来，发色都黄了，蓬蓬卷卷地顶在头上，衬着张文一张戴黑框眼镜的胖圆脸，张文对着镜子左照右照，哪里像郭富城，像许冠英。若不是脸上还有几粒宝贵的青春痘，说他四十了，人家也会相信的。

一结账，做这个头，花去二百四十八，那一刻，张文觉得自己就是个二百五，那时一个月的工资才多少，做个头花了三分之一。张文又臊又肉疼。

理完发的那天夜里，东别买了些宵夜，打电话叫张文下楼喝酒，张文不肯去。这倒稀奇，平日里有这等好事，东别一吆喝，张文一蹿就下楼了。这天三请四催的，张文死活不去，东别悟出蹊跷，上楼敲门，看到开门的“许冠英”，笑得直打跌。

“做宝搞噢，把我兄弟头发搞成这样。”第二天，东别就领着张文去了理发店，甫一进门，便兴师问罪。

覃哥望着张文，瞪着眼，一个劲地憋气。老板娘忍俊不禁，扑嗤一声笑了。

“谁干的?”覃哥的吼声在店内震荡。

最后，是覃哥亲自操刀，把张文的头发给捋平了，弄了个中规中矩的西装头。烫发的钱收了个成本费，退了张文一百多，又请张文二人吃宵夜。

“那是个背时鬼，把女朋友肚子搞大了，急用钱，”覃哥给张文敬酒赔不是，“到处搞推销，对不起，对不起。”

喝到大家有醉意了，“你是不受这个离子烫，别个烫出来是加分的，你烫出来我总觉得对不起你。”覃哥醉醺醺的，又敬张文，“原谅哥哥，我干杯，你随意。”

三个涉世未深的青年，在脱离了父母的管束后，对于生活的态度类似于浮浪子。

甫入社会，在家长看来是雏鹰振翅、大有作为，而他们自己，则有些江湖之大，任我撒欢，坏习惯一学就会——小强教会了张文吃槟榔，东别教会了张文抽烟，至于喝酒，张文是自学成才。在家喝不能过瘾，一定要出去喝的，于是每月的发薪日，三人便邀约一起，解放路太贵，清吧略便宜一些。

按说，清吧是装×的文艺范青年长驻的地方，实在不适合三个雏儿，但他们不管这些，荷包里有些散碎银两，腰杆且硬着，哪哪都敢昂首阔步往里闯。又为有东别这个大帅哥在，时不时有没有男伴的姑娘们主动过来拼桌子。

这时候，东别腼腆小强闷，聊起天来张文倒成了主力。他能接话，会硬聊，明知道对方意不在他，觍着脸先把人留住了。场面热闹了，三两杯下肚，那俩货也就放开了，没咸没淡地加入进来，张文就可以功成身退。

“说好听点，我这是毫不利己，专门利人。”闲时张文也埋怨，“说不好听，我就是一拉皮条的。人家净管我要你电话了。”张文捋着东别。

“讲假话，上次那个不是要你的电话，你不给人家。”东别拍着张文的肩。

“给了，我喝懵了，习惯性地报了你的。”

因染了喝酒这个恶习，三个寡男成了月光，而且是最惨的半月光。上半月，三人轮着请客，下半月，三人轮着蹭吃。小强平日俭省些，又有家中接济，日子好过一点，每天给张文带早餐，巷子口的烧卖，每次带三个，外加一杯豆浆。那家的烧卖地道，酱油味调得刚刚好，又拌了猪油，撒了胡椒粉，中间还嵌着油渣碎，咬一口，满嘴糯香，胡椒的鲜辣又攀着酱油的咸鲜，恰到好处的油脂包裹着糯米的甘甜，其间嵌着的油渣碎略带焦脆，提香提味。张文吃得打喷嚏，一个烧卖下肚，胃就醒了，三个全吃完，一天的元气就提起来了。

偶尔，巷口的烧卖卖完了，小强给带了包子，张文还抱怨，“你不晓得早点起啊，我要吃烧卖咧”。

“你会死吧！”小强嗔道，“叫花子嫌饭馊。”

东别不需要这种接济，有的是人接济他，那些仰慕他的小姐姐小妹妹每天排着队地供应他的生活所需，连烟都有人备好的。当然东别此时还是保持了一个自尊青年的自持，接受的上限最多一顿早餐，烟是绝不要的，硬塞也不要。

“老子又不卖淫。”他吞着别人送的包子含含糊糊地声明，大有端起碗来吃饭，放下碗就骂娘的作派，倒坐实了是个浪荡子。

清吧生活在某一次午夜告一段落。

那天夜里，照例在清吧。午夜正是清吧热闹的时刻，酒兴渐浓，在铿锵的金属味的背景音乐下，一楼不多的几张桌子挤满了客人。东别带着新认识的女友及女友的闺蜜与张文、小强两个寡男坐了一桌，服务生送来一打果酒，言明是另一桌客人送的。东别站起来打望，认出是某个熟人，提着盛啤酒的扎壶就过去了，敬了一圈回来。

过了一会，那边厢的熟人也提着扎壶来敬酒了。熟人是个光头，西装里一件白T恤，戴着根银项链，是时下的时尚打扮，也敬一圈。到张文，扎壶的酒还剩个壶底，光头与张文分了，光头先干为敬，张文也一仰脖子，可酒喝到嘴里，满口渣，忙不迭地吐了。

“兄弟，你放药了?”张文皱着眉，“我们不玩这个的。”

“装么子咯，助下兴嚜。”光头推了张文一把，东别一酒瓶子就砸了上去。

在此之前，张文虽然习武，但师傅教过，套路那套，在实战中没用。师兄花皮更说，实战甚至打野架，一打中线要害，二打关节必防，别想着拳来拳往，真正打起来，肾上腺素飙升，根本感觉不到痛的。

因此，当东别一瓶子把光头砸趴下后，对方四个男子汉扑过来，张文就打得不是很文明，很快结束了战斗。打倒两个，剩下两个就怵了，许是酒没喝够，撑不起屣胆，吼天吼地地骂，就是不上前。最后是闻讯赶来的老板做了和事佬，虽然是张文这方先动的手，可对方理亏，更不愿意招惹警察，老板各赠一张消费卡，和和气气请出门去。

这是张文在长沙打的第一场架，也因此开始了他的初恋，他的二愣子勇武将东别女友的闺蜜吸引住了。那是个典型的长沙妹子，瓜子脸、一头长卷发，那天喝酒是初见，初时踟踟的，看谁都是仰着头面带轻蔑。后来居然主动约张文看电影，还夸他是“长沙洪金宝”，张文心里暗自惭愧，洪金宝可不踢裆。

但从此，张文哥仨便不再去那家清吧，长沙量贩式KTV盛行了，喝酒便宜还能唱歌，在哪喝不是喝。

入冬时，桔园的风是凛冽的。长沙的城市建设方兴未艾，桔园仍算郊区，往前500米，雨花亭口子一侧是个巨大的土坑，雨后积水，变成了一个黄泥塘，有人在塘边垂钓，又从未见钓上过什么。

宿舍楼下是个池塘，到了夏天，池塘边阵阵蛙鸣，一塘死水暗沉，倒映着天顶的月亮。窗外更远处是郊野与工地，环线的建设刚刚兴起，建筑的尘霾染黄了枯草，放眼望去，一片灰黄。

某个周末早晨，卷发妹子来找张文玩，顺便送来早餐，巷子口买的牛奶和烧卖。烧卖不是那家的，没放胡椒，缺了味，张文吃着，嘟囔着，“买了牛奶，就该配面包，为什么买烧卖，洋不洋，土不土的。”

“叫花子嫌饭馊咧，”妹子拧他，“不想吃别吃。”作势要夺，张文赶忙护住。

妹子带了一本碟片，说是香港警匪片，让张文陪她看。张文一看封面，《三个受伤的警察》，乐了，他看过。“你不嫌闷我就陪你。”张文嘿嘿笑了。

“不好看?”妹子嚷嚷着，“不可能，王敏德多帅啊。”

没有酒局时，张文宅得很，妹子陪他一起。张文有一墙的书，许多没看过，周末补课，张文囫囵吞枣看得快，看完一本，妹子才翻了几页。二人又看碟，张文好看文艺片，那一阵子买了许多台湾电影，《风柜来的人》《儿子的大玩偶》《恋恋风尘》《悲情城市》……二人一张张地看，看到肚子都饿了，妹子下厨，做个三菜一汤。

“跟你谈恋爱会闷死。”妹子叹。

“我在带你陶冶情操。”张文狡辩。

“我的情操还要你陶冶，你自己都是四体不勤，五谷不分。”妹子一哂，“你几时搞餐饭给我吃啊。”

“我不会做。”张文瞪着眼，一个劲地摇头。

妹子的父亲原本做着不小的生意，在她上大学时去世了，母亲守了几年寡，后来嫁给了一个画老虎的，将父亲留下的遗产一分为二，一半给女儿，一半做自己的陪嫁。嫁的画家落魄，画了半世老虎，参展无数，卖不出几幅。人倒风流，结过几次婚，半生追逐艺术，生活靠几任妻子接力供养。

张文与妹子的恋情维持得并不久，秋风起时，恋情也结束了。

“始乱终弃咯。”某一夜小强来张文家喝酒，小强斥责张文。

“我是渣男好吧，”张文讷讷道，“这些天没睡一个好觉，太吵了。”

那时，楼下的池塘边开来几台工程车，开始填土，不久后，打桩的也进场了，要建楼了，日夜施工，让人不胜其扰。

“你是心里乱，”小强与张文碰杯，“多喝几杯就好了。”小强摇了摇头，“伤敌一万，自损七千。”

“我才是那一万！”张文酒杯一顿大喊着。

转过年来，春节过后，某日东别叫张文下楼喝酒，告诉他一个惊人的消息，覃哥的老婆跟着伙计跑了，还卷走了店里十来万。“这阵子去别处理发吧，他关了门寻老婆去了。”东别说，“眼皮子底下被人勾跑了，唯愿他不出事就好。”

张文上了心，隔三差五去看看，覃哥的店子始终卷闸门紧锁。过了正月，才懒洋洋地开了门，张文去时，覃哥坐在门口抽烟，店里新请的几个帮工忙碌着。

“头发冲冲的了，你不回来我都不知道去哪剪。”张文笑着唤覃哥。

覃哥也笑，立起身，紧身裤口袋里抠出一包烟，弹出一支，递给张文。“你来肯定要我出马噻。”覃哥把张文让进店里。

“好在没办卡，不然还真怕你跑了。”张文打趣。

“朋友办什么卡咯，不办也是最低优惠。”覃哥说得轻飘飘的。

那夜，张文拉上东别请覃哥吃宵夜，三人插科打诨，吃到半夜，啤酒喝了许多，玩笑开尽了，说到老婆覃哥总是岔开话题。喝到最后，东别有醉意了，斗着胆劝，“跑了就跑了，再找过。覃别你也莫难过。”

“你莫劝，没经过的不晓得苦，她是太天真，跟着那么个人跑了，以后会吃苦的。”覃别喝完杯中酒，抢着去买单，张文与东别拖都拖不住。

那一年稍晚一点，东别与女友的恋情也结束了。寒来暑往，又换了一个，终于稳定下来，女朋友住到了他家，开始以女主人的姿态打理一切。

张文也在那一年的秋天，认识了一个钢琴老师。只有小强还单着，无论是泡吧还是 KTV，他永远是在一旁默默喝酒的那个，偶尔点支歌来唱，也是《铁血丹心》《梨涡浅笑》这一类老式港剧主题歌。三人里，其实他年岁最长，然而性格最腼腆，在近三十年漫长时日里，他活在自己的世界里，等人搭救。

“你是不是处男？”某次宵夜时，三人喝着酒，张文麻起胆子问。

“肯定还是。”东别在一旁帮腔。

“我不是，我的女朋友多得是，”小强喝高了，“我有小泽圆、武滕兰、川岛和津实！”

张文的宿舍院子里有几株桂花树，栽下后每年照着时令开花，一院子的香气。又有几棵柚子树，到第三年才开始挂果，院西头的果子涩苦，临到冬天仍满树挂着，院东头的果子甜，没长好就有人开始摘了尝鲜。树荫一年年浓密，张文一年年成熟，从一个懵懂少年长成颓废青年，就像一部不出彩的快餐小说翻了几十页，读到后面，忘了前面。

“我也好想出来住啊。”这是飞爷第一次到张文家做客时说的。

飞爷是张文调换部门后认识的新朋友，十分温和，性格全无张文和东别的张狂，也没有小强的闷，是刚刚好的那种。相处时长，张文发现他有严重的选择恐惧症，吃早餐为了是盖酸辣码还是牛肉码能纠结半天，要不要加煎蛋也还要再想想。只要不让他做决定，还是很好处的朋友。

参加工作好几年了，飞爷仍旧与父母同住着，处处受着约束，他郁闷得要死。“社交圈子本来窄，抬头就看着那几尺天，”飞爷闲时跟张文抱怨，“还跟小孩子一样被管着，坐牢一样。”

飞爷的姐夫做着工程，很有钱。姐姐疼弟弟，每月给他的零花钱比工资还多，飞爷都攒着，直到结识张文这个朋友。张文拮据时管他借，借得多了就忘了还，飞爷大约也忘了。飞爷常请张文吃饭，还给张文带早餐，因着他随和，张文还能点菜，早餐必须是巷口的烧卖，得是巷口第二家，那家正宗，飞爷自己吃了也说好。“油渣子喷香的，胡椒放得刚刚好，提味又提神。”飞爷啧啧称叹。

“感谢我吧。”张文也吃着，一脸得意，倒忘了早餐是谁买的了。

时光如梭，那段鸡零狗碎的青春如一场混杂梦境，又像一架无目的地的火车，毫无章法、没有停顿地飞驰着，时间快得像随意抛出的骰子，刚刚才是陌头新柳，转眼便成千树梨花。

与钢琴老师的恋情也是无疾而终，而热火朝天的环线建设在某一天戛然而止，站在卧室窗边，一条宽阔的水泥路倏地铺陈在视野之内。

正是环线落成的那一年的秋天，张文与飞爷一同请了年假，出外旅行。路线是张文定的，飞爷知道自己参与进来，又是一场时日漫长的艰难选择，只是为了摆脱家庭的束缚，目的地随张文定。

二人报了个旅行团，去了山西。五台山、恒山、平遥古城、云冈石窟一线玩下来。

“你要是打鼾，老子就杀了你。”去之前张文跟飞爷放狠话。

“老子不打咧！”飞爷急急地辩驳着。

飞爷果然不打鼾，还特别爱干净，又细心，倒是个好室友，只是耳根子软，一诓就信，一路上导游带的店逢店必进，进店必买。在五台山上，还被个和尚诓去烧了一炷六百八十八元的高香。“菩萨保佑我们一家人呢。”飞爷笑嘻嘻的。

“这么虔诚？”张文调侃。

“我妈妈病了。”飞爷讷讷说，“菩萨保佑她健康。”

正是夏天，张文背包里装了两件换洗衣服，轻装出行，每日游玩再累，回酒店也得洗了衣服晾干，不然第二天没得换。飞爷倒不嫌麻烦，带了一个行李箱，每天回酒店躺在床上看电视，从不洗衣。

“我把不要了的衣服都带出来了，每天穿了就扔，懒得洗。”飞爷一本正经地跟张文聊经验，“箱子腾出来，可以放买的特产。”

时日流转，又过了几年，张文的早餐不再是匆匆两口就吃下的烧卖，巷子口第二家的烧卖再好吃，也只买一个，做餐前点心。糯米的甘甜、油渣的脆、加上胡椒温和提味的微辣，正好唤醒沉睡的胃，而一碗热腾腾的汤粉，才能给早餐画上一个圆满的句号。

他的饮食习惯开始变化，究其原因，并不是自律，而是从前睡不醒，而今睡不着。睡着也醒得早，望着天花板发一阵呆，不如起床吃早餐去。吃过粉，在早餐店旁买注彩票，将昨夜未完的梦在白日里继续做着。

而此时，家对面池塘上的房子早已盖起来了，张文的卧室窗户正好对着对面两栋楼间的缝隙，呼啸的天风经过楼缝的挤压，风力级别陡然提升，砸得张文的窗户砰砰地响。

“风水上说，这是煞。”小强煞有介事地说。

“难怪我不顺。”张文恍然大悟。

2008 年，张文搬离了宿舍楼。离开前，他写了一篇小文，发在当地晚报上，彼时正处于又一场恋情终结，他在小文的结尾隐晦地写下，“一人成影，且惜且行”。

搬离前，某个周五晚上，他请小强与东别吃了顿饭，东别已经和女友结婚了，张文与小强还单着，张文带了两瓶白酒，没有开，东别只肯喝啤的。“在备孕，喝啤酒都是堂客开恩。”东别抱歉地说，一面饮尽杯中酒，又巴巴地立刻提壶满上，一副馋久了的表情。

“来，烟酒不分家。”张文给他递烟。

“说了备孕啦，哪能抽啊。”东别瞪着眼嗔道。

“服管教，是个好孩子。”张文撂下烟盒，敬了东别一杯酒。

“年纪大了才信风水，我们都老了。”几杯酒下肚，小强叹道。

“这是自然规律，有啥好说的。”东别自顾着摸过张文的烟，抠索地掏了一支点上，惬意地吞吐着，不忘嘱咐张文，“我堂客等下过来，你就说你让我抽的。”

又过了一会，啤酒实在不过瘾，三人还是把白酒给打开了。

“我让你喝的。”张文对着东别大包大揽，“你放心。”

三人都有醉意了，从初识一直聊到当下，一个接一个的故事。东别许是憋久了，喝得最多，越来越浓的醉意勾出了他内心的点点滴滴，他历数着那些让他感慨的过往和过往中的女朋友们，说着说着就没了分寸，张文与小强忙不迭地叫打住。“我们不想听！”小强大声吼着。

“给我来瓶矿泉水，”喝到末了，东别斜瘫着，扶着椅背，“我想吐，吐不出来。”他茫然地侧着望向包厢门口，喃喃自语，“我堂客怎么还不来？”

张文到了第二天下午才醒酒，胃疼得厉害，第三天，他接到了东别的电话。“被你害醉了，我堂客骂我两天了，”东别在电话里气若游丝，“天天睡沙发。”

“不关我事，我只是提供了犯罪工具。”张文嘿嘿笑着，“就是一从犯。”

张文隐约记得那夜小强是最清醒的人，打电话去问后来的情况，小强在电话里哈哈笑着，“你记得你出去买橘子不？”

张文莫名其妙，“买橘子干嘛？我断片了”。

“东别说橘子皮擦手遮烟味，人家老婆就是你买橘子的时候来的，加班过来没吃饭，坐一旁吃，看着你进来，剥了橘子皮给东别擦手，我笑醉了。”小强声音欢快，“那么大一个人坐在旁边你愣没看见。”

“你也不提醒我。”张文嗔道。

“我提醒了啊。”小强说，“你一反身，那个豪爽，别个堂客还什么都没说呢，你一拍胸脯，我让他喝的！”

“喝酒是这样，伤敌一万，自损七千。”小强揶揄着。

“我才是那一万。”张文闷闷地说，“我今年也三十了，几时有个堂客也管管我啊。”

“你们也考虑下我的感受吧，”小强幽幽地回，“旱的旱死，涝的涝死。”

不久后，张文调离了原单位，去了另一个区。东别的孩子出生了，小强结婚了，要给小强嘴里要涝死的张文结在后头，最后是飞爷——张文想，这多半还是选择恐惧症作祟吧。

飞爷结婚时，离他上一次失恋约一年半，张文与另一位兄弟老五化作安慰天使，日日陪他。某一日，醉后的飞爷赌咒发誓：“我说她过得不好就回来找我，我等她一年，不，两年！”二人看着飞爷说得是斩钉截铁。

“这是犯贱。”老五说。

“这种话我也说过诶。”张文说。

“那你等没等？”老五嗤地一笑。

“没有。”

“珍惜吧，来喝一杯，以后结婚了，这种机会就难找喽。”老五倒满酒跟飞爷碰杯，张文跟着起哄。

两个过来人嘻嘻哈哈地陪着兄弟喝着酒，日复一日。那一阵，飞爷日日喊。家里环境那一阵子宽松不少，嫂子们都会做人，兄弟们日日应召，两个月后，飞爷不再喊了，找到了新女友了。这中间，兄弟老五仍借着飞爷的由头约张文出来喝过几顿酒，张文也没声张。

“你说他这回怎么就这么快呢？”老五郁闷得不行。

张文笑着和他碰杯。

“他不是说等两年吗？”老五一口干了，“半年也行啊，是不是？”

“对对对，”张文饮尽杯中酒，和老五同仇敌忾，“渣男！”

最后的留守男也结婚了，责任上肩，各自以家庭为半径，日日两点一线，日常社交减之又减，许是因为年岁渐长，应付不来，又或者性情使然，张文的朋友圈也开始做减法了。

到新单位后，最先熟悉的是单位旁的一家粉店与一家包点铺。包点铺的包子肉馅小，吃起来没劲，烧卖却与桔园的一样，个头更大些，糯米、猪油、胡椒、油渣一样都不少，偶尔还风骚地缀了几丁腊肉提味。

张文的早餐日常，从一个烧卖开始，唤醒味蕾，由一碗辣椒炒蛋粉终结。二两粉，浇上骨汤，青椒碎炒两个鸡蛋，大火急炒出锅，盖在粉上，椒辣、蛋鲜、汤稠、粉甜，一碗吃下，哪怕是阴雨的早晨，也如沐暖阳。

凭借一个烧卖一碗粉，张文保持了许多年的好胃口，而所谓锻炼身体，他从结婚起就放弃了，“有人要了，健身给谁看啊？”张文以此为信条，日日回家“葛优躺”。体重逐年飙升，到了不可收拾的地步。如此一直到崩溃边缘，开始减肥。

几年后，飞爷的母亲病逝，兄弟们帮忙操持葬礼。某一日夜间，张文与老五陪飞爷守灵，花生米、卤菜配啤酒，喝到半夜，飞爷酒意上了头，眼泪潸然，“我爸也不清白了①，早上起来就骂保姆，骂她怎么不推我妈出来吃早饭。”

---

① 湖南方言，头脑不清楚的意思。

飞爷说，“没法子劝，只能看着。”

张文与老五陪飞爷喝酒，一杯接一杯，并不劝，也没法劝，经历过所以明白，青年浪荡，中年颓丧，无论如何，逃不开亲情羁绊这张网。

那天深夜，张文走到灵堂外头，周遭静默，极目远眺，远处的公路上走着车，炽白的光柱从车前射出，终湮没在黑暗里。而黑夜寂然，如同人生长路，有起点，有终点，生老病死，都是注定，此间际遇，不过偶然。

张文回到灵堂，飞爷醉了，去睡了，老五趴坐在扶椅上，在看一期《吐槽大会》，张文凑上前看，老年依然很胖的香港演员郑则仕在屏幕里感叹过往。张文忽然忆起那部青年时看过许多遍的电影《三个受伤的警察》，他一直不明白，人畜无害的郑则仕，影片里的外号为什么叫“夺命甘”。而此时，他或许理解了，在岁月的滋扰与困境的威压下，“夺命”这个称号，可以称呼行为，也可以定义命运。

越到年长，张文越来越不耐外头的饭局，在家吃两口，吃什么无所谓，终究惬意。

岳母会做烧卖，偶尔给他们做一些，冻在冰箱里，想吃时拿出来蒸一下。岳母做的烧卖简单，面皮包糯米，全无辅料，酱油的咸鲜包裹着糯米的甘甜，吃下两个，有一种朴素的饱足感。

年初疫情暴发，在家做饭成了习惯。4 月底的一天夜里，阴雨，张文下厨，炖鸡、蒸鱼做了几个大菜，又搭配几个小菜，请邻居一家来小聚。邻居家有个女儿，与张文家儿子是同学，邻居男主人凑趣，带来一瓶红酒，二人同饮，张文干下大半瓶，发了豪兴，将之前菜品上桌的照片发了个朋友圈，配了句胡诌的诗：“欲辨茶花无颜色，一夕寒雨入潇湘。”

翌日酒醒，发现那个朋友圈点赞无数，一个陌生的号在底下留言，“原来你会做饭”。

带着宿醉，想了半天，张文才想起，那是他的前女友，那个将他当长沙洪金宝的卷发女生。

前些日子，因缘巧合，张文回到了桔园。儿子在雨花亭报了个班，在某个商场的楼上，商场人流如织，灯火辉煌，场前的空地，一群妇人跳着时下流行的鬼步舞。送孩子进了教室，张文下了楼，踅进广场一隅的星巴克，点了一杯美式咖啡，又买了只可颂，出得门来，坐在广场边花坛的水泥台上慢慢吃喝。广场中间热闹喧天，大姐们舞姿娴熟铿锵，热力四射，张文神情漠然，周遭的热闹与他无关，在他的记忆里，十多年前，这里是个黄泥塘。

咖啡喝到一半，张文起身离开，往前走去，眼前景物变幻，似是而非。他走了老长的一截，拐进了桔园口子，这条巷子像旧时，又不是旧时，烧卖铺子没有了，粉店还在，彩票店已经关了。

张文怀想着旧时味道，一碗粉的辣与咸，一只烧卖的糯与甜。回忆如同一粒粒石子扔进水里，瞬间沉下，没有波澜，眼前的灯影与人群里，有他记不清的从前。

点了根烟，悠悠向前走，经过超市，经过药铺，经过卖卤味的摊子，嘈杂的叫卖声在身后落了一地。少年的倔强与青年的浪荡，早已遗失在时间的某个节点，二十年光阴，如繁花过眼，一切都不可避免地走向喧嚣。

图书在版编目(CIP)数据

胖子美食家/索文著. —上海:上海书店出版社,2022.11

ISBN 978-7-5458-2173-4

Ⅰ. ①胖… Ⅱ. ①索… Ⅲ. ①纪实文学-作品集-中国-当代 Ⅳ. ①I25

中国版本图书馆 CIP 数据核字(2022)第 105125 号

责任编辑 俞诗逸 伍繁琪
营销编辑 王 慧
封面设计 汪 昊

胖子美食家

索文 著

出 版 上海书店出版社
(201101 上海市闵行区号景路 159 弄 C 座)
发 行 上海人民出版社发行中心
印 刷 上海商务联西印刷有限公司
开 本 787×1092 1/32
印 张 11.375
字 数 150,000
版 次 2022 年 11 月第 1 版
印 次 2022 年 11 月第 1 次印刷
ISBN 978-7-5458-2173-4/I·543
定 价 58.00 元